有爱的青春陪伴者

撑腰

逦逦 著

江苏凤凰文艺出版社
JIANGSU PHOENIX LITERATURE AND
ART PUBLISHING

图书在版编目（CIP）数据
撑腰 / 逦逦著. -- 南京 : 江苏凤凰文艺出版社,
2024. 11. -- ISBN 978-7-5594-8960-9
Ⅰ. I247.5
中国国家版本馆CIP数据核字第2024LC2434号

撑腰
逦逦 著

责任编辑 王昕宁
特约编辑 周丽萍
出版发行 江苏凤凰文艺出版社
南京市中央路165号，邮编：210009
网 址 http://www.jswenyi.com
印 刷 长沙鸿发印务实业有限公司
开 本 880mm × 1230mm 1/32
印 张 9
字 数 295千字
版 次 2024年11月第1版
印 次 2024年11月第1次印刷
书 号 ISBN 978-7-5594-8960-9
定 价 42.80元

目录

CHENGYAO

目录

CHENGYAO

僧人说，寺庙里的白山茶花树，已经两百多岁。
每年冬末开花，矜重又认真，迎接着唯一钟情的春天。
呼——
如果自己将来能够谈恋爱，那一定也是矜重和认真的。

——《林妧心声日记》

第一章
盛夏逢他

一大早，林妧因吃杧果而出现的过敏症状就冒出来了。

林妧正准备出门，突然感觉到嘴巴周围的不适，顾不上换回拖鞋，匆忙跑到洗手池边，捧着清水洗了洗热痒的局部皮肤。

擦干水后，她再照镜子，发现嘴巴周围净白的皮肤红得厉害，不由得有些懊悔，都怪自己起床贪嘴，看见邻居新送的家乡特产杧果，没忍住吃了一个。

林妧是有杧果性皮炎的，不过不算严重，嘴周红痒几个小时就能消下去，而且症状也是时有时无，并非每次吃完杧果都会有症状，所以她没太当回事。

谁知，今早这个症状在吃过杧果后仅隔几分钟就冒了出来。

她找了个口罩，遮住下半张脸的狼狈，出家门前又左右转头检查了两眼，确定遮好了，才像感冒患者似的出门见人。

在站牌前等公交车时，林妧的手机突然蹦出一个备注为“董星”的联系人的来电，伴随着响铃声打断了实时公交的显示。

她平静地按了静音键，任凭对方拨打五十六秒后自动挂断。

不远处的红绿灯路口，公交车稳稳驶来。

两站路很快，她下了车来到商业街，买了早点，再拐到隔壁街，直行，第五家店就是她妈妈开的饮品店。

林妧经过落地窗外，通过玻璃看到自己的轮廓，白色口罩隐隐显眼，想着一会儿妈妈肯定会询问，她推门进去。

郝文双穿着红白色围裙，正在用盐清洗水果，粉的桃子和黄的柠檬，散发着水果独有的清香。

此时还没营业，郝文双听到开门声，抬头看到林妧进来，黑长直的头发，巴掌大的脸，好看又很乖的模样。

郝文双的目光停留在白色口罩上，不由得担心："不舒服？"

林妧拉下口罩两秒，重新戴好，说："就是吃杧果嘴周围有点红痒，过几个小时就会好。"

林妧的爸爸常年出差，很少在家。坏处是几乎没有时间和家人朝夕相处享受天伦之乐；好处是夫妻俩聚少离多，见面嘘寒问暖都怕不够，根本没机会因日常摩擦吵架。

郝文双带着林妧在淮京生活，从林妧初中一直到现在，对她的照顾事无巨细，知道没有大碍，才放下心来笑了笑，摇摇头，说："就那么喜欢杧果啊，这孩子，从小就是小馋猫。"

被用"小馋猫"形容的林妧歪了歪脑袋，把早点放到柜台上，笑得可爱又明媚，她甜甜地回应："是呀，小馋猫来送吃的。"

吃过早饭，上午九点钟，饮品店开始营业。

高考后的暑假轻松自在，林妧陪着母亲在店里守着，顺便帮忙。没一会儿，淅淅沥沥的雨声传进来，透明玻璃窗的一面被雨水打湿，雨滴洇成一片，不断往下流淌。

连续暑热了一个半月，终于迎来了这场夏雨。

雨水渐急，像懂得人间心声，大雨滂沱，浇个透，消散闷热。

就在此时，两个打着伞的女生从外面跑了进来，年纪看起来和林妧差不多，各自点了杯加冰果饮，就近坐到旁边的圆桌前。

其中穿牛仔背带裤的女生嚼着泡泡糖，瞧着外面的天气，吐槽："前一阵天气预报说有雨都没下，今天这么准，倒有点不习惯了。"

"无所谓了，下雨还凉快点，就是逛街不方便，反正咱们也带伞了，随便它下不下吧。"另一个穿着短T恤、百褶裙的女生掏出小镜子，左右侧脸，照着面上精致的妆容，提起新鲜事，"听说没，柯佳表白陈屿被拒了。"

雨天商业街行人稀少，小店里更是清闲岑寂。郝文双整理出快递送来的两捧白桔梗，插了一捧新鲜的搁在柜台上，剩下的又拿去替换了二楼的花瓶。

林妩垂眸，指腹轻轻拨出瓷瓶挤着的绿叶。

靠近柜台坐着的两个女生还在交谈，细碎的说话声，混着外面微微的雨声，接连不断地掠过林妩的双耳。

“啊？什么时候的事？”

“就前几天。”

“柯佳被拒也不奇怪，陈屿早说过自己有一个黑长直的泪痣小青梅，但凡跟他表白的女生都是被这个理由打发走的，无一例外。识趣的谁还表白。”嚼泡泡糖的女生说这话时，中间停了停，吹了个泡泡，破裂时发出不大的响声。

“不，就是因为那个小青梅从没露过面，大家觉得神秘又奇怪，才抱有侥幸心理，万一是假的呢。毕竟，这么久了，小青梅要真存在，怎么都该露次面吧？”

“嗯……也是。”

话题谈到这里，两个女生双双安静下来。

雨天乌云厚重，店里亮着灯，驱散了沉下来的昏暗。

片刻后，林妩将拨好的花瓶放到柜台上。她垂眸看着花，眼睛里映出花瓶折射灯光形成的光点。

玻璃瓶身映出的影子中，林妩穿着白色短款连衣裙，茕茕孑立。

和黑长直、小泪痣，巧合地对上了。

圆桌旁的两人和她侧对着，仅有一个过道的距离。

忽然，百褶裙女生压低了声音，靠近同伴，以为不会被第三个人听到：“哎……你不觉得，戴口罩的那姑娘，外形有点像陈屿所说的小青梅吗？”

店里空寂，只有林妩戴着口罩。

从小听力就好的林妩知道这是在说自己，她睫毛微微颤动了下，权当没听到。

“是吗？”那同伴转头，目光穿过柜台上的桔梗花，朝戴着口罩的姑娘看去。

黑长直的头发，白皙的皮肤，纤瘦的身形。

至于眼尾有没有一颗小泪痣，口罩下的面容长什么样子，她也不好意思直勾勾地盯着看。

第一眼看过去的感觉，确实挺符合谣传中陈屿对小青梅三言两语的描述。

“不说还没觉得，这么一说，越看越像。”

“哎呀，行了，你别看了，不礼貌。”

“我知道，这不是没在看吗……”

“小点声。”

林妧安静地待着，并不在乎，所以没太当回事。

被谈论的“小青梅”，表情看不出任何好奇或者排斥。

“叮——”

外卖系统的提示声响起，盖过了两人喋喋不休的悄声交谈。提示声中，郝文双的身影从楼梯上下来。

短暂的话题就此终结。

林妧点开屏幕，订单内容显示在眼前：现磨咖啡，无糖，两杯。

系统继续后半句：“您有新的订单——”

半个小时后，屋檐处滴滴答答的雨水由急变缓，街面上的小水洼泛起层层涟漪。

郝文双早已打包好两杯咖啡，只是雨天难行，快餐店的订单激增，没有骑手接单。

半晌，郝文双发愁地说：“唉，下雨天就是这样，外卖费已经加了一倍，还没骑手接单。”

林妧看了下配送地址，并不算远。

于是，她拎起咖啡袋子，说：“不用担心，交给我。”

店里的几把雨伞上次被客人借走，还没归还。

只有一次性雨衣。

“还下着雨，再等等，没准一会儿就有骑手接单了。”

“哎呀，我走啦！”

玻璃门打开，又闭合。

风吹着细小的雨丝，穿过梧桐树的层层绿叶，有几滴落在林妧的鼻尖，周围缓慢响起雨打叶片的轻响。青石板路被雨水打湿，积存的水洼映着她的身影，她正快步走向街对面的公交车站。

林妧从公交车上下来。

细雨未停，林荫道的拐角处有个竹林公园，雨落在雨衣上的声音未停。根据导航显示，绕过这个公园，再走十多米就能到达目的地。

林妧拎着装有咖啡、包装严实的锡纸袋，看到面前有条小道穿过竹林，两点之间直线最短，根据学过的数学知识，她选择走小道。

这个点，又是下雨的天气，公园里空无一人。

小道铺在高大茂盛的竹林中间，光线昏暗，从外面看不清楚，林妧加快了脚步。走到小道最深处时，突然遇到两个正在避雨的流浪汉，在看到她时，那两人目光停顿，宛如黏在了她身上。

他们手撑在地上，似乎想要站起来，脚边散落着空了的白酒瓶，混着雨水、竹叶和泥土的潮湿，有刺鼻的酒味。

几乎同一瞬，竹枝高处凝聚的大颗水珠砸下，滴在她的额头上，激起满身凉意。

林妧下意识地提了口气，以最快的速度向竹林出口处跑去，身子蹭过路边倾斜的竹枝，打破了原本的寂静。正在枝叶下避雨的鸟雀，啼鸣一声，扑棱着翅膀飞走了。

好在这条小道不长，她很快就穿过了竹林。

雨衣薄透，在奔跑时被枝杈划破，风卷着雨细密地钻进来，短裙下摆贴着腿，越发湿冷。

对面的古董店大门敞开，流通着新鲜的空气。

迈入门槛的那一刻，有木头的香气传来，犹如踏进安全地带，她发麻的头皮得到缓解。

而后，旁边楼梯响起了动静。

林妧愣了一下，主动开口："你好，咖啡到了。"

她抬着头，望向楼梯上方。

一阵风吹过，涌入屋内，竹风铃摇摆，清脆舒缓地轻响着。

楼梯上的人穿着白色短袖，浅灰运动长裤，个子很高，雨天光线昏暗，反衬得他肤色干净冷白。

他走过楼梯的拐角，同时视线向下，看着站在门口的她。

头顶的竹风铃摇晃，从快到慢。风停，屋内又寂静起来。

林妧站在原地，还在看他。

男生的位置很高，所以她目光首先越过的，是他凌厉流畅的下颌轮廓，然后是薄唇、鼻尖，再是一双低垂的眸子，眸子漆黑，隔着雨天的凉意沉静地瞧过来。

陈屿迈步往下。

他的目光从林妧戴口罩的脸上挪开，嗓音清清淡淡，似乎风一吹，就会无声地融进外面潮润的雨里：“雨天辛苦，咖啡可以放桌上。”

因为这句话，林妧回过神。

她掏出空白待签的签收单，往前倾了倾身子，解释说：“你好，是这样的，咖啡配送没走平台，所以需要顾客签个字。”

陈屿没再多说什么，下了最后几级楼梯，接过她手里微潮的签收单快速写了名字。

“谢谢。”

林妧伸手，准备收回签收单。

陈屿抬眼，目光在她破了道口子的雨衣上停留一瞬。

而后，他将旁边的折叠雨伞递给她：“给你用。”

话音落下，陈屿修长的手指已经把两样东西递了过来。

林妧手比脑袋快一步，接了签收单和那把黑色雨伞。

她怔怔地眨了眨眼，眼睛追随他，看着他低头垂眸的周正侧脸，急忙说了声：“谢谢，不过不用了，雨小了些，应该快停了。”

陈屿已经拎着咖啡往楼上走去，眉眼淡淡，不爱跟陌生人多交谈的样子，可在林妧似乎受宠若惊的拒绝中，仍回了她一句。

“雨天说不准。”

说完，他没再多言，长腿迈动，挺秀的身影消失在她的视线里。

雨天清寂无人，只剩偶尔摇晃的风铃声，伴着林妧在门口。

她咬着唇犹豫了几秒钟，最终撑开雨伞，转身向门外走去。

雨幕蒙蒙，不远处的竹林小道寂静，完全不见流浪汉跟上来的身影，好像一切都只是她敏感多心。

但，有点怕是真的。

她没犹豫，决定避开那条小道。

雨滴打在伞面上，发出细密、轻闷的声响。

林妧撑着伞走到公交车站。

等车时，有些无聊，她抬眸看了看头顶的黑伞，手不自觉地伸进裙子口袋，摸到那张纸质的签收单。

林妧小心翼翼地拿出，低头看向签收单上的名字。

她辨认着遒劲有力的字迹，心里边轻声念出来：

陈、屿。

还挺好听的名字。

黑伞笼罩下的少女眉眼温软地盯着素白签收单上的字迹，模样认真。口罩旁的纤细黑发被潮湿的轻风微微吹动起来，签收单两角上下摇摆，在发丝轻飘中，发出纸张独有的浅浅脆响。

等车的时间有点久。

风吹来大片乌云，雨势重新大起来。

林妧被骤然变大的雨打在伞面上的声音唤回神思，收好签了姓名的签收单。

她暗自感慨，幸亏现在多了这把伞，不用为大雨发愁。

十几分钟后，林妧终于等来了一辆公交车。

她上车，刚在靠门的位置坐好，手机屏幕上就弹出发小杨倪的微信消息。

杨倪：雨天好适合睡觉，我一觉睡到现在才醒。

两人之前就读于同一所小学，关系很好，杨倪天资聪颖，参加了学校跳级考试，通过之后没念二年级，直接破格上了三年级。

因此，杨倪和林妧虽一样大，却高一个年级。

虽然同校不再同班，但林妧挺喜欢和杨倪一起玩，故而两个小姑娘并没有因为跳级分开，每天上下学都形影不离。

直到初中时，林妧转学到了淮京，她和杨倪才像异地恋般，只能通过网络聊天，寒暑假约着见面。

杨倪提前一年参加高考，报考了淮京大学，这也是和林妧商量之后的决定。

今年杨倪该上大二，而林妧是大一新生。

等九月到淮京大学报到后，杨倪就是林妧稳稳的学姐了。

林妧嘴角微弯，手指快速打字，戏称了声“学姐”，告诉对方，她刚送完咖啡，还被借了把伞，准备回去。

几秒后。

杨倪：又是个“颜狗”吧。你那张美人脸，是我我也借。

应该不是……

林妧抬眸，转过脸，看了看车窗玻璃上映出的戴口罩的脸，更加肯定心中的答案。

她再度低头，回复：今天过敏戴着口罩，那男生心眼挺好，长得还挺帅，咖啡签收单上的签名也写得挺工整。

杨倪：不信，除非发张照片让我看看他字什么样。

有图有真相。

林妩没故弄玄虚，很快掏出签名单，拍了张照，发了过去。

她发完照片，看着上面工整的黑色字迹，又一次肯定了这人写字好看的结论。

几分钟后，杨倪却接连发来二条消息。

杨倪：陈屿？

杨倪：等等，是不是他？

杨倪发来了一张图片。

林妩好奇杨倪为什么会有如此大的反应。

她点开最后那张图片，图片里定格了一群意气风发的少年影像。

图片放大后，那些人的衣服和脸都清清楚楚地呈现出来，几乎都穿着白衬衫，排列整齐。看上面挂着的横幅，似乎是学生会活动时拍的。

林妩的视线扫过那些面孔，却忽然停下来。

她停住的目光，不在最中间的人身上，而是在旁边的男生身上。

他比中间那人更有决策者的气息，清隽深邃的轮廓，眼型显得英俊，双眼皮窄且精致，眼神像沉静冰冷的极地冰川，衬得整个人都是冷的。衣服虽然和今天所见不同，但模样气质是一致的，就是陈屿。

林妩愣怔地看着，呼吸都快凝滞了。

不同于呼吸凝滞，她的心跳忽然快了几下。

她对这种感觉十分陌生。

按捺着情绪，她回了消息：没错，是他。

杨倪：天哪！哈哈哈，你居然在雨天和陈屿见面了。

杨倪：宝贝，我来为你介绍一下，这位也是高你一届的前辈，下一任的准学生会主席，大家喊主席比较别扭，所以一般都喊会长，陈屿。

杨倪：人称，冷面阎王。

冷面阎王？不太理解为什么这样叫。

林妩诚实地回：我觉得他人还挺好的……

起码，还借了伞给她。

杨倪：……绰号不是指他人好不好。

杨倪：而是指有人跟他告白，或者想走后门，都会被不留情面地拒绝，一点机会都没有，就像见了阎王再想活过来一样没机会！

林妧觉得这样似乎也挺好。

她想了想，回：刚正不阿的高岭之花？

杨倪：？

杨倪：你把准会长大人比喻成花？

杨倪：别的花，摘了最多扎手。摘他，可要命啊。

杨倪：而且说不准命没了，都摘不到。

林妧被这夸张的言辞逗得扑哧一声笑出来。

然后，她无所畏惧地回了一条语音消息：“好刺激，说得我手痒，好想摘。”

杨倪：佩服。

提示即将到站的声音响起，林妧放下手机，望向前方挡风玻璃外的红绿灯路口。红灯亮起，隔着街道灰蒙湿漉的距离，金属站牌孤零零地立在风雨里。而立交桥下的另一块站牌，被遮挡而不用受落雨滴打，甚至，连半颗水珠都没有。

她缓慢眨动睫毛，眼神空洞地看了一会儿。

渐渐联想到自己。

高中的时候，很多老师都会在林妧去办公室送班级作业时夸她有责任心，长得好，在学校人缘好，肯定从小就很受欢迎。

但其实并非这样。

林妧初中刚从地级市来到淮京念书时，就被班里几个本地的学生欺负过。

后来，她养成了不好的习惯，就是阶段性地找大家都不太敢招惹的人做朋友、做靠山，如此，便没人再敢欺负孤立她。

那些人虽然有的浑不懔，但总归没给过她实质性的伤害。

董星就是其中之一。

而将要去报到的淮京大学，她还没物色好下一个目标。

林妧敛眸，低头看着那把黑伞出神，脑海里产生了一个大胆的想法。

陈屿是个极佳的选择。

她单方面非常想跟他做朋友，哪怕只是阶段性的朋友。

照片里的陈屿相比今天匆匆一瞥，更能满足她肆无忌惮的打量。

万中无一的清隽长相，与冷眸锋芒杂糅的出众气质，明明没笑，却也极其周正吸睛。

雨天的商业街冷清，梧桐树后的各家店铺都清寂无人、门可罗雀。林妧心底挺喜欢这份罕见的寂静，踏着潮润的青石板路回到店里。

印着琳琅满目饮品的广告立牌已经被搬出来，摆在柜台旁。

店里空荡荡，没客人在。

看见没穿雨衣的林妧收起黑色雨伞，郝文双愣了愣，又急忙拿出一条干毛巾："是不是一次性雨衣坏了？你有没有淋湿？今晚我就去超市再多买几把伞回来，借伞要付押金，这样就不会把店里弄得一把伞都没有了。"

"嗯，借伞付押金是个好办法。"

雨天空气很潮，但身上其实没怎么湿。

郝文双找来自己备用的宽披肩，给林妧裹上，又赶紧去做了姜茶给她喝，生怕她受到一点寒气。

感受着来自妈妈的关怀，和暖暖的幸福感，林妧感到无比满足。

她纤瘦的身子裹着宽大的披肩，捧着一杯热气腾腾的姜茶，找了个靠里的沙发坐下，边喝边浏览手机。

手机页面从淮京大学贴吧，再到淮京大学论坛。

搜索栏里的关键词始终不变，只有两个字——

陈屿。

天色渐晚，期间，因为下着雨再没客人进店。

这场雨下得时间着实够长，也浇透了暑天的闷热。

相比平常，生意惨淡，于是郝文双提早关门了。

而林妧下午的收获不小，基本上淮京贴吧和论坛里有关陈屿的帖子，她都浏览了一遍。

有用的信息，概括起来就是：在淮京大学念书的人都知道，有个长得好看，还不好招惹的男生叫陈屿，去年入学，今年大二，在大一时就加入了学生会，还凭能力在大一下学期就当上了学生会副会长。

今年九月再开学，大四年级面临离校实习，学生会内部骨干会有大变动，学生会会长的职务，自然就由原副会长陈屿担任。

而他，曾说过自己有个黑长直的泪痣小青梅。

除此之外，其余的大多是日常赏颜系列。

而各个帖子的标题更是吸睛，比如：哪所学校的学生会副会长最帅、冷面阎王、桀骜但尊嘟（真的）好帅。

这些标题里的关联词，全都跟着他。

从偶遇偷拍，到运动会，再到音乐教室，照片和视频分布在各个帖子里，盖了一楼又一楼。其中有几张，是男生代拍，拍到了陈屿整理更衣室物品，其中，一枚钥匙扣缠着朱红色的绳结，给她的印象不浅。

可能是看得多了，无形中由眼入脑，变得深刻。

林妧虽然没怎么和陈屿接触过，但光是恶补他的照片和各种活动视频，她就感觉自己已经牢记他的样子，算是他的半个朋友了……虽然这只是单方面的。

晚上回房，林妧关好房门趴在床上。

林妧随手翻着校友会相册，从小学开始仔细看起，她感慨时间过得真快。

照片里稚嫩的小女孩，如今已经十八岁。

再看看那时和自己合影的杨倪，她开心地笑着，露出洁白的小虎牙。

林妧的眸光逐渐变得柔软，她拿起手机，找到杨倪的聊天框，给对方拨去语音电话。

等待铃声只响了半句，语音电话就被接通了。

"妧妧，正有事要找你商量呢。"

杨倪率先开口，语气急急忙忙的："我们辅导员给我发微信，问我认不认识大一新生，开学典礼缺个新生代表，需要发言。他说他朋友圈里的那几个六百多分的新生，都以资深社恐为由拒绝了。现在实在没人，所以辅导员都找到我这儿了，我记得……你分数也是六百多吧？所以——要不要救急？新生代表发言没什么可怕的，就是写篇发言稿，念几分钟，走个流程。"

林妧稍稍回神，不觉得难，又是杨倪找她帮忙，思索了下，便答应："可以呀。"

"哇！谢谢妧妧，帮了咱们学校大忙！那我把你的专业和名字告诉辅导员了啊。"

杨倪快速地打着字，键盘噼里啪啦响了几秒，完事后，她好奇地道："在干什么？"

"翻以前的照片，看到二年级的合影了。"

"二年级——还没校门口卖文具的柜台高吧。"杨倪嬉笑着，追忆说，"那时候你就比我高一点，现在好像还是高一点。"

林妧看着旧照片里两个身高略有差距的纯真小女孩，初中经历的校园欺凌的涩意像逐渐被抚平，不那么明显了：“……嗯，挺好的，有情侣个，这是姐妹个。”

“哈哈哈，这个解释好，姐妹个，爱了爱了。”

窗外雨停云散，寂静的夜空透出清亮的弯弯月牙。

屋檐处缓慢滴下一滴水。

话题从小学趣事讲起，逐渐到初高中，她们看似都是单纯的，但林妧清楚，自己经历过那些张牙舞爪，虽然没和人提过，心性上也还是变了些的。

杨倪讲着家乡初高中学校里友爱的活动和事情，和她像是不同的世界。

林妧安静地听着，不会打断。

直到兴致盎然的杨倪说得差不多了，转而询问她即将开学的准备：“妧妧，大学住宿舍的东西都准备好了没？大一生活，有什么目标没？”

“目标……”林妧下意识地重复。

“对呀，就除学习之外，业余生活的小目标，现在不都流行大学生兼职攒钱，毕业就直接进入半养老模式吗？我们系就有个女生特狠，每天就吃最便宜的饭菜，今年大二，加上平时兼职收入，已经存了小四万块钱了。不过，你说那女生日子过得紧巴巴，还有什么意思，咱们折中，可以适当地攒一攒钱，总比一分不剩要好……”

杨倪说着，忽然停住，追问：“所以，你的目标是什么？大一存多少？”

“我的大一目标……是别的。”

“什么？”

“是，陈屿。”

没有隐瞒，林妧翻着手里的相册，看到了初中时的照片，照片上是几张肆意大笑着的脸，她轻声说：“我在淮京大学的大一目标，就是接近最不好招惹的准学生会新会长，陈屿。”

“啊？”杨倪讶异，“陈屿……那我建议你还是换个目标……他不是看脸就会五迷三道的类型，不好搞定的。”

虽然林妧模样好看，从小就受男生欢迎。偶尔有她想主动认识的人，她也能凭借莞尔甜笑很快拿下，换得那人积极主动。

但陈屿不一样。

别说是美人脸，就连隔壁学校粉丝大几十万的校花网红、富二代的娇小姐倒追，他也冷冷淡淡，不留丝毫余地。

冷面阎王的作风，实在名副其实。

只是，林妧不是摇摆的人，她打定主意，就不会轻易更改。

“试试呗，不行我再换目标。”林妧嗓音带笑，像盯上凌空葡萄的小狐狸。

新生报到日应该是每个学校学长们最积极的时候。

林妧踏入淮京大学校门的那一刻，帮忙拎行李、指路、介绍学校的学长就都热情地拥上来了。而几乎与她同时到达的戴着眼镜的黑裙胖女生，推着一个行李箱，还带着个大背包和一兜子零食，气喘吁吁，左右打招呼，询问着交费处在哪个方向，却无人上前。

林妧全看在眼里。

她虽然心里不喜欢，脸上却没表现出来。

漂亮的眸子盈上感激与矜持，她看向身边围着的三个学长，微微一笑，礼貌地摆手拒绝：“谢谢学长们，我就一个小箱子，在网上搜过，知道交费处在图书馆一楼，不用麻烦啦，再见。”

林妧匆匆逃离出包围圈。

“你好，是新生交费吗？”她来到几步之遥的女生面前。

女生看到她呆了下，点头：“……是的，你也是吗？”

“嗯，我和你一起去吧。”林妧笑了笑，如同燥热夏意里绽放的一朵花。

“好，谢谢。”女生微微脸红。

林妧提议：“我东西少，可以帮你……”

她手还没完全伸过去，刚被婉拒的三个学长中跑来一个男生。

赵磊生怕林妧去拎那些东西，忙抢着一手拉过黑裙胖女生的箱子，另一手拽过背包：“两位学妹别动！我来我来。”

仿佛每个举动都怕累到纤瘦的林妧。

“啊，谢谢学长。”黑裙女生脸更红了，捏了捏裙子，没有拒绝。

“没事。”赵磊看向林妧，笑道，“我叫赵磊，大二计算机系，算是你们的学长。交了费就可以进宿舍，我带你们去。”

这堆行李的主人都接受了帮助，林妧也不好拒绝。

“有劳学长。”林妧抬头，笑了下。

赵磊被这抹甜笑弄得耳根泛红，越发挺直腰杆，热情高涨，边走边介绍学校，讲着笑话，走路都似带风。

等排队交完费，林妧领了钥匙向宿舍楼走去。

203 的宿舍门锁着。

林妧开了门进去，四张桌椅，高处就是床铺，简单标准的四人宿舍。

同宿舍的室友们还没来。

收拾好行李，林妧拉好行李箱的拉链，将其滑到桌边。

林妧没在宿舍多待，把两页发言稿和黑色雨伞塞进随身的挎包，给杨倪打去电话，相约在校门口东侧第一家快餐店见。

临近中午饭点，快餐店生意红火，一楼挤满了人。

杨倪是这家店的熟客，取餐后拉着林妧的手直奔二楼。

二楼清静不少，空调开着，几扇宽大的玻璃窗，阳光透过枝叶缝隙洒进来，视野明亮。

两人挑了个相对安静的角落，边吃边聊。

“以后吃食堂的次数少不了，今天第一回，还是吃点外面的。”杨倪分享心得，“这家快餐最好吃，然后就是对面第二家土豆粉。”

林妧配合：“好，以后挨个试试。”

“对了，今天你要代表新生致辞，”杨倪想起下午将在操场上举办的开学典礼，“准备好了吗？放心，学姐我一定用力给你鼓掌。”

林妧点点头，俏皮地说：“谢啦，好——学——姐——”

“乖啊。”

杨倪凑近用手戳了戳她的胳膊，悄悄问：“你真打算接近陈屿，不再考虑考虑了？”

林妧毫无动摇，同样小声回：“当然是真的。上周我跑了三个城区，找了七八家店，才找到一位老师傅会编他钥匙扣的同款绳结。”

她说完，杨倪一脸疑惑：“什么同款绳结？”

林妧眨了眨眼，晃晃手腕。

细白的骨节处，戴着一条绳结手链。

那偏暗的红在白皙的皮肤间格外显眼。

她揭晓谜底般，找到手机相册里保存的陈屿那张更衣室照片，清冷淡蓝的色调，角落钥匙扣缠着红绳结，样式繁复又罕见。

杨倪怔怔地看了好一会儿，明白过来，服了她：“你这张美人脸，黑长直的头发，还有眼角的小泪痣，再加上这同款绳结，简直小青梅现身，如假包换啊……但万一正主打假，怎么办？”

其实这点，林妧也担心过。

她狡黠地笑了下，平静地说："戴哪一款，是每个人的自由，我只是多了条手链，其余都保持着自己原本的样子，没说自己是小青梅，但别人怎么想，怎么认为，我就无权干涉了。"

说罢，她单手托腮，朝杨倪眨了眨眼，一个勾人的甜妹媚眼已经生成。

杨倪竖起大拇指，评价："狐狸啊狐狸，真会玩。"

从快餐店出来，两人回了学校。

林妧跟着杨倪在人工湖、卧龙亭的周围逛了逛，学校占地面积很大，从校门口的林荫道到人工湖慢悠悠走一圈，半个小时，还不到校园整体的五分之一。

开学典礼要求提前十五分钟到，新生到操场按高矮自觉排队。

这次没逛完的校园其他地方，只能等开学典礼后，有时间了再慢慢探索。

下午两点半，操场上站满了人。

开学典礼没什么特别的，没有节目表演，枯燥的发言内容也不会安排彩排。

林妧在认完班级的位置后，跟辅导员打过招呼，早早来到主席台后，等着上台发言。

校长演讲期间，她偷偷露出半个脑袋，往大二队伍的方向望了望，试图找到陈屿的班级，奈何系多班级多，人头挨着人头，眼睛看晕了也根本找不到，她只好暂时放弃。

"感谢校长的鼓舞，希望同学们'书山有路勤为径，学海无涯苦作舟'，为自己负责，为校争光，做个对祖国有用的人才！下面是新生代表林妧发言。"

林妧踩着台阶，从后面走上主席台。

来到话筒前，她手调了下话筒高度，微笑着说："各位新生同学们好，学长学姐们好，校领导们好，我叫林妧，是这届大一新生。"

她觉得台下的人跟自己都不相识，也不重要。

所以，她并不紧张，从容熟练地念着手里的稿子。

做旧的暗红色绳结手链，就系在她的手腕上，余光所见，红与白，十分夺目。

两页纸念完，林妧说着结尾："以上，是我个人发言，祝愿大家在淮京大学得偿所愿，实现理想。”

说完谢谢，鞠过躬之后，她转身准备下台。

距离不远的长桌后，负责整个流程的学生周德志略显焦急：“李主任发完言，就轮到学生会会长了，人还没来？”

台阶上的白裙女生脚步突然一停。

学生会会长，陈屿也会发言吗？

林妧稍稍回神，迈开步子，继续往台下走。

她取回自己的挎包，站在台后的角落，没有着急离开，再后面便是雕花的黑色铁栅栏，高大成排的桦树叶被风摇曳得来回掀起来，哗哗作响。

没一会儿，有说话声逐渐靠近。

“周德志微信发个不停，以为咱们学生会故意为难，有心不来，真是小人之心哪。”

“少说两句，省得惹不必要的麻烦。”

“李主任那演讲稿，少说得有五六页吧……”

林妧屏住呼吸，仔细地听，却没听到期待的声音。

直到其中一人提醒：“屿哥，台上李主任讲完，就是你了。”

“嗯。”

林妧还未来得及辨认这是不是陈屿的声音。

与此同时，几人绕过主席台来到后侧。

她下意识地抬眸，凝望，几乎一眼就锁定了那人——陈屿。

蔚蓝的天空下，操场上，风微微吹鼓陈屿的衬衣和长裤。

他从裤兜里掏出一张薄薄的发言稿，低眸，漫不经心地扫过。

慵懒，随意，却又不失锋芒和正气。

就在林妧愣神的那几秒，黑色的长发被风卷动扬起，遮住了她的半张面孔，白色的裙摆飘摇。

而那人仿佛没看见她，就要走过。

心跳一紧，发出了声音。

“陈屿。”

混着风声、话筒发言声，她喊出了那人的名字。

随着林妧开口，身穿白衬衣的学生会男生们停住了脚步。

几道目光齐刷刷地看了过来。

吹乱的长发被女生整理到耳后，露出了姣好的面庞。

“嘶，”陈屿身后的秦墨倒吸了口气，低声说，“这是个美女。”

但被喊了名字的陈屿却完全不在意这个，他冷淡的眸光落在白裙女生的身上。

陈屿干净利索：“有事？”

他认识她吗？

主席台建得高且长，跟操场最靠边的桦树围栏距离一米多，并不算窄。

林妩站在阴影覆盖的角落，身上的纯白裙摆没什么拘束，一旦风来，便尽显柔美，摇曳起弧度。

她从包里拿出雨伞，单手再次捋着发丝抬眸。

青天白日，离得近，也更能看清他的样子。

陈屿的眼睛漆黑，瞳仁沉静，眼神带着拒人千里的底色，五官周正，轮廓却清瘦又凌厉。

轻飘飘的“有事？”两个字，好似他只是驻足回眸轻瞥了一眼，虽给了回应，却也只是教养使然，给人一种不喜打扰的疏离感。

空间在无形中，好像变得逼仄。

林妩控制着不太顺畅的呼吸。

她笑了笑，和眼瞳漠然的男生对视着，抬起细白的胳膊将伞递过去，尽可能从容：“雨伞还你，谢谢。”

“嗯？”陈屿略一垂眼，顺着她递来的雨伞看去。黑色折叠伞面，伞柄上那条细长的磕痕熟悉。

陈屿眼皮掀起，重新抬眸。

“哦……是你。”他眼神略带打量地重新落在她身上，停了几秒，似乎因为雨伞才对那个雨天有点印象，“不客气。”

依旧冷冷淡淡。

可在旁人眼里，就已经很难能可贵了。

秦墨吃惊地愣了下，不自觉地睁大了眼。

这个雨伞，还真是屿哥的？

女生白皙的眼尾，有颗小小的泪痣，秦墨发现了新大陆般，怔怔地看着，边在心里嘀咕这好像跟屿哥形容的小青梅很像。

“那，再见。”

没多打扰，林妩告别后往外走去。

旁边的男生们格外有眼力见儿，纷纷退开，主动给她让出路。

陈屿偏眸，多看了一眼她纤白的身影，再看看手上的黑色雨伞，被她叠得整整齐齐的，有淡淡的护手霜的甜味，说明女生碰过。

散发着若有似无的淡香的雨伞被陈屿随手抛给身旁的人。

秦墨手忙脚乱地接了，随着好奇心高涨，有点按捺不住："屿哥，那小美女是谁啊？感觉是大一新生，以前没见过。"

陈屿不太在意的样子。

"我怎么知道。"他语气平静，说到大一新生，军训服装也安排在今天发，学生会得忙起来了。

陈屿继续往前走，对着身侧另一个男生郑谦说："下午五点四十，你和组织部的人跟我去一号教学楼，帮忙给新生发军训服。"

"好的会长，我待会儿就通知下去。"

郑谦应下。

秦墨伸手搭上郑谦的肩膀，小声低笑："会长大人这是转移话题，跟人家姑娘装不熟呢……"

声音虽小，但全随着摇晃树叶的微风，飘进耳郭。

陈屿勾唇无声嗤笑，懒得理。

"没必要吧，可能真不认识。"

"伞都在人家姑娘手里，还能不认识？"

郑谦回过味来："是啊——所以那小美女，到底是谁？"

"笨死算了，"秦墨重点说起那女生黑长直的头发，眼角下小小的泪痣，"屿哥不是有个黑长直泪痣小青梅，有没有可能就是那位——"

台上李主任已经讲完，开始念感谢语，周德志从阶梯后探头看到陈屿，如获大赦地松了口气。

看样子，如果陈屿真不来，仿佛天就要塌下来。

陈屿没把秦墨的八卦当回事，在周德志笑着连连招手中，操场音响里传来主持人的引导："下面是学生会会长陈屿发言。"

广播声落，陈屿随即走上台阶。

现在是下午三点，多风，体感舒服不少。

林妧凭着印象往班级队伍的方向走，为了不影响满操场同学们的视线，自觉绕远走最边上的红色跑道。

主持人那句"下面是学生会会长陈屿发言"后，操场上响起格外热烈的掌声，不一会儿重新安静下来。

"大家下午好。"

操场音响里，一道低缓的嗓音传来。

林妧听出是陈屿。

她不禁停下脚步，回眸，看向主席台上。

主席台上，男生穿着白衬衣，在阳光下，仿佛在发光，冷清清的声音覆盖着温热热的每一丝风，全部涌进她的耳朵里：

"我是大二金融系的陈屿。

"代表学生会，我们将为大家的大学生活保驾护航。"

他一字一句，不紧不慢地说着，声音回荡在操场。

凝望聆听间，周边的桦树叶子不断摇晃，斑驳光影犹如海浪潮水，林妧侧着身，回眸愣住了，静静看着陈屿那挺拔足以傲视一切的身姿。

陈屿发言时，林妧感觉周围的一切噪声都消失了，所有乱七八糟的事都被她抛到脑后。

那一刻，她仿佛有了一种，在校园追寻许久都不曾得到的，岁月静好的错觉。

下午三点半，开学典礼在掌声中结束。

其实，早在陈屿简短两分钟的发言之后，操场上大半女生的心思就不在这儿了。

队伍解散前，负责会计学六班的大学辅导员趁着同学们都在，做起了自我介绍。

辅导员是一位年约四十的女老师，名叫王亚丹，说话温柔和蔼。她把自己的手机号报给大家，说有事可以打电话找她，又讲了讲接下来的军训安排。十四天的军训，要求着装统一，今天晚上六点，在一号教学楼门口集合，六点五十发放军训服装。商学院班级多，轮着领军训服，每个班就十分钟时间，所以王亚丹格外嘱咐了大家千万要准时去。

班干部还没选举，现在需要一个临时班长。

王亚丹对大家还很陌生。

于是，今天作为新生代表的林妧，成了临时班长的不二人选。

简单的召集到此为止，班里几十号人开始从操场疏散，稀稀落落地回各自宿舍。

林妧再次回到宿舍，另外三个女生也已经到了，四人寝的成员总算是齐全了。

林妧扬起微笑，主动打招呼，声音跟着笑意一起染了几分明媚：“室友们好，我叫林妧。”

距离门口最近的齐刘海女生个子娇小，下颌尖尖的，整个人很可爱，她热情地回应道：“嗨，你好，临时班长，我叫苏晓莹，住你对铺哦！”

苏晓莹的话音落下，斜对角坐在椅子上的齐肩鬈发女生接了话，她一只耳朵戴着蓝牙耳机，似乎正在听歌，桌子旁边的墙面已经贴了当红的几个男团的海报，颇为随和：“你好，我叫曹娜，以后大家就是室友了，彼此多多关照。”

“啊……我、我叫姜宁宁。”

邻床的衣柜旁还有个女生，脸色白得有些憔悴，给人第一感觉有些病恹恹的，身形细瘦，似乎因为紧张，说话有些磕磕绊绊，柔弱得像朵雨中枝头的小花，就连声音也是轻轻的。

为了安抚她的情绪，林妧特意笑得更灿烂了，几乎连自己的头发丝都透着友好：“你好呀，宁宁。”

宿舍里的女生们互相打完招呼后，林妧在脑中重复了一遍各位室友的名字和特征。

曹娜很外向，摘下耳机，积极开口：“好了，以后都是一个宿舍的姐妹。咱们先加个好友，再建个宿舍小群。”

林妧乐意之至。

几人加了好友后，又逐一进入新建的宿舍群里，各自把昵称改成了名字。

“宿舍群的名字没新意，”曹娜有另外的想法，“改成‘泡陈屿小分队’，怎么样？”

听到陈屿的名字，林妧眼睫稍眨了下。

“啊，陈屿，今天代表学生会发言的超帅会长！”

“对，就是他。”

“不过，会不会太不矜持啊？”

“想泡会长大人还矜持什么！你没看微博吗？今年淮大官方微博招生帖子下点赞最多的一条评论是——自从有了陈屿，考来淮大的女生有一半是为了理想，还有一半是为了他。”

“哦……”

“原来是这样啊。”

苏晓莹和姜宁宁迷迷糊糊的样子，一看就是前者。

林妧本来就对宿舍群名无所谓，看大家都同意了，于是她也通过了。

这个群名还挺像她的心声。

——泡陈屿。

淮京大学有八个院系，院系设置的专业方向数量各不相同。林妧报的是商学院，包括金融系、会计系、市场营销三个专业方向，仅商学院的大一新生，加起来就有三十个班。

集合的时间还没到，有资深追星经验的曹娜已经在贴吧和论坛混得如鱼得水，并且加了几个内部群，掌握第一手消息：学生会负责这次军训服发放。

陈屿是金融学专业的学生。

他和组织部的另外三个学生会成员负责商学院学弟学妹的军训服装发放，其余人员则负责其他系。

下午五点半，晚霞晕染在天边。

淮京大学实在太大，林妧怕迟到，和室友们商量了一下，提早半个小时就从宿舍出发了。

好在一号教学楼离得近，十来分钟就找到了，时间还充裕。于是，她们作为新生满怀新奇地决定在周围遛弯看看。

淮京大学校园内的建筑诗情画意，其程度确实可以当作景点对外开放了。

可惜，它只针对本校师生开放。

一号教学楼的北面是柳树湖泊，南面则是一望无际的生态花园，从高的花树到矮的花丛，春夏秋冬不同季节的花，错落分布，完全呈现了校园版的“乱花渐欲迷人眼”。

大概再好的景致，学生们待久了看多了也不稀奇，花园里格外清寂。

只有大一新生颇感兴趣。

“哇，咱们去里面逛逛？”曹娜隐隐兴奋。

“好啊好啊。”

没等林妧开口，苏晓莹已经亲昵地挽住她的胳膊，笑嘻嘻地道：“妧妧，你真的是个大美女，我喜欢美女，以后多让我看看。”

林妧笑着摇摇头，拿这个像小妹妹性格似的室友有点没法子。

穿过大片的月季园，就是比人还高的木槿花林，朝开暮合，星星点点缀在绿枝间，淡雅美丽。

花林静谧，旁边人行道的动静就格外明显。

远远走来几个人，除了前面那个个子高挑的女生，其他人都整整齐齐地穿着学生会制服。

林妧不认识那个高挑的女生，只认出走在最前面的男生是陈屿。

曹娜也发现了，赶忙拉着正给花拍照的苏晓莹和姜宁宁蹲下。

苏晓莹莫名其妙地问："啊？怎么了？"

"小点声，外面。"

曹娜不忘提醒林妧找更好的隐蔽位置，指着一旁："林妧，快往旁边点，嘘……"

很明显，她预备看这出好戏。

林妧用手比画了个"OK"，忙往边上挪了挪，十分乐于配合。

毕竟看陈屿拒绝女生，可比看花有意思多了。

其实，陈屿拒绝女生表白不算什么稀罕事。

但，从别人那里听说，和在现场亲眼看见，差别在于场景还原的生动性。

八卦之心，大概每个人都拥有。

林妧安静地站在茂盛的木槿树丛后，透过枝叶缝隙，望着外面。

"哎呀，你等等我！"那个高挑的女生穿着白色短款露脐的半袖，宽松的浅蓝色牛仔裤，时尚又漂亮。

她娇声喊着前面的人，试图喊住他，但无果，只得努力跑了一段，才微喘着挡在陈屿面前。

陈屿的反应很冷淡。

路灯下，他也只驻足了一秒，随即绕过那女生继续往前走。

"陈屿！"

女生的头发是金色的大波浪，配上任性的娇声，十足的娇小姐派头。她伸出手，想去碰他的胳膊："你就为我写首曲子嘛，我出高价买！"

陈屿躲开她的手，脚步未停，平静如常地回："不好意思，我已经拒绝很多次了，不会给别的女生写歌，因为我小青梅会不高兴。"

女生完全不把拒绝当回事，撇撇嘴转移重点，锲而不舍地说："每次都用这个借口拒绝，她是谁，她在哪儿？如果真有这个人，你让她出现，我才信！"

闻言，陈屿抬眸看过去，而后发出一声很轻很低的讥笑。

"我小青梅是谁，在哪儿，跟你有关系吗？"

快刀斩乱麻式的拒绝，在陈屿身上体现得淋漓尽致。

女生终于委屈得咬唇握拳，停住脚步，不再追赶。

原以为这就放弃了。

几秒后，女生又朝陈屿越走越远的身影喊了句："陈屿！我对你是真心的！我是不会放弃的！"

后面慢慢跟着走的男生倒面面相觑地笑了，似乎见怪不怪。

被这样坚定示爱喊话的陈屿很不耐烦，他脸上神情没什么波澜，却明显加快了脚步。

他对这种死缠烂打，应该十分反感。

林妧对这种纠缠，也有些感同身受。

语言有时候很苍白，也很轻易说出口。

那简简单单的一句"我喜欢你"，在自己不需要时，再多的示好也成了负担和累赘。

大概。

这种让陈屿冷眼心烦的频繁表白，不见得比旁边电池类回收桶里的有害物好多少。

傍晚时分，风吹动枝叶轻晃，林妧的发丝和裙角也影影绰绰地扬起。

走在外面大道上的陈屿，余光瞥见一抹白色在木槿树后晃动了一下。

陈屿侧过头。

双眸漆黑沉静得像掺了冰的湖水，视线落在茂盛的木槿树间，树够高，叶子也繁密，但仔细看，仍能看到一抹刺眼的纤白身影——是个女生。

路灯闪了闪，在越发昏暗的天色中亮起来。

道路两旁的树影分明起来。

花园里藏着谁，陈屿没去追究，也没太在意。

他只愣了一下，随即无所谓地继续往前走。

终于，陈屿一行人走过去了。

没什么顾虑了。

林妧松了口气，暗自感慨，特工偷听秘密什么的，还真不是那么好干的。

但刚才有那么几秒，她觉得陈屿好像侧头看见了自己。

不过，他并没有过来。

也许是错觉吧。

时间差不多要到了，该出去集合了。

林妧跟室友们从来时的小道折返。

路上，曹娜像诉说秘密似的，用手握详细八卦消息的解密者身份科普："群里发过那个女生，她算是咱们学姐，大二的，是个正儿八经的白富美，叫柯佳，老爸有钱，家里是做房地产的，据说从大一追到大二还没拿下陈屿会长。我说真的，以后谁要是能拿下陈屿会长，我绝对佩服得五体投地。"

林妧听着，眨了眨眼，忽然想起发小杨倪曾跟她说过的，陈屿跟其他男生不一样。

——别说是美人脸，就连隔壁学校粉丝大几十万的校花网红、富二代娇小姐倒追，他也冷冷淡淡，不留丝毫余地。冷面阎王的作风，实在名副其实。

这个柯佳，应该就是那个富二代娇小姐了。

不过，娇小姐这副在陈屿面前示爱、死缠烂打的姿态，着实不容易。

对方大概是真的很喜欢陈屿。

如此想着，她们已经走到了一号教学楼的门口。

班里有些眼熟的同学来了不少。

林妧暂时敛起心思，组织同学们集合，按照衣服的尺码大小分成了几个小组，这样领起来方便快捷许多。

各班都乌泱泱排着队，还有大二大三的学姐在旁边围观，为的就是看一会儿陈屿。

排队领军训服期间。

组织部部长郑谦用扩音器说："各班班长来我这儿按班级人数和尺码领军训服装啊！领完签字才能走。"他在人群中看到了林妧，想起下午秦墨说的那句小青梅，忍不住多瞧了几眼。

其他成员不断搬来各尺码的衣服。

陈屿低眸安排着领取服装，对众多女生窃窃私语的欢喜偷看，连眼皮都不曾抬一下，未给任何回应。

终于轮到会计学六班。

林妧作为临时班长，走到陈屿面前。

陈屿扫了她一眼后，目光落在她后面的队伍上，问："共多少人，尺码？"

林妧忙看着记录表格，报出人数和尺寸。

陈屿的目光掠过面前的班级，简单数完，数目一致。

他将表格推过来，附带黑色水笔，全然公事公办："先领衣服，后签字。"

"好。"林妧点头，从第一小组的2XL开始领。

因为提前按尺码分了小组，领起来格外轻松省事，全班领完所有尺码，相比前面的班级，时间节省出将近一半。

"这方法不错。"

郑谦觉得林妧想出的办法很聪明，眼里多了丝欣赏，然后举起扩音器，指导还没领服装的几个班开始效仿。

领完服装，就可以签字了。

林妧重新来到陈屿面前。她脸上漾出甜笑，想他也许还会再看她一眼，能再加深印象也不错。

但他并没有再看来，似乎只等她签完字走人，换下一个班来领。

不过林妧并不失望，因为心里有准备，知道他不看也不奇怪。

教学楼门口的照明灯亮着，白炽灯光落在这片区域，照得清清楚楚。

林妧拿着笔，手腕半贴在桌子上，一笔一画工整认真地签着班级和名字。

上次，他签咖啡签收单，字体很好看。

此刻调换，轮到她签名，她自然不能写得太差。

陈屿随意看来一眼，从她签字的手上一掠而过，捕捉到近在咫尺的红色手链。

他怔了一下，视线立马重回她细白的手腕上，那条朱红绳结。

白天的时候，他只瞥了一眼，知道她手腕上戴着红手链，当时注意力全在别处，倒没注意绳结花样这种细节。

此刻，他倒是看得清清楚楚。

繁复且熟悉的绳结，并不是市面上流行的款式。

陈屿眼神动了动。

如果一个女生，外形和他捏造的小青梅一致，也许还能当作巧合。但，手链的绳结花样都跟他钥匙扣上的相同，那未免太扯了。

陈屿抬眼，漆黑的眸子沾着凉意落在林妧脸上，带着审视，仿佛要将她看透。

巧合太多，就不是巧合了。

他之前还觉得无所谓。

现在看到相同的绳结，他有点好奇，她到底是什么人？

须臾寂静。

林妩在表格上工整地签完名字：“好了，谢谢。”

她转身准备走。

“等等。”身后的陈屿却开口叫住了她。

旁边学生会的成员和不远处的学姐们都疑惑地看过来。

心跳一瞬停滞，林妩停了下来，有些猜不透地回眸看过去。

本以为会看到陈屿不苟言笑的脸，结果，只见整个晚上都没多余表情的高冷陈屿，此时居然笑了。

虽然很浅，很轻。

但他居然笑了……

他不笑还好，此时皮笑肉不笑的模样，让林妩莫名觉得，他那唇边的弧度，配着他冷清清的薄情眉眼，像极了杀人刀。

那笑轻飘飘的，转瞬即逝。

亮如白昼的灯光下，两人各怀心事，但都没当着众人挑明。

几秒之后，陈屿眼尾微微耷拉看着她，似疏离又戏谑，随意地问了一句。

“聊聊？”

林妩怔了几秒，对方也就安静地等了几秒。

以前听到男生说这句话，无一例外，为的是和她更进一步发展。

但，眼前的陈屿方才连笑都没半丝暧昧的意思出现在眼里，遮掩不住的，反而是玩味的冷。

林妩的第一反应是——对方绝不是看上了自己。

但那又如何。

没什么可怕的，他还能吃了她吗？

她初中时什么没经历过？再可怕难熬的问题也都解决了。

至于陈屿想聊什么。

不慌，她见招拆招就是了。

思及此，林妩换了表情，从愣怔到莞尔，笑得连陈屿旁边的男干事都呆了呆。

“好呀，可是……我看你挺忙的，会不会耽误你？”林妩说着回眸扫了眼后面还没领军训服的几个班级。

她这个样子，仿佛很乐意和他聊聊似的，却又担心耽搁他。

陈屿沉寂的目光看着她，嘴角再次泛起一丝类似于嘲弄的低笑，还真挺有意思。

伪装小青梅被正主喊去私聊，换作旁人，大概都会心虚。

可他却看见她笑眼弯弯，似一道月牙，似乎很开心。

陈屿偏头，对旁边的男干事说了句："蒋浩，过来替我。"

"好的，会长。"

这个点，商学院的大一新生都来领军训服了，周围人多且吵，林妧跟着陈屿沿着台阶往教学楼里走。

她表情看似从容，内心却有点忐忑。

但在别人眼里，只看到这个新生居然被陈屿喊去聊聊的事实!

八卦的主战场向来是互联网。

一分钟后，就有现场女生忍不住跑去淮京大学的贴吧和论坛分享消息："刚刚就在一号教学楼门前，咱们高不可攀的陈屿会长亲自约大一某女生聊聊哎！"

临近入秋的季节，天黑之后有些微凉，校园路灯旁的绿植树叶，已经从叶尖悄悄泛黄。

进了教学楼，四周的窗户在黑漆漆的夜色里紧闭着，空气不太流通，温度也没降下来，似乎还在闷滞的暑夏。这栋教学楼的一二楼分给了大一新生早晚自习用，但因为先军训，还不用上自习课，目前教室都空着。

林妧还没好好转过学校，校园没逛完，教学楼更是没进来过。

教室一间挨着一间，很整齐，装修风格很简约，除了前后两面墙，左右全是落地窗玻璃，挂着浅蓝的卷式窗帘。

她跟在陈屿身后，看他挑了中间位置的无人教室，推开门进去后，灯被按亮，略暗的走廊也终于有了点人气。

林妧的目光掠过靠外面的落地窗，想到几十分钟前，自己还在木槿花枝缝隙间偷看陈屿被女生纠缠，满足自己的好奇心。

而此时，外面乌泱泱一堆人，都通过中间那块没拉窗帘的落地窗，难以置信且好奇无比地望着这里，紧盯着她和陈屿。

她无声地笑了下。这算不算是现世报?

林妧脚步没停，从陈屿身旁经过继续往里走，直到旁边的卷帘挡住自己，视线清静下来，她才转过身手拄着桌面，微坐桌边看向陈屿。

本来她以为陈屿会懒得计较外面的偷看，就停在未落下卷帘的那块玻璃前。

而在她选择往里避人耳目时，陈屿也选择了讲台旁的卷帘遮掩带。他五官凌厉清隽，神情沉静难测，给人不好亲近的疏冷感。

林妧骨子里就不服输。

她越感觉对方是个硬骨头，越难啃，越没退缩之意。她发觉自己在神奇地隐隐兴奋，也有点像遇到正负极的磁铁。

从小到大，迄今为止，陈屿给她的这种感觉最持久最强烈。

此时的沉默里，两人一前一后，在冷冷清清的教室里站着。

中间暴露于众人眼皮底下的位置被弃置，宛如一道楚河汉界。

林妧就如同在欣赏美好的事物，隔着一定的距离，眨着清亮的眸子望着他。

陈屿就那么淡然地对视着。

他毫不在意对面的人好看还是丑陋，关注点只在疑心的地方："那么多好大学，学妹怎么就选了淮大？"

教室里很安静。

林妧回答道："学长不也选了淮大吗，证明这是很值得选择的大学呀。"

"你打听过我？"

"之前没有，不过，来到淮京大学之后，大家都知道陈屿学长，今天又作为学生会会长在开学典礼上发言，在场的每个大 新生应该都认识陈屿会长了。"

"之前没有？"陈屿重复着她的前一句话，没理后面那一堆的废话，倏然笑了。

他那双深不见底的眸子漆黑凌厉，短促的笑意过后，那冷清得似乎能置人于死地的冰刃正在逐渐解封："能找到这个款式的手链，应该不容易吧，小学妹。"

他挑出事实扔在她面前，不再绕任何弯子。

周围的温度似乎都莫名地低了。

林妧心里一紧，明白他是什么意思，但偏偏就不按他的意思来。

她全力压下不安的情绪，嘴角随即甜甜地勾起，把自己想象成小太阳，用笑和无辜烘暖冷下来的温度："这个呀，学长你也想要吗？我觉得很好看，当时一眼就选中了。学长，我们可以加个微信，改天我再遇到那个走街串巷的手工老板，就能及时联系你。”

林妧长发柔顺黑亮，衬得眉眼明丽，唇红齿白，乌眸像盛了夜色碎星似的纯真地看着他。

一切，都自然得滴水不漏。

若再深追究，自己似乎就是自作多情的直男。

再者，陈屿觉得荒唐，自己只是来问她手链哪里来的。怎么就要跟她加微信了？

停了两秒，他无声一哂：“不用了。”

“噢。”不加就算了。

林妧罕见地没什么负罪感。

陈屿没跟她交底，自己也有一款跟她类似的随身携带多年的钥匙扣绳结。

这番各有遮掩的试探与回答，还挺公平。

陈屿何其聪明，自然看得出眼下这个架势，从她口中问不出什么想要听的实话。

他无所谓地再次一笑。

依然是笑意不达眼底的假笑。

“嗯，答得挺好。”他语气多了点悠悠的薄凉散漫，似夸似讽，也似乎懒得再跟她耗费时间，“祝学妹你在淮大能有愉快的学习生活，回去吧。”

“好的，谢谢陈屿会长，希望你也是呀。”

林妧将礼貌和单纯进行到底。

教学楼外还在按顺序发放军训服，场面很热闹。

林妧一眼就望到了满脸八卦的曹娜和苏晓莹，她没有时间多说，拽着两人抱着衣服往宿舍的方向走去。

周围众目睽睽，实在不宜久留。

她步子很快，头也没回。

在她离开教学楼后，陈屿低头，看了一眼表格上的班级与名字——

会计学六班，林妧。

回去的路上，林荫道旁灯火盏盏，几个女生结伴回宿舍。

林妧抱着崭新的军训迷彩服，心里已经悄悄做好被室友追问的准备。

防患于未然。

远离了教学楼前黑压压的人群，室友这才满脸佩服地感叹起来："第一次和学生会会长面对面，你就被叫住聊聊，而且更厉害的是，你当时还能无比淡定地朝他笑，换了我，大概率就是个呆头鹅。"

"嗯……"林妧外强中干。

她面对陈屿时，自然也是慌的，只是表面功夫做得好，看上去很镇静似的。不过她现在有意让人误解自己是陈屿的小青梅，所以故意答得含糊："其实——今天不是我第一次见他，也不是第一次跟他说话。"

"啊？"苏晓莹诧异出声。

明明大家都是大一新生，今天才见到陈屿会长，可身旁的新室友，却好像和会长很熟似的。

不是第一次见他。

不是第一次说话。

苏晓莹愣愣地睁大了眼，脑筋有点转不过来，总觉得自己这个美丽的室友林妧跟高不可攀的新任会长陈屿有点什么神秘的交集。

"这么明显了，晓莹你还看不出来啊？"

曹娜扑哧一笑，引得苏晓莹呆滞地眨眨眼，更加莫名其妙："……到底什么意思？"

"你真是不逛贴吧论坛，什么都不知道。陈屿呢，身边追求者巨多，这些年他拒绝别人的理由一直都是他有一个小青梅，有人不死心地追问小青梅长什么样子，他三言两语提过，就是黑长直的头发，眼尾有颗小泪痣。"

"……所以呢？"苏晓莹还是没懂。

"哎呀，傻晓莹，你看看林妧，再想想陈屿会长的描述，像不像照着她的样子说的？"曹娜点明。

苏晓莹立刻转头重新打量起旁边的林妧。

浓稠的夜色里，女生白皙姣好的脸孔在路灯光线下，染上淡淡的橘黄，狐狸般好看的眼，眼尾微翘的睫毛，眼尾有颗很小的泪痣，长长的乌发随着晚风一下一下轻轻扬起，越细看越觉得美得不可方物。

这样的女生，很难不让人喜欢啊。

黑长直，小泪痣……

打量过后，苏晓莹终于捕捉到重点，开窍般恍然："林妧是陈屿会长的小青梅——难怪要聊聊了！"

"才明白过来啊，小笨蛋。"曹娜笑笑，又打趣林妧，好似全然都懂的样子，“青梅竹马，感情会很好呢。”

林妧默默心虚，转开视线，觉得脸有点发热。

好在周围天色够黑，应该看不出来。

回到宿舍，林妧放下新领的军训服，按开手机看了眼时间，顺带看到三分钟前杨倪发来的微信消息，约定一会儿在中午提到的那家土豆粉店门口见面。

晚上校门口依旧热闹。

土豆粉店旁边就是个小型超市。

也许是新生报到的缘故，超市门口进进出出买日用品的学生很多，顺带着附近的小吃店、饭店也格外忙。

杨倪挑了个最靠里的位置，林妧觉得很好，这样说话小点声就不会被旁人听了去。

土豆粉飘着香味和热气，林妧吹了吹，吃了一口。

杨倪倒是不急着吃，叹了口气，压低了声音问：“小狐狸女士，刺激吗？你今天可是跟着陈屿会长一起登上贴吧和论坛的热帖了。”

“嗯，还行。”

对此，林妧反应平静，丝毫不意外。

毕竟陈屿的吸引力摆在那儿，随便参加个活动都能被人拍照上传分享，更何况今天他主动跟异性说聊聊。

杨倪关心则乱，问：“真是替你捏了把汗。陈屿找你聊什么了？”

林妧简明扼要，拣着重点说了说，无非就是为什么来淮大，有没有打听过他，最重要的是，这种款式的手链哪里来的。

“你也够胆大的，还挺从容。”

“风险大，收益也大。”林妧觉得这条经济理论，用在接近陈屿的事情上，还挺恰当。

“接下来你打算怎么办？陈屿那个人绝不会主动找任何人，除非有他的理由，今天他主动找你聊聊，明天呢，后天呢，以后呢？你一直被他无视，迟早白费力气啊。”杨倪忧心忡忡。

林妧没发愁，只微微一笑，问道：“学生会什么时候招新？”

“军训完以后，不光学生会，学校各社团都该招新了……”杨倪一顿，“你该不会因为陈屿想进学生会吧？”

林妧点点头：“嗯，这样才有机会总见到陈屿呀。”

林妧鲜少参加什么集体活动，对学生会更是毫无了解。但陈屿在那儿，比什么都有吸引力。

沉默了几秒，杨倪无奈地叹气妥协：“好吧……进学生会也不是不行，你记得把握好接近陈屿的分寸，别弄巧成拙了。”

林妧莞尔：“知道啦，我有分寸，你放轻松点，别这么苦大仇深的。”

明明接近陈屿是件很美妙的事啊——虽然很难。

吃过饭回到宿舍，林妧洗漱完穿着睡衣上床，距离熄灯还有几分钟。

她点开杨倪微信上发来的贴吧链接。

标题：“刚刚就在一号教学楼门前，咱们高不可攀的陈屿会长亲自约大一某女生聊聊哎！”

主楼内容：

△小青梅只耳朵听过，真人还是初次见到。

△黑长直，泪痣，能让陈屿破例约聊。

△综合以上三点，没错了，不是小青梅还能是谁有这个面子？

二楼：那人是谁啊，居然能让屿哥目不转睛？

底下回复：这都猜不到？屿哥的小青梅。

三楼：不一定是小青梅啊，难道是陈屿亲口跟你们说的？

…………

底下差不多都是这个意思。

总结一下，就是众说纷纭，大家吵得不可开交。

最后，楼主发起投票。

“小学妹就是小青梅”和“只是个巧合而已”，两方投票。

目前已有三百多人投票，各自占了 41% 和 59%。

投票期限：六个月。

林妧明白，这是玩长期战了。

如果是谣传，六个月也就是半年的时间，辟谣完全够用。

等结果出来，各自说过的话就摆在那里，真相，抑或是打脸。

实在够狠，够严谨。

熄灯时间一到，宿舍楼全体变黑。

校门口的小店也都随着学生们的熄灯时间关了门。淮京大学基本陷入一片漆黑，除了湖面反射着月光波光粼粼，就只有学生会办公室的灯还亮着。

辛苦了一整天的体育部部长王滨，看着微信上新加的学妹们的消息，叹息一声，有些生无可恋地扔下手机，瘫在沙发上："今天已经有十来个学妹找我要咱们会长的微信了。"

正打游戏的秦墨呵呵一笑："屿哥的小青梅都考来咱们淮大了，别的学妹们没戏了。"

"哈？"王滨来了精神，重新坐好，"传说中的小青梅来咱们学校了？真的假的，哪个学院的？"

"商学院。"

"哟呵，那不是跟屿哥一个学院吗！"

"废话。"

"谁谁谁？哪个专业？哪个班？"王滨好奇得不行。

秦墨故意卖关子："这就得问屿哥了。"

陈屿神情冷淡，半垂着眉眼，浓墨般漆黑的睫毛略压下来，正跟学校领导微信汇报大一新生领军训服的情况，完全没有要搭理他们的意思。

"屿哥今天晚上发军训服前，已经被柯佳大小姐追着磨了好久。"

核对完军训服剩余数量的郑谦回头，他推了推鼻梁上的眼镜，提出自己的观点："要是这小青梅是真的，咱们屿哥就坐实了名草有主，身边也能清静清静了。"

好奇心达到顶峰的王滨凑到陈屿办公桌前，询问道："屿哥，那个小学妹，真是你的小青梅啊？"

陈屿停了几秒。

"很闲？"陈屿抬眸，清隽的面孔冷然又平静，"要不要把学生会纳新的准备工作都交给你？"

"不了不了。"王滨立刻不好奇了，明哲保身，头摇得像拨浪鼓。

陈屿低眸，目光落在已经收到回复的消息框上，眼睛看着，思绪却不自觉地发散。

其实，他们刚刚的对话他都听到了。

那个叫林妧的女生，比起缠在身边一年之久，坚持不懈告白的柯佳来说，确实不算什么麻烦。

毕竟，他想解决时，只要一句话就可以彻底摆平林妧。

她真无辜也好，身后有人指使装傻也罢。两人的关系走近或是疏远，都能由他做主，倒是可以考虑用她当实打实的挡箭牌，彻底断了柯佳的纠缠。

接近夜里十一点，学生会今日工作完毕。

陈屿将签过字的各部门新文件分发给众部长，起身准备散了，让大家各自回宿舍。

只是刚走到门前，灯还没关，门就被人从外面推开了。

“呜呜呜，陈屿——”

一个满身香水味混着酒气的高挑女生半撒娇半呜咽着，漂亮的脸上梨花带泪，醉态明显，双手扶着门框，有些站不稳。

学生会众部长都认出来，这女生就是从大一开始整天缠着陈屿的富二代娇小姐，艺术系的系花，柯佳。

柯佳身材高挑，一双腿笔直修长，有家世有颜值，但平日里有两副面孔，一副在陈屿面前卑微求爱，另一副则高傲又任性。她自己喜欢陈屿，就不允许别人喜欢，没少嘲笑和针对其他也喜欢陈屿的同学，柯家没少跟在后面处理闹过头的荒唐事。

这种性格的女生，只当花瓶看看还行，绝不适合深入接触，更别说做女朋友。

正停在陈屿旁边的秦墨距离柯佳最近。

秦墨见柯佳醉酒站不稳的样子，虽然不愿掺和，但还是上前两步，好心地伸手扶了一把，半扶着她来到陈屿跟前。

喝得酩酊大醉的柯佳抬眼看向陈屿，英俊的脸庞在交融了灯光的夜色中，显得更冷淡与勾人，让人越发想亲近。

柯佳仗着酒劲，摇摇晃晃着，就要扑向陈屿怀里。

陈屿看了眼，察觉到对方的意图后侧了下身子躲开。

但人摔在学生会总是麻烦，于是，他耐着性子扶住她的肩膀一推，让柯佳往后退了几步，背靠到了秦墨身上。

投怀送抱当着这么多人的面被拒，实在太丢脸。

“你——”

柯佳咬着唇，恼羞成怒，把秦墨推开，还顺手推倒了旁边的花盆架子。

陈屿眉峰不动，清隽薄凉的脸上毫无波澜：“柯佳同学，来这发酒疯呢？”

柯佳酒劲被心慌冲散了些，连忙说出醉酒的缘由：“陈屿，有人说你的小青梅来淮大了，你发军训服的时候还跟她私聊了，那群人瞎说的，是不是？肯定是那个新生不要脸，知道你说的小青梅是黑长直，想碰瓷夺得你注意，让你喜欢。你去翻翻她的学籍照片，肯定不是现在这个样子。”

她此时不复刚刚泼辣无理的模样，转而楚楚可怜地仰脸看着陈屿：“我也可以为你拉直头发，陈屿，你跟我在一起吧，只要你跟我在一起，我让我爸爸出钱给外联部赞助，还可以出钱给你发专辑，求求你了，好不好……”

几步之外淡白灯盏下，陈屿只觉得在听笑话。

他嗤笑一声，冷冷地扫了柯佳一眼，没有停留，语气平和，却也淡漠：“学生会也有休息时间，柯佳同学，你超时未归寝，砸坏公物，纪检部都会记下。”

说完，似是不耐烦，陈屿抬步，迈入黑寂清冷的夜色中。

“哎，屿哥屿哥！”秦墨有点傻眼，“这哭唧唧的柯佳怎么办，谁留这儿哄啊？”

陈屿一边下台阶，一边淡淡地回：“谁扶进来的，谁负责留下哄。”

“别啊，屿哥我错了。”

这柯佳大小姐就如同烫手山芋。秦墨欲哭无泪，只后悔不该多事伸手扶一把，现在脑袋都要愁疼了。

陈屿脚步未停。

虽这么吓唬秦墨，但下了台阶之后，陈屿还是跟众部长里唯一的女部长交代：“高雯晴，你辛苦一下，和秦墨一起把人送回宿舍。”

“好的，会长。”女部长应下。

靠近操场的宿舍楼已经全部熄灯，黑压压一片。

众部长四散开，回各自宿舍。

周围有几盏黯淡的节能灯相隔较远地幽幽亮着，夜风猎猎，陈屿孑然一身走在昏暗的路上。

他经过今晚柯佳发酒疯这么一闹，也想通了。

看来那个符合他当年随口胡诌的小青梅外形的女生，可以顺水推舟，利用一下了。

操场和体育馆被大二和大三年级的学生上体育课轮番占着。

大一新生军训场地有限，于是挑了各宿舍楼中间的空地，二十来米的楼间距，足够站军训队伍。

林妧站在前排靠边的位置，上午正好在宿舍楼阴影里。军训正式开始前，教官以防休息时学生们摘下帽子放在一起会弄混，要求用黑色马克笔在帽檐下写上名字。林妧按着教官的要求，在帽檐下写了自己的名字：林妧。

上午练习了站军姿，虽然不动，但站姿标准浑身用劲，算不得轻松。

午饭时，大家好不容易屁股挨了椅子，碍事的帽子都被堆在了放衣帽水杯的桌子上。

吃完饭准备出食堂时，室友们都很快找到了帽子。

唯独林妧没找到自己的帽子，她认认真真找了好几遍，确定帽子不翼而飞了。

“林妧，你的帽子找不到了吗？”苏晓莹关心地问。

林妧眉心微皱，回答：“嗯，找不到我的帽子。”

“帽檐下面都写了名字，怎么还会有人拿错，太马虎了吧。”曹娜觉得难以理解，安慰道，“等下午集合时，看有没有人拿错帽子吧。”

午后艳阳高照，教官吹哨集合，下午的训练时间到了。

林妧回到队伍里，左右环顾。

可放眼望去，附近没有哪个军训的学生拿了两顶帽子。

没戴帽子的林妧在人群中很显眼，几乎立刻就被教官发现了。教官几步来到她面前，语气严肃地问：“帽子呢？”

林妧实话实说：“报告教官，帽子是在食堂丢的，我也不知道是谁拿了。”

话音落下，教官的训斥紧随而来：“帽子丢了？你怎么没丢？真要在战场，是不是连枪都要丢了？粗心大意！那就晒着，长长记性。”

林妧垂着眼，有些自责为什么没随身带着帽子，那么轻，并不费事。

小女生低眉咬唇没吭声，乖乖站军姿的样子，让教官怒火消了消。几分钟后，教官从队伍另一边走过来，语气也软了软。

“回头去找辅导员再买一个。”

“是，教官。”

初秋的天气，早晚凉，白天和盛暑没什么区别。

下午一点过后，三点之前，这段时间太阳会越来越毒，有课的躲在教学楼，没课的也不会选择最热最晒的时候在学校闲逛，人少，显得周围更空寂。

旁边的梧桐树林在烈日下泛着翠绿的光，树下的阴凉道路成了林妧此刻最想去的地方。

正胡思乱想着，远处传来轮子滚动的声音，她凝神去看，发现装满未拆封的迷彩服的手推车后面是三个男生正逐步走近。他们穿着学生会的白衬衣、黑西裤制服，中间最高最吸引人的就是陈屿，白色衬衣干净修身，衬衣袖子被规整地卷到手肘的位置，手臂和领口处露出的皮肤一样冷白，充满禁欲感。

陈屿走得不紧不慢，正听身边两个学生会的成员笑着聊天，他没太参与，嘴角却不似平时那样高冷，微微弯了下。

这个样子，冷感稍退，多了些似乎挺好相处的亲近感。

林妧目不转睛地看着，连当头烈日都被忽略掉了。

也不知是不是她这道视线太直接，太火辣，陈屿像随意，又像感应到什么似的偏头，漆黑沉静的眸子隔着树荫和明晃晃的炽热朝这边军训的队伍望来。

目光相撞，林妧呼吸微滞，理智回笼，没有躲掉他的目光，而是尽量从容地露出一抹笑。

明眸红唇，在阳光下美丽得紧。

陈屿脚步没停，眼神却淡淡地在她身上停留了两秒。

太阳暴晒的空地，女生安静规矩地站在军训队伍的前排。靠林荫路边的另外几个人也看到了陈屿，但都是偷偷看，只有她光明正大，莞尔弯唇笑着望他。

和昨天见到她时穿着一条纯白裙子不同，今天军训开始，她已经换上了整套迷彩服，纤细腰间有腰带系着，所以就显出了原本的婀娜身段。

军训队伍着装整齐，全戴着迷彩帽子，有帽檐遮阳，也能舒服一些。

她的头上却没有帽子，头发更显得乌黑，也不同于之前垂直散着，改成了简单的低盘发，多出几分温婉美好的感觉。

充足甚至有些刺眼的阳光下，看什么都比平时清晰。

她乌发下的耳朵和颈项，秀气莹润，皮肤细腻雪白，完完全全露在大太阳底下，似乎反着光一样。

陈屿不再多看，无声地收回了眼。

宿舍楼下的空地也就二十来米宽，陈屿从出现到进入视野盲区，也就十几秒的时间，林妧明目张胆的目光就没从他身上挪开过。

陈屿的眼神自她身上收回后，便一如既往波澜不惊，垂眸低头，继续听身边人讲着重点内容。

梧桐树影将他的眉骨和下颌轮廓带了些深与暗，就连轻飘飘的淡漠都多出几分凉与静。

即将要到放迷彩服的学校库房时，陈屿这边突然来了电话。

旁边两人怔了下，随即自觉扶着手推车停在原地等待。陈屿摸出手机看到来电备注，边接通，边往旁边走了几步。

打电话来的人是季绪阳，高中旧相识，现在在淮京大学西区的体育学院，而季绪阳有个表弟，高中在淮京十中念的，和林妧学籍表上的一样。

“屿哥，”季绪阳办事效率向来挺高，“你昨晚说的那个女生，能找到的高中资料都找了，不算太多，都发到你微信上了。”

陈屿言简意赅：“谢了，如果后续有消息，麻烦继续发给我。改天一起吃饭。”

挂断电话，他垂眸去看微信消息。

他点开那几张图片，除去期中和期末考试成绩与排名这种没什么用处的电子版截图，陈屿拣着有用的看了看。照片上有她高一时的校庆联欢照，有和男同学一起笑闹的，也有跟女同学坐着看镜头合影的，最后一张是集体大合影，她黑长的头发别在耳后，略微抬着头笑靥如花，右下角日期是今年六月份，也就是三个月之前。

照片里的林妧从高一到现在，神情消去几分稚嫩感，姣好的模样没什么明显改变。

陈屿眸色渐深。

他心里大概有了底，原来她确实是长这个样子。倒不像被某个有心人指点之后，故意改造过的。

一两秒后。

已经有了想法的陈屿微微勾起嘴角，无所谓地笑了下，他走回原来的位置。

“怎么了会长，有什么特别的事吗？”旁边最机灵的蒋浩看到会长这样笑，好奇心瞬间滋生出来。

陈屿戏谑道：“你这观察入微的能力，要是用在学习上，也不至于每学期补考了。”

“嘿嘿。”男生略显不好意思地挠头笑笑。

陈屿没再多说什么，只从裤子口袋里掏出钱包，拿了张纸币出来，换了顶未拆封的迷彩帽子：“麻烦你待会儿跟仓库老师说一声，少的帽子，算我买的。”

这话说得不紧不慢，似乎只是一个随意的举动。

“啊，好的。”另一个男干事虽不理解，但还是连忙应下，“会长要这帽子有用吗？”

“嗯。”

透明包装袋被打开，陈屿长眸微敛，修长的手在帽里撑了撑，塌瘪的外形瞬间变得饱满起来。

男干事有些愣。

会长特意撑开帽子，这是要把帽子给谁？

陈屿没再多言，只转身朝大一新生军训的宿舍楼走去，去给人送帽子。

下午日头正烈，连蝉鸣都从远处阵阵传来。

林妧正眯着眼，额角有浅浅细密的晶莹。

她边站军姿边出神地想着谁会拿走自己的帽子，就觉得额前一沉，眼前灼热的光线倏然暗下，柔和了许多。

帽子……它，自己回来了？怎么可能。

林妧愣怔抬眸，正好对上陈屿冷淡沉静的视线。

陈屿意味不明地一笑，很勾人，笑意很淡。

他的嘴巴生得好看，薄，干净，似乎很适合接吻。

她眨巴几下眼睛，也不知是不是晒得有点久，显出稍微中暑的迹象。

此刻，她明明能感觉得出对方笑意不达眸底，可心跳仍旧不受控制地加快。

他当着众人的面，似乎丝毫不担心流言蜚语，就这样抬手，将帽子戴到了她脑袋上，给她避光。

“不用谢。”

他嗓音低沉而充满磁性，十分好听，明明离得不算近，听进耳朵里，却仍旧麻了麻似的，挥之不去。

林妧怔了怔。

做女狐狸这么多年，头一回好像要被冷淡的陈屿勾住了。

势均力敌，有难度，才更好玩呢。

战争还没到最后。

鼓噪的心跳被她努力想着其他事强行舒缓，好不容易稳住自己，她回过神弯出美丽的微笑决定还是说声谢谢时，那人已经收回目光，从她身旁走过。

教官没注意到这边，在和另外几个教官聊训练姿势的事，于是安静的队伍里，发出了胆大的起哄声。

就连身边老实可爱的苏晓莹都眼神八卦地看过来。

林妧假装泰然自若，好像理所应当一样。

可她心里不免有疑问，真的没想到昨晚还冷冷淡淡的陈屿，今天会有这么一出。

林妧原本打算军训结束以后，在学生会纳新时，去参选学生会干事，接近陈屿，通过舆论和八卦，把小青梅的假身份坐实些，哪怕只有陈屿的名字撑腰，益处也会大于麻烦。

可刚才的一切，如梦似幻。

脑袋上的帽子，说明一切都是真实发生的。

不怪别人起哄。

她都有点发蒙，好像自己真是陈屿特殊关照的小青梅似的。

距离军训场地不远的林荫道旁有长椅，午后阴凉很适合坐在那儿看新生训练，往年都会有大二大三的学生坐在那儿边喝饮料边休息。

此时长椅正空着，难得没人坐。

陈屿毫不留恋地走过，对欣赏大一军训没兴趣，也没空久留。

新学期伊始，学生会还有不少事情等着他处理。

站在林荫道上观察了一会儿的沈如洲背着吉他追上来，喊住陈屿：“陈屿！”

陈屿回眸看了眼，停住脚步，问：“怎么来这儿了？”

“找你啊，刚在路口遇到你的部员，问了下，知道你在这儿，没想到目睹了你给军训的新生学妹戴帽子的全过程。”沈如洲扬起下巴，朝着穿迷彩服的姑娘的方向望去，“那小学妹，看着跟你胡诌的小青梅是同一类型吧？”

沈如洲和陈屿从小就是邻居，小学和初中都是同学。偶尔沈如洲家里没人，他就会跑到陈屿家蹭饭，还替陈屿代收过许多情书。他也是唯一知道陈屿的小青梅根本不存在的嘴严哥们儿。

“嗯。”

陈屿对沈如洲懒得隐瞒，于是云淡风轻地回应了声，继续往前走。

沈如洲赶忙跟上，觉得惊讶，也挺有意思，不吐不快：“不是，你这什么情况，不像你啊。”

“哪里不像我，你想说什么？”陈屿给对方问出潜台词的机会，省得对方憋得难受，一直吵他。

沈如洲好奇极了：“老实说，你是不是做孤家寡人做够了，准备边搞钱边谈恋爱了？”

“不谈。”陈屿利落地给了答案。

就只是想利用一下，摆脱那些乱七八糟的纠缠。

沈如洲没了前几秒的兴奋劲，语气也变得如常，夹杂着失望：“哦……还以为你铁树开花了。”

陈屿不在这个话题上停留，他看着手机上新收到的外联部部长发来的合同表，点开看到是今天刚签下的企业赞助，减轻压力的同时，心情也算不错，淡淡地询问跟在身边走了一路的人：“说吧，来找我什么事？”

沈如洲言归正传：“就是滕华娱乐选秀的事。”

陈屿看他一眼，那双沉静的眸子无波无澜，不怎么感兴趣的样子。

“今年就海众和滕华娱乐有选秀，海众呢，是李袁手里的，你肯定不会去，所以我选了滕华娱乐。现在偶像养成风很强，娱乐产业多暴利啊，资本们当然要趁着风口多投资、多赚钱了。这把投资，我想入选，但不想唱太耳熟能详的歌。”

沈如洲努力表明自己的意思：“你在作曲方面有才华，我也知道你不愿意抛头露面，你做我的幕后作曲人就行。如果歌能被公司看中，版权卖多少钱，你说了算，我义务做推广大使，就只沾点唱你曲子的光，怎么样？”

“想好了，要出道做偶像？”陈屿被最后那句版权费稍稍吸引，他现在确实需要更多的钱用来做投资，而且唱歌的人是沈如洲的话，知根知底，会少许多潜在的麻烦，“别三分钟热度。”

沈如洲认真地道：“你还不了解我，我对别的事真提不起劲，但爱唱歌爱街舞，还爱演点戏，这是真的，这爱好都十几年了。帮帮好兄弟吧，行不行？”

说完，他满脸期望地盯着这位明明有音乐才华，却志不在娱乐圈的兄弟。

然后就是短暂的五六秒相对无言。

对于沈如洲来说，这几秒漫长得犹如半个世纪。

终于，陈屿松了口。

“行，回去吧。”

离开前，陈屿轻轻拍了拍沈如洲的肩，算是一种合作和鼓励，熬过夜的嗓音略显沙哑，却很淡然：“等忙完了，晚上我发你邮箱。”

沈如洲喜出望外，眼睛都好似亮了：“得嘞！”

军训结束后，累了一天的大一新生都回了宿舍，选择先歇歇再去吃饭。

林妧想着杨倪说过学校周围的奶茶味道不太好，拿起手机在外卖平台找了家口碑不错的连锁奶茶店，难得奢侈地一口气订了八杯招牌原味奶茶。

半个小时后外卖送到，林妧去校门口取回来。

“妧妧，”她刚推门回到宿舍，苏晓莹就放下手机，叹气，“我找昨天帮我拎行李的学长问了下，你帽子不是在食堂丢的吗，我就想能不能看监控，结果学长说，学校不让随便看监控，帽子值不了几个钱，只能吃哑巴亏了。”

没想到室友在为自己丢帽子的事找人帮忙。

林妧心里微暖，声音很软，撒娇似的说了句你真好，然后过去给了个拥抱，甜笑安慰：“没事，我已经有办法了，晚上吃饭的时候我要跟隔壁宿舍的几个同学聊聊，你和曹娜吃完就回宿舍，不用等我了。”

曹娜累得早已倒在床上，觉得林妧已经有了新帽子，之前的帽子找不到也没多大事。

倒是看见她拎了这么多奶茶，曹娜坐起来，有点不解：“妧妧，你买这么多奶茶干吗……”

林妧解释：“跟人主动聊天，拿点喝的，礼多人不怪嘛。也给你们点了，给。”

她拿出三杯分给室友，得到几人欢喜满满的道谢。

与此同时，隔壁响起说话和关门的声音，应该是要去食堂吃饭了。

林妧不再磨叽，跟室友们挥手之后，拿上饭卡也赶忙出门。

她记得中午吃饭的时候，隔壁宿舍那几人就坐在食堂出口旁，最靠边的那桌，距离放帽子的地方也最近。如果有谁能对拿帽子的人有些印象的话，那也一定是她们。

食堂里，林妧主动热络地打招呼，隔壁宿舍的四人一看是她，都纷纷招呼她坐下一起吃。考来淮京大学的学生，经过开学典礼，几乎无人不知英俊冷感的新任会长，以及他的神秘小青梅。

今天陈屿可是在众目睽睽之下，亲自拿了一顶新帽子给林妧戴上，俗话说耳听为虚，眼见为实，加上开学第一天陈屿就约着这位林妧聊聊，大家已经在心里无比相信她就是会长大人的小青梅了。

林妧把奶茶分给大家，说了下帽子是在食堂丢的事。她也不生气，只略显苦恼地说："刚开学就被人偷偷拿了帽子，也不知道我是无心招惹到了谁。要是知道那人有什么特征就好了，也能辨认一下，我以后好注意，现在什么都不知道，人为刀俎，我为鱼肉，真不知道该怎么办……"

她本就生得好看，此刻又一副可怜兮兮的模样，让隔壁宿舍的四人顿生怜惜之情，也正义感爆棚，一个接一个地主动聊起注意到的可疑人。

林妧默默听着。

最后，她将怀疑的目标放在了没穿军训服，穿着白色短小露脐半袖和浅蓝色牛仔裤，翻了半天帽子的高挑金色长鬈发女生身上。

这身穿搭，为什么会有如此熟悉的感觉。

林妧终于想起，昨天在生态花园见到的纠缠陈屿的那位柯佳娇小姐，不就是这一身嘛。

如果真是柯佳，那柯佳应该是知道了昨晚的事，毕竟这事在学校论坛和贴吧里传得沸沸扬扬，自然也会传到格外关注陈屿的大小姐那里。

这事，换作别的懒得计较的人，也许就自认倒霉过去了。

但林妧却觉得该弄清楚恶人是谁。

她以后也好防备。

林妧从食堂出来时，还没到晚课时间，她给杨倪拨去语音电话，拜托杨倪帮忙打听大二年级的柯佳住在哪个宿舍。

杨倪很快回复消息：大二艺术系的柯佳，在B区一号宿舍楼的605。

食堂外的路灯下，坐在长椅上的林妧收到消息后低垂着眼，将校园地图打开，导航到B区一号宿舍楼的位置，知道了方向。

她起身往B区走，退出地图页面又回到微信，然后给杨倪发去了一句谢谢。

林妧按照地图上的引导，来到了目的地，在楼下没等太久，就等到两个回宿舍的学姐。

宿舍楼的玻璃大门在顶灯的照耀下，清楚地映出林妧穿着迷彩军训服的纤秀身影。

大二的学姐们不免多看了两眼，觉得这个大一女生有点眼熟。

当认出这是贴吧和论坛上很火的、陈屿的那位神秘小青梅时，她们露出了意外的神色。

“你好，”林妧迈开一步，双眸干净透亮，甜甜地笑着，“学姐，你们住几楼，方便帮忙喊下605的柯佳吗？”

“方便方便，我们就住同层，稍等啊。”个子稍高些的短发女生几乎当即答应，本来就想着怎么也得给陈屿个面子，对方又是个小甜妹，真没有拒绝的理由，应完还朝林妧回了个微笑。

林妧轻轻点头，笑得更好看：“谢谢学姐，你人真好。”

“不客气，你等着哈。”

甜甜的笑是习惯性的交际伪装。

林妧看着两位学姐走进宿舍楼后，笑意减缓，目光落回玻璃门上，看着自己的影子。

她可以笑得很标准，整个初高中时代已经练出来了。她习惯藏起遍体鳞伤的自己，和没那么喜欢的人做朋友，只为远离一切校园欺凌。自保之余，她把全部心思放在学习上，想着以后考进更高的学府，头也不回地离开噩梦般的淮京十中。

江山易改，本性难移。

考到了淮京大学，她找靠山的坏毛病却改不掉。

大概，当初真被针对怕了，只有遵循从前的模式才能安心些。

宿舍楼玻璃门后，楼梯上有一个身影渐渐下来。

“叮。”自动门打开。

楼内的柯佳走出来，微蹙着一字眉：“你找我？”

林妧回过神，脱离记忆，面对现实。她毫不怯懦，眼神冷冷清清：“柯佳学姐，帽子该还我了。”

听到这话，柯佳直接笑了，她双手抱臂，高傲得不可一世：“从哪儿听来的我拿了你的军训帽子？我说没做过，你能拿我怎么办？”

换作是在淮京十中，柯佳这副挑衅满满的大小姐样子，要是被那几个不良少女看到，估计会被极为厌恶地揪住头发给点颜色。

恶劣念头一闪而过，林妧眨了下眼，双眸依旧漂亮澄澈：“我只提了帽子，没有说是军训帽子，学姐就已经不打自招了。如果还嘴硬不愿意还回来，那我只能向学生会反映情况了。”

食堂监控普通学生没权限看，但学生会权限一定够。

因为十分在意学生会的那人，柯佳听了这话，表情蓦地变僵：“你拿陈屿威胁我？”

林妧个子比穿了高跟鞋的柯佳稍矮些，但气势并不弱，她很轻地弯了下唇，冷漠又理智：“他是会长，这种小事，我觉得纪检部就够了。”

这个笑看得柯佳不由得一顿。

这个女生的笑，和陈屿很像。

不发自真心，看似近，却离得很远。

果然，不愧是传说中的青梅竹马，连假笑都那么相似。

想到陈屿的小青梅居然真的存在，自己追他无望了，柯佳明显失落，气焰也不复，低头讪讪地说：“帽子扔教室桌兜了，我多给你点钱，再去买一个好了。”

林妧摇头，坚定地说：“物归原主，那是理所当然的事，我不缺钱，也不要你的施舍，所以你欠我一句道歉。至于帽子扔哪里了，麻烦学姐找回来，交到失物招领处——我们就不用再见面了。”

“你别太过分！”柯佳佯怒，“不就是个帽子，至于吗？”

“如果学姐你不道歉，也不还帽子，我就只好去学生会了。”林妧笑意浅浅，就站在原地不动，显然主意已定。

“你——”柯佳深吸口气，别扭了好几秒，才不情不愿地出声，“对……对不起。”

“嗯，勉强接受。”林妧点点头，一副大人不记小人过的大度神情。

“你满意了？帽子明天我下课后交到失物招领处。”

说完，柯佳脸色铁青地离开。

今晚是个静谧的夜。

林妧望了一眼半圆的明月，清辉柔和散淡，她弯弯唇，因为事情解决，心情也跟着好起来。

开心蹦跳着哼出欢快的小曲儿，林妧往宿舍走，手机从浅浅的上衣口袋晃出来，掉在路边发出一声轻响，她都没注意。

开学这段时间事多，陈屿除了要处理学生会的各种琐事，还要去上课，整个人忙得分身乏术，休息时间被挤压，几乎连饭点都错过。

下午五点，他还在参加学生会每学期的固定活动——“感谢恩师、义务劳动”的讨论会。

对于这学期要去看望学校哪几位已退休的教师，学校领导的意思是由学生会成员投票决定，尊重学生们的意愿。结果有不少老师获得的票数相同，各部长意见不统一，宽敞的多媒体教室里讨论声此起彼伏。

手机静音后放在桌面上，此时亮了亮，陈屿瞥了眼，看到是季绪阳发来的微信，才拿起手机查看。

季绪阳：我表弟从朋友的朋友的空间相册新搜罗到的照片，这个叫林妧的女生学习挺好，一直都在重点班，但好像跟十中的混子们很熟，认了好几个干哥哥，不知道私底下算不算她的众多男友。

陈屿无声垂着眼睑，浏览着文字下面的照片，暂时没有回消息。

照片里，女生明眸红唇，弯着笑。每张都穿着淮京十中的校服，夏季的米白短袖，冬季的黑红长袖，校服包裹着身子，因为有些瘦，无一不勾勒出她纤秀的肩膀线条。

三张照片。

地点有操场、教室，似乎还有商场，她身边的男生不同，却挨着肩头看向镜头，颇为亲密的样子。

男生会认干妹妹，尤其会找漂亮的女生，为了什么，甚至不用刻意深究，就能猜到心思。

旁边坐着的秦墨偷偷瞄来了一眼，好奇会长在看什么，仅一眼就惊讶得目瞪口呆。

新来淮大的小青梅交友还挺多。

虽然可以理解，但小青梅也太不安分，太浮躁，这么好的屿哥，要是换了别的女生，谁舍得劈腿啊。

秦墨默默脑补和吐槽，随后用略带同情的目光看向旁边的人。

陈屿自始至终面无表情地看着。

消息看完，手机被毫不留恋地扔到一旁。

陈屿起身，在讨论声中低眸冲了杯速溶咖啡，胃隐隐约约有点不舒服。

陈屿回到长桌后，重新坐下，喝了一口手边新冲的热咖啡。

苦涩的味道，轻飘飘地氤氲在空气中。

空调开得很低。

他又连续听了快一个小时各部长的唇枪舌剑，以及每个老师的职称经历，手指逐渐轻叩桌面。

大概是身体不适和精神疲惫的缘故，陈屿有些心烦。

他说："今天先这样，你们给平票的那几位老师再办一次不许多选的投票，有结果告诉我，我再报告给校领导。"

起身将咖啡杯冲洗干净后，他唇抿成一条线，从冷气十足的多媒体教室出来。

陈屿去了医务室，从校医处拿了胃药再出来时，外面天色已黑。

路灯一盏接着一盏，自上往下洒落灯光。

地面突兀地出现一处光亮，持续亮了好一会儿，赶巧路过的陈屿停了下，斜眸看向那里。

离开了主人的手机静静地躺在地面上，亮着的屏幕显示此刻有电话待接听。

陈屿捡起手机，看着来电显示"室友曹娜"，两三秒后，他选择接通。

"你好，请问是你捡了我的手机吗？"对方是个女孩子，声音掩不住地焦急。

陈屿听力很好，对不同人的声线辨别格外敏感，只要是聊过天的人，几乎一秒就能判断出电话那头是谁。

"林妧？"他问。

那头明显愣了一下，才回："……是。"

"我是陈屿。"他嗓音淡淡的，说，"你的手机掉在B区一号宿舍楼这边，刚被我捡到。方便的话，二十分钟后校门口见，还你手机。"

距离约定的二十分钟还差几分钟，林妧已经急急忙忙地提前来到校门口了。

她本想给陈屿留下一个守时的好印象，却没想到，到了校门口才发现，那道冷隽的身影还是比她早到了。

拿回手机后，林妧情绪稍微松弛下来，同时担心手机里陈屿的照片被他发现。

她有些不解和慌张，好奇地问："那个，你怎么知道失主是我的？"

手机相册里确实有几张自拍。

还了手机的陈屿已经毫不留恋地准备离开，听到她的问题，陈屿侧过脸，视线淡淡地落在林妧身上，说："不用翻相册，听声音就知道。"

"哇，你耳朵好灵啊。"林妧发自内心地感叹，说完，她歪歪脑袋，一副可爱的样子与那人漆黑的眸子对视，弯出笑，"谢谢。"

这一笑，在单调的黑夜与白炽的灯光中更显明艳。

乌发白肤，明眸皓齿，尤其嘴唇，颜色像花圃里娇柔的花瓣揉碎在唇间似的。

想到照片里，她也曾这样和不同男生对着镜头笑。

一两秒后，陈屿漆黑的眸浮现些许薄凉，他无所谓地笑了下，承认她确实有游走在男生之间的资本。

他没再盯着她看，只好心地说道：“现在网络发达，如果手机里有太隐私的个人照片，建议删掉，不安全。当然，最好拍都不要拍。”

林妧蓦地一怔。

她眨眨眼，紧接着听出他话里隐隐的意有所指。

他不会以为她如此担心相册，是存了乱七八糟的照片吧？

林妧只能闷闷地回他：“也没什么，相册里全存的是你。”

为消除陈屿这只冷面狐狸的误会，林妧特意快跑几步拦到他前方，举着手机把相册页面露出来。

陈屿及时顿住。

按照他长腿的步子跨度，只差一步，哪怕再稍晚半秒，都会撞个满怀。

“不信你看。”

陈屿个子高，那双冰凉的眼睛扫过她挡在眼前的手机，落在了她的脸上。

林妧心想，一眼就够了，能让他明白事实。

“怎么样，会长大人，我没骗你吧。”

说完，她心满意足地收起手机，又说了句再见，在转身离开前，却被他一把拉住拽了回去。

他骨节分明的手修长，温度微凉，且掌心宽大，正握着她的手腕。

林妧怔怔地眨了下眼，心跳仿佛停顿，脑袋里有一瞬空白。

她抬头去看他。

距离太近，那张棱角分明的俊脸几乎近在咫尺，身体就快要相互触碰到，而她整个人仿佛窝在他怀里似的。

如此让人脸红心跳的距离，恍惚要掉入温柔爱河。

可惜，那人眼里没有深情痴迷，不见风花雪月，他居高临下地垂着漆黑的眸，透着莫名的凉意。

陈屿似笑非笑，双眸盯着她，宛如看穿了把戏。他微歪了下头，俯身到她眼前。

“你说没打听过我，那为什么相册里都是我。”

是很低的嗓音，带着些戏谑与嘲弄。

离得近，她能感受到他身上清冽的气息，像薄荷薄冰，压迫感十足。

林妧后知后觉地意识到糟了。

她平时挺心细，怎么一着急跟他证明清白，就把这事给忘了。

当初领军训服时，他就询问过她。

林妧心跳得很快，她努力克制自己踮脚就能吻到他的胡乱想法。

——真要吻过去，会被他冷飕飕地整死吧。

深呼吸后，她仰脸弯出笑，就着亲密地说悄悄话的距离，维持一副不心虚的模样，半真半假地说："慕强是很正常的天性，这本身无罪。陈屿学长能力出众，一打开淮京大学的贴吧和论坛，就可以看到有关的帖子，所以保存下来偷偷仰慕，是很正常的。"

怎么办。

离得太近，他模样的每一寸都十分清晰，从冷隽眉眼、挺鼻、薄唇，到下颌，越看越觉得对她的口味。

刚刚努力压住的旖旎念头，又悄无声息地从缝隙里爬出来。

暗骂了自己一句没出息，林妧走了个神。

陈屿从俯视的角度捕捉着她脸上一丝一毫的表情变化，然后发现她的眼神从上往下，落在自己的唇上，不再挪动。他察觉到身前的女生睫毛微颤，咬了咬唇，似乎在紧紧地克制着什么念头似的。

她的唇颜色嫣红，柔软水润得像柔韧的花瓣一样。

他黑眸不由得微滞，却很快收了视线。

"是吗？"

在她胡思乱想中，陈屿已经松开了手。

隐隐地失落之余，林妧看着他，恍惚有种错觉，好像他刻意不再看她。

"最好不要让我抓住你图谋不轨。"

轻飘飘留下这句话，陈屿绕过她，重新走进东面深浓的夜色里。

毫无留恋之意。

这晚，淮大的贴吧和论坛又疯了。

因为新添了一件八卦大事，就发生在淮大校门口，陈屿主动拉住林妧到身前，说着悄悄话，几乎窝在怀里的暧昧瞬间被拍下来了。

评论留言基本全是：

△陈屿会长这种姿势让我脑补出青梅竹马的热烈感情。

△真是爱惨了小青梅啊呜呜呜。

△实锤了，我的暗恋失恋了。

诸如此类。

经过这两天，最开始的那个关于“小学妹就是小青梅”和“只是个巧合而已”的投票也明显拉开了差距。

目前已有接近两千人投了票，93%碾压剩余的7%，那7%不听陈屿亲口承认是不会死心的。

就连室友都忍不住八卦。

洗漱完，熄灯后。

曹娜关上宿舍门，凑到林妧床头，悄悄问：“妧妧，说说，你和陈屿会长在那儿抱着说了什么，是不是彼此思念，互诉衷肠？”

林妧否认：“不是。”

哪算抱啊，角度问题，其实就是拽着手腕，距离近了点。他那高贵不沾女色的手，连她的腰都没碰。

曹娜窃笑，不太信：“哎呀，说实话，室友亲如一家，我们不会四处传播的。”

“对，快说说，快说说。”苏晓莹也好奇十足地跟着附和。

眼看不说点什么，今晚要睡不了了，林妧妥协地叹气，随口编了句，搪塞道：“没说什么，就说明天约我去食堂一起吃早饭，我说要跟你们吃，所以就下次再说。”

“不不不！你明天一定要跟陈屿一起吃早饭！”

“快微信跟他说一声！”

“嗯嗯嗯，好，我会照办，熄灯了已经，美人们晚安。”

林妧敷衍地应着，在黑暗中，用被子盖住了脑袋。

微信说什么。

真相是，她连陈屿的微信号都没有！

唉，假的就是假的，装得好累。

什么时候弄假成真就好了……

林妧迷迷糊糊地想着，因为军训太累不知不觉就睡了过去。

她本来打算睡一觉就随便扯个理由，说陈屿早上有事，没空一起吃早饭了。

但第二天，她和室友们挽着胳膊出现在食堂时，远远地，就看到了学生会几个部长占了个长桌。

陈屿坐在过道靠窗的位置，左右两边和斜对角都有人，就对面的位置空出来的。

林妧一惊，扭头就想走，但胳膊已经被两位室友牢牢扯住。

曹娜几乎用气音尖叫道："天哪，陈屿他在呢！"

苏晓莹同样激动："快，妧妧，你去跟会长大人吃，我和娜娜吃就行了！"

林妧摇着脑袋，拨浪鼓似的，想狡辩说点什么，人却先一步被两个室友推了过去，瞬间引起临近座位的几人注意。

要跑也来不及了。

完蛋，装大发了。怎么办？就这样过去，陈屿会不会让她滚？

林妧硬着头皮，默默地往陈屿那边走，一步一步，挪得很慢，却依然越来越近。

内心忐忑不安，她抿抿唇，把自己的军训帽子放在了那桌空着的位置上。

随着林妧的举动，几个学生会的男部长吃饭的动作停住。

大家不约而同地看向她，表情惊讶且八卦，精彩极了。

瞬间寂静。

一两秒后，正吃饭的陈屿慢慢掀起眼。

昨晚散会后，他冷静地在微信上跟校主任汇报好，走到医务室楼层时，先前隐约的胃痛已经明显起来。

拿了药，校医嘱咐他不管怎样，早饭一定要吃。

这是养胃之道。

陈屿这才难得大早上没先去学生会办公室，而是和几个部长来食堂吃早饭。

对面空着的位置被放上一顶迷彩帽子，明显是正接受常规军训的大一新生。

对方大有占座，要在这里拼桌一起吃饭的意思。

旁边的几个部长都顾不上吃饭了，只盯着那新生看，好似是什么了不得的人。

陈屿倒是不甚在意，慢条斯理地吃着早饭，而后抬眸迎着窗口透进来的斜斜晨光向前看去——

站在他桌对面的女生，穿着迷彩训练服，被光笼罩描摹出纤秀身形，乌黑的长发梳成了两个低马尾，光从侧面照着，浸染了白净小巧的耳垂与轮廓外缘，不是别人，正是林妧。

他再瞥一眼周围，空位还有不少，没到需要拼桌的程度。

他立刻带着疑惑，瞧着她，无声地进行询问："嗯？"

林妧试探性地把迷彩帽放到空着的桌角，有点良心不安，但仍露出个伸手不打笑脸人的笑："好巧呀。那个，一会儿再聊啊，我先去打饭。"

话音未落，她急匆匆转身跑了。

陈屿黑眸沉静，缓缓咽下嘴里的食物，看着她逃一般前去窗口排队打饭的身影。

林妧打完了饭，觉得不能自乱阵脚，应该冷静，于是刻意磨蹭着时间，从他身边走过，特意去另一头的饮品区。一般中午才有人买酸梅汤，她点了一杯，拖延着时间。

陈屿目光轻飘飘地跟随她从旁边经过。

然而，这一切落在旁人眼里，就悄然变了味道。

素来冷面无情的陈屿，何时多瞧过哪个女生，此刻他居然因为她的经过而深情专注地看了好一会儿。

这一定就是青梅竹马的真爱吧？

锤死了。

几个部长安静之余，纷纷低头进入食不言状态，狼吞虎咽地进行光盘行动，努力给会长和小青梅留出空间。

塑料杯的酸梅汤密封好，林妧硬着头皮走回来，这时长桌已经很清静了，除了她的那顶迷彩帽子，就只剩对面还没吃完的陈屿。

林妧端着早饭和酸梅汤，坐到位置上。

她这边刚坐下，柯佳就从食堂入口那边匆匆赶来。

一瞧见林妧坐在陈屿对面，柯佳怔了怔，本来接到室友的电话，知道陈屿今早到食堂吃饭，她连妆都没怎么化就着急地赶来了，如今看到这一幕，心情沉重无比。柯佳有些愤恨，咬牙切齿之余坐到室友旁边，还不忘对着林妧狠狠瞪了一眼。

林妧发现后，并没有当回事。

只觉得柯佳挺执拗，如果柯佳追的不是有"冷面阎王"之称的陈屿，极有可能就成功了。

林妧在位置上短暂走神了几秒，很快回归现实。

实在无暇考虑别的了，她自己都正忐忑，害怕陈屿开口赶人。

陈屿轻扫了眼周围的人群。

他贯彻利用的原则，倒也没赶林妧，只说：“旁边好像还有别的空位子。”

林妧仓皇地扒拉一口早饭，庆幸这句话声音不大，别人应该听不到，然后抬眸瞧着他。

视线相对，她撞上他的目光。

微微斜照而来的金色晨光里，他的俊脸深挺立体，开扇型双眼皮线条长而锐利，瞳仁漆黑映染着亮点。此时此刻，明明陈屿眼角眉梢都没笑，神情却浸着漫不经心的似笑非笑。

给她的感觉就好像是在无声地说：我知道你在玩花样，我倒要看看你还能玩出个什么花样来糊弄我。

林妧明白这人不好骗，但也不能就此放弃。

她盯着面前这张薄凉又英挺的脸，弯唇笑出美丽的一面，狡黠如小狐狸。

她双眸干净澄澈，眨了眨，回应：“哦，这个位子能后背晒到早晨的阳光，从风水角度来说，很养人的，会长大人你忙着学生会的事，可能不知道这种闲人才钻研的东西。”

“嗯，”陈屿似是略微意外地挑了挑眉，继而发出一声轻笑，点头打量她，“确实才知道，你倒是个人才。”

不知为何，林妧从他那句“你倒是个人才”里听出了点嘲弄的意思。

她唇边回着甜笑，心里想了想，觉得反正坐这儿的借口糊弄过去就好，别的也不太重要了。

林妧跟他面对面坐着，能感觉到四周热辣辣的目光。

隔着过道，有人声音稍大，虽然用的气声，但分贝不小，依然可以传到两人耳朵里。

“谁会看唇语？”

“对啊，谁会就好好看看，好好奇他们在说什么。”

“我看看能不能分辨出来啊……”

林妧识相地不再说话，专心吃饭。

“咚、咚！”

对面那人骨节分明的手指叩了两下桌面，制止了那些人的八卦。

陈屿从嘴角扯出半抹笑，不怎么愉悦，眼神隐约带了点凌厉，过后，转头扫了眼四周，问：“一直盯着这边，你们来食堂不是吃饭的？”

听到这话，原本兴奋的女生们压抑着八卦心，不敢再好奇，为了留个好印象，纷纷低下头，老老实实地吃起饭来。

呼……没了注目礼，林妧默默松了口气，紧握筷子的手指也好受多了。

同时想起学生会将在军训结束后纳新的事，于是，她小声问了句：“会长，想问一下，咱们学生会纳新的话，一般哪个部门最缺人？”

最缺人，也会相对容易通过吧。

她托杨倪找人打听了，但给的回答都不相同。

听到这个问题，陈屿垂下眼，靠在椅子里，让人有些分辨不出神色。

一秒后，他眸光落回她脸上，平静地挑明：“你想进学生会。”

林妧点点头，进了学生会才能经常见到他。

她试图找他这个会长要建议：“有没有适合我的？”

“那还真不巧。”

他说着，从座位上站起身，端着已经空了的银色金属餐盘，给了回答：“学生会暂时没有风水部。”

林妧先是不解，很快就反应过来。

风水……

他根本就是看破了她的胡诌，所以拿她的话来敷衍她的问题。

她往嘴里送了一口饭，鼓了鼓两腮，看向他。

陈屿已经踏着灰冷冷的大理石地面，头也不回地走了。

真是又冷又帅，又难搞。

不过，他这样更带感。

她暗自下决心，一定要进学生会，接近陈屿。

第二章
她的小心思

陈屿离开以后，长桌就只剩林妧一个人在吃饭。

她正准备回头扫视室友在哪个位置，两个室友已经先她一步，端着餐盘飞快过来了。

“妧妧，你怎么打饭打了那么久，居然还浪费时间去买什么酸梅汤？呜呜，天哪。”苏晓莹替她惋惜，“我和娜娜都替你急死了，生怕你买完回来陈屿都吃完走了，还好你赶上了。”

林妧深切感受到旁边苏晓莹的恨铁不成钢。

林妧自然没办法说大实话，一个谎话需要更多的谎话来圆，诚不欺我。

室友们投来的目光太过关切，林妧面上淡定，只能编着借口：“我一想到待会儿在太阳底下训练，有点怕口渴，所以先喝点酸梅汤，滋润一下。”

“我懂，估计太长时间没见，在大庭广众之下有点不好意思了吧。”曹娜坏笑着用肩膀碰了碰林妧的肩膀，给出建议，“你得多去学生会找陈屿，顺便宣示主权，省得有人不死心还惦记着。不怕贼偷就怕贼惦记。”

曹娜说这话时眼神看向不远处的柯佳，意有所指。

从食堂出来，清晨的阳光已经变得强烈。

上午八点半，军训准时开始。训练一个小时就休息十五分钟。

在第二次休息结束时，已经到了十一点，宿舍楼的阴影缩短到不足半米的距离。

军训队伍全体站在大太阳下。

林妧背后渐渐有了细密的潮意。她余光看到几个班的教官都依次脚步匆匆地前往旁边林荫道的拐角，似乎是临时集合。

教官一离开，原本姿势绝对标准的同学们趁机偷懒，小声吐槽太热了，有胆子大点的还摘了帽子扇着风。

林妧也稍稍放松了些，轻轻做了个深呼吸。

不远处连着校门口超市方向的宽路上，走来四个穿着学生会制服的学长学姐，后面两个男生用小推车运来几箱矿泉水。走在最前面的寸头男生，林妧挺眼熟的，好像是个部长，经常出现在陈屿身边。

寸头男生从挨着路边的三班方队经过，停在三班到六班的中间位置，提着嗓子说：“学弟学妹们辛苦了啊，学生会爱心慰问，来送矿泉水，等解散休息就可以来拿！”

“谢谢学长，先给一瓶吧。”五班方队有个男生接话，“正好有点渴。”

寸头部长倒是十分有原则：“大小伙子，渴不死。好好站军姿，等休息再喝。”

“秦部长，”一旁的短发女生看了看手里的名单，指了指林妧所在的六班方队，对寸头部长小声地说，“会长的小青梅在六班那里。”

“嗯，知道了。”秦墨拆开箱子，从里面拿了瓶矿泉水，朝着六班的方向走去。

最终，他停在林妧面前，主动将那瓶水递上前：“林妧学妹，喝水，会长有课，我们生活部就商量给军训的学弟学妹们买点水，表示一下关心，你喝吧，没事，教官他们临时集合，还得等会儿回来。”

林妧听着，明白过来。

她这待遇得益于一个人。

——陈屿。

不过，众目睽睽之下，林妧觉得搞特殊不太好，犹豫着开口婉拒，对方却已经拧开瓶盖：“我叫秦墨，生活部部长。水都拧开了，学妹快接了吧。”

水都拧开了，再推辞似乎就有点不给面子。

林妧微微笑着伸手接过：“好吧，谢谢学长。”

面前这位秦墨部长看起来很好说话的样子。

林妧趁机轻声问了句：“部长，能问下学生会纳新的事吗？我想报名，不知道今年哪个部门相对容易一点？”

听到这话，秦墨想起昨天开会时，会长手机里的几张照片，全是她跟不同男生的合影。

默默心疼会长几秒，秦墨回过神有了决定，必须要做会长的助力军，于是对她笑着悄声回道：“学妹你放心，只要你好好的，专一对待会长，你报名我一准录取你。”

林妧怔了下，一时有点受宠若惊，没想到对方如此好说话。

她猜想，这大概也是看陈屿的面子。

秦墨则依旧热情，临走前还不忘嘱咐：“学妹记得别报错部门，是报名生活部哦。”

林荫道的拐角处走来几个高大的迷彩服身影，是教官们归队了。

六班的教官站定在林妧面前，说了句：“林妧出列。”

“到。”

“刚集合开会，遇到你们辅导员，想让你去她办公室帮忙，军姿站得差不多了，你先去吧。”

“是，谢谢教官。”

林妧得到了短暂的自由，虽然很想先坐下歇歇，不过辅导员有事找，还是要先去帮忙。

林妧穿过林荫道，直接往办公楼的方向跑。

办公楼清清静静，大理石的凉意围上来，整个人感觉都舒服了不少。

等林妧到了办公室，辅导员正用胶水贴着学生照片，看到她来，忙笑着招呼：“班长快来，帮忙贴一下学生证的照片，然后送到二楼东边尽头的教务处盖钢印。”

照片全是蓝底，背面有每个人的名字，是报到时交的照片。

林妧把贴好照片的学生证交到教务处时，教务老师说要下午才能盖钢印，她回去跟辅导员说了声，算是交了差。再从办公室出来时，还差十来分钟才到解散的时间。

而现在也属于上课时间，整栋办公楼的走廊上都没什么人。

学生会在一楼另一侧过道的尽头。林妧特意绕到学生会那个方向，从二楼往下走。她原本想着经过学生会门口看看，谁知刚到楼梯拐角，就看到紧锁的学生会大门。

垂眸失落了几秒，林妧还没彻底走下楼梯，抬眸就无意间看见不远处从走廊另一头走过来的人。

两个男生。

左边的不认识，背着一把吉他，右边的则是陈屿。

林妧心虚地立刻躲回拐角，躲完之后又觉得好笑，自己躲什么啊。

静寂的走廊，脚步声停顿，接着传来钥匙打开门锁的声音。

她探出脑袋，陈屿和那个背吉他的男生已经进了学生会办公室。

林妧这才继续下楼梯，速度比之前慢了许多，想磨蹭久一点，最大限度假装经过，实则逗留。

她走到最后几级楼梯时，就听见从学生会办公室传来一个男生的惊讶笑声，不是陈屿，应该是背着吉他的那个人。

林妧放轻了脚步，下了楼梯，来到办公室的后门位置。

她继续往前走，能听清楚里面的人说话。

“哎，居然还有人从门缝里塞情书进学生会办公室？牛啊，这些姑娘。”

陈屿走过去，捡起来，极其平静地把情书扔进了抽屉。

情书里一般全是示爱与署名，扔掉被人看到会不礼貌，他全冷处理，扔进最下层的抽屉，搁置在其中，却也不会看。

“看都不看？万一是个很漂亮的女孩呢？”

陈屿问：“你来这儿不是为聊参赛的事吗。”

吉他男生很悠哉很骄傲地笑着回答：“我用你的曲子一鸣惊人，初赛现场就得到了星探的青睐，等签约后，我就可以稳居全国前一百了。后续的曲子你随便给我几首符合我风格的就行，反正我信你，所以不挑。版权的事，到时候经纪公司的人会联系你细谈。”

陈屿答应：“可以。”

“我的事没什么，倒是你，麻烦的桃花一堆。有的人会因为你有单恋的小青梅不再打扰，有的呢，除非你谈恋爱，否则不撞南墙不回头。”

那男生顿了顿，似是好心出谋划策：“不如，你宣布和那个像极了你捏造的小青梅学妹谈恋爱啊，再来几张什么掐腰亲热之类的照片，保证暗恋你的女生们芳心稀碎，然后这些烦恼会消失得更彻底。要不大家以为你可能只是单相思，觉得侥幸，还有机会。”

林妧即将走到前门，听到这话，她的脚步停住了，庆幸自己还没迈出步子，甚至身子还往后缩了缩。

捏造。

这个词，很震惊她。

“怎么样，陈屿会长要不要试试我这个军师的主意？”

陈屿的声音不紧不慢地响起来，似乎伴有微微的嗤笑。

他说：“谢了狗头军师，我对你说的掐腰亲热这种事没兴趣。”

“我最近可是逛淮大贴吧了，看那女生的照片，挺好看的啊，难道不是你喜欢的类型？”

“不考虑。”陈屿淡淡地回应。

他没说谎。虽然那个林妧确实是他曾描述的类型，但他现在不考虑。

办公楼外的石英时钟一如既往地转动，下课铃响起。

知道了大秘密的林妧此刻做贼心虚，她没经过正门，而是转过身朝相反的出口跑去。

不知是真相太惊人，还是跑得太快的缘故，心跳变得很快。

中午休息时，林妧思来想去，忍不住给杨倪发去微信，询问如果一个男生要捏造一个跟自己感情深厚的女生，外形方面，会不会按照自己的喜好来说。

很快，她收到肯定的回应。

杨倪：大概率是这样。

林妧看着回答，嘴角不由自主地露出一丝狡黠的笑，心里的底气更足了——

陈屿所谓的小青梅，在现实中并不存在，特意捏造出来的目的，估摸只为挡掉一些追求者。

因为知道了这个秘密，林妧整个下午心情格外不错。

傍晚结束训练后，林妧从失物招领处拿回帽子，再看看陈屿给她的那顶。

她回宿舍洗了个澡，浑身清爽舒适，乌黑的长发吹干后自由地散在后背，有淡淡的洗发水香味。

天色渐晚，室友们已经去吃饭了，林妧没有像往常一样着急赶往食堂，而是去了超市，仔细挑选，考虑给陈屿买点什么做谢礼，最好是他一用起来就能觉得有点小暧昧，还能想起自己的那种东西。

一串陌生号码打来电话，林妧接通后歪着脑袋，将手机夹在耳朵与肩膀之间。她垂头继续挑选礼物，开口：“你好，请问哪位？”

听筒里却传来熟悉的夹子音女声，带着埋怨：“妧妧，可算打通你电话了，我们几个人给你打电话，你怎么都不接啊？微信还拉黑了。现在董星都快急疯了，还挺生气，每天骂骂咧咧的，我们都不好受，你给他回个电话吧。”

是徐娅，淮京十中的混子姐，也是董星认的另一个干妹妹，以前在淮京十中时，没少碰面。一连串的问题，像一团压力无形地给到林妧这里。

林妧眉眼冷漠，转身前往下一个货架，双马尾的发丝擦过脖颈皮肤，微微地痒。

淮京十中许多人都知道，林妧是重点班里长相好看的甜妹，不会因为成绩好就和班里大多同学一样不喜欢跟吊车尾班的混子生接触。

她随和，爱笑，高三期间，甚至还和打架最出名的董星一起吃午饭。

但只有林妧自己清楚，她和董星走得近，就是图他能保护自己而已，如今高中毕业，自然会分道扬镳。

她现在有新的目标，就是陈屿。

陈屿跟她以前认的那些哥哥完全不同，不会猥琐，更不会让她觉得恶心。

陈屿清冷冷的，给人一种疏离干净的感觉，从长相到性子，整个人都很吸引她，也激起了她骨子里不服输的征服欲。

林妧不愿再和淮京十中的那些旧人有瓜葛，不过，既然接了电话，她决定再次说清。

“徐娅，拜托你转告董星，我之前只是把他当干哥哥，没别的想法，以后桥归桥，路归路，没必要再联系了。”林妧用手拢了拢耳边的长碎发，在一排货架前停下脚步，货架上的货品包装简洁可爱。

“啊？”徐娅没想到她如此冷淡与直白，震惊到连声音都忘了“夹”，恢复了原本低哑的烟嗓，“姐妹儿，你可别开这种玩笑啊。董星为了你，可刚把追他好几年的社会姐给甩了，你这样他怎么办。”

林妧抬眸扫了眼，上面的货架还摆了几个双支装的唇膏，其中一款粉色柔和，仅用眼睛看仿佛都能感受到微微香甜，是诱人温软的水蜜桃味道。

林妧将那款双支装的水蜜桃唇膏拿下来，很满意，又在旁边挑了个素白的小礼盒袋子，边往收银台走，边跟徐娅说了最后一句话："没开玩笑，我之前就跟他说过很多次，是他还抱有幻想。"

没人知道她在董星身边自保周旋时的心情。

再热的夏天，因为董星那赤裸裸的视线，她也从不选择穿裙子，永远是保守的校服长裤。

脸上的笑容可以装出来，但心底的厌恶无法克制。

林妧那时就在倒数着距离高考毕业的日子。

经过今天这件事，她意识到，徐娅能用别人的手机给自己打电话，没准下次董星也会。保险起见，以后的陌生来电还是都不要接了。

立秋后的夜晚散去几分燥热，尤其是淮京大学人工湖很多，绿树繁茂，晚风徐徐吹过，带来几分舒服的凉意。

刚入夜的校园，因为没有课，总是热闹的。

林荫道上回荡着学生的笑声，操场上还隐隐有打篮球的身影以及加油声，就连曹娜和苏晓莹都发来微信，说去操场看学长打球了。

林妧没有在途中停留，直接回了宿舍，她拆开了两支唇膏的透明塑料软包装，将其中一支留给自己，另一支则放进素白暗花纹的小礼盒袋里。思索片刻，她又拿起笔，在礼盒袋的右下角写了两个字。

——谢礼。

她特意写得很慢，很认真，努力让字显得好看些，好配得上送给陈屿。

完成后，林妧带着小礼物离开宿舍，前往学生会办公室。

到了目的地，她敲敲门，探入脑袋："你好。"

办公室门开着，有人在，但并不是陈屿。

是戴眼镜的郑谦，他正低头忙着手里的表格，见来人是林妧，笑着说："学妹是来找会长的吧？会长去 C 区的顶楼音乐教室了。"

林妧礼貌地回了句谢谢，立刻往 C 区跑。

毕竟谢礼要亲手交给他，才更显诚意。

夜色渐深，天空浓稠得像一团墨不断晕染开。

C 区位置在风口，并非学校的主课教学楼，这个时间已经没什么人。林妧被迎面灌来的风吹得有些难以呼吸，只能缩了缩肩膀，尽量缓慢吸气，抬眸去瞧远处的玻璃门，视线里多了个正往外走的男生身影。

他已经换下了学生会的衬衫制服，瘦削的上身穿着件领口略宽松的短袖T恤。他的呼吸好像不受影响，身体舒展如旧，任由呼啸晚风吹着，衣领处有风灌入，借着灯光依稀可见肩胛突起的骨头。

陈屿个子高，气质超群，实在是太好辨认。

此时，陈屿也瞥见了她，四目相对，淡淡一眼，他的脚步顿了下，但没停。

眼看就要擦肩而过，林妧连忙叫住他："会长——"

陈屿这才给出反应，长腿隔着几步距离停在宽阔的空地上。

晚风吹过来，将她微喘的呼吸吹散。

陈屿低眸看着发丝在风中不断飞扬的林妧，夜色有些凉，她细白的皮肤很干净，衬得鼻尖略红。

风声过耳，一时间空旷的广场上，只有他们俩。

陈屿压着眼睑看着她，态度不冷也不热，待她艰难地在风中缓了两个深呼吸后，问："什么事？"

林妧眨了下眼，仰起头看着他。

空地的风疾速而过，也若有似无地裹挟着面前男生身上薄荷雪松一样的味道，在昏暗的天色中，让她恍惚联想到黑夜雪山上的薄荷与松树叶，清冽，干净。

悄悄深吸一口气后，林妧私藏贪恋，没急着表达谢意，而是先弯出笑，尽量让自己表现得坦坦荡荡，不死心地再次争取一下加微信好友："那个，会长，我能不能在你的微信好友里占个位置，如果我以后进了学生会，有什么事也方便联络。"

话说到这份上，连学生会都搬出来了，林妧觉得他大概不好意思再拒绝了。

她心里满怀期待地看着眼前这个人。

陈屿静默地听她说完，浓墨的睫毛压下睨着她。

他很高，漆黑短发下的眉骨硬朗，眸光沉寂，也透着让人看不透的情绪。

"很想加好友吗？"他问。

林妧感知到自己心跳快了几分，预测加好友的事有戏，嘴角的微笑更加甜美："对啊。"

"实在不好意思。"陈屿的声线跟他冷且白的肤色一样，裹着点表里如一的寒，"学生会有事的话，你直接找你的部长就行。"

说完，陈屿没再多停留，平静地绕过她往前走。他不是三言两语就会改变原则的人，也不愿自找麻烦。

晚风还在呼呼地吹着，刚要吸入的空气又瞬间被带走。

林妧愣怔地眨眨眼，感觉自己好像被吊起来，再无情摔下。

不过，凡事讲究循序渐进，一次两次的失败也没什么。

她清楚地认识到一个事实，那便是——想要轻易成功地接近他，就跟试图抓住无从下手的夜风一样，全为妄念。

呼吸里的薄荷雪松味道全无，林妧下意识地回过神。

陈屿的身影已经走出几步，她想到谢礼还没送出去，心里一紧，忙跟上去。

“会长，等等。”林妧将被风吹乱的长发拢到耳后，追到陈屿身旁。

C区楼前的空地，人影在灯光下晃动，两人一左一右地走着。

陈屿走在左边没停留，身影挺拔颀长，淡淡地问了句：“还有什么事？”

“入秋以后天气会有点干，我买了唇膏，两支装哦。”

他略微疑惑地看过来，没太懂什么意思。

发觉他的目光，林妧边走边和他对视，明艳的脸上笑意荡漾开来：“分你一支唇膏就当是帽子和还手机的谢礼，你嘴巴要好好呵护，毕竟看起来很好亲。”

陈屿微歪头的动作一顿，看着她，薄唇绷紧。

禁忌感十足。

看到他警告似的眼神，林妧立刻闭嘴，自己居然把心里所想随口说出来了，她舔舔唇，改了口：“说错了，是很好看。”

陈屿一愣。

她把小礼盒袋递过去：“送给你，我们互不相欠啦。”

陈屿眉眼淡淡，没接：“不用。”

好冷漠。

林妧心里吐槽一句，却不气馁。

她正准备再接再厉，不太凑巧，陈屿那边来了电话，他没再管她，接听起来。

对方是滕华娱乐公司的工作人员，打来电话表明合作意向。

“陈屿先生，您好，我是滕华娱乐这边的工作人员，想跟您约个时间，商谈一下曲子版权费用的事宜，其实我们对新人作曲的常规报价是市场价，也是买断价格。”

“这个价格买断？”他唇边透着不以为然的笑，走过身边的林妩，回答着对方，“好像有点太低了。”

“当然，我们公司高层还是很欣赏您的曲子的，价格可以谈。听沈如洲说，您还有其他没卖的曲子，如果方便的话可以整理出来，经过评估后我们可以全买下来。”对方只是按商业惯例压价，却也是诚心要买的。

陈屿的听力很好，即便打着电话也捕捉到旁边女生快跑几步靠近的脚步声。

她重新来到他身边，他本来没当回事，忽然感觉手边一暖，是被柔软的另一只手拉住的陌生触感，手里被塞进了礼盒袋子的手提绳。

陈屿再抬眸看去，只看到跑开几米距离的迷彩服身影，她朝这边挥了挥手表示再见，然后转身跑远，在灯光映照的拐角，很快消失不见。

结束通话，陈屿低眸看到手里的小礼盒袋上有着两个娟秀小字：谢礼。

他想到她方才仰着小脸笑靥如花，声音清甜，在被拒绝加微信好友后，仍旧要送唇膏给他。

他随手将里面的唇膏拿出来，硬纸盒包装的水蜜桃颜色，似乎与她相得益彰。

陈屿长眸微垂，须臾，情绪莫测地嗤笑了下。

十几分钟后，陈屿回到学生会办公室，静默几秒，选择拉开抽屉，没有拆那支水蜜桃唇膏，而是眼不见为净将其扔了进去。

军训后期，距离要给校领导汇报表演的时间越来越近，教官也越发严苛起来。

林妩和同届的大一新生，在经历了逐排过关的辛苦训练后，如期迎来新生的军训汇报表演。

大家全力以赴的汇报表演之后，意味着磨炼人的军训生活结束，充满憧憬的大学生活正式开始了。

社团纳新，就是其中一个项目。

梧桐树的林荫道宽阔，两旁已经火速地被各社团纳新的摊位占据，学长学姐们发着宣传单，努力拉人来填写报名表，为社团注入新鲜血液。甚至还有社团举着大喇叭，循环地说着本社团最帅最美的门面全在场，只要填纳新表格就可以加微信，随时解答困惑。

不得不承认，为了纳新，学长学姐们确实竭尽全力。

林妧跟室友们结伴而行，在纳新区寻找各自感兴趣的社团。

一路上没少被学长学姐喊着填表，尤其是林妧，她因为陈屿的小青梅这个身份，通过论坛和贴吧几乎让全校熟知，在学长学姐眼里简直就是个超级大宝贝。

她一路礼貌婉拒，目标不变，就是进学生会。

途中，苏晓莹被油画社团吸引，而姜宁宁和曹娜则去了广播社团填表。

林妧继续前往学生会的纳新摊位，到了排队领表的地方，才发现报名的队伍很长。

林妧暗叹一声“好多人”，自觉走到队伍最末尾排队。

前面的人领表填写后就离开，后面来领表的新人络绎不绝，林妧略好奇地往后望去，发现队伍长度丝毫不减。

十来分钟后，林妧前面就剩两三个人了。

估计身为学生会会长的陈屿很忙，所以今天坐镇的并不是他，而是组织部部长郑谦。郑谦戴着金丝框眼镜，斯斯文文，长相英俊，也被几个胆子大的学妹要了微信。

须臾后，前面的人交完表，轮到林妧领表。

郑谦见到是她，特意露出了个笑容，递上报名表：“学妹也想来学生会啊，欢迎。”

“谢谢。”林妧礼尚往来地回了笑，她领完表就去旁边的长桌准备填写。

梧桐枝叶间散落下零星的太阳光线，照得纸张微微发亮，有些刺眼。

林妧弯下腰，身影遮住了些许明亮，填完了基本的个人信息，最后在填写意向部门时，她犹豫了下，还是填了最保险的生活部。

交完表格后，林妧直接转身往校门外走。

今天是周五，周六和周日没课，很多本地学生都会选择回家。她看时间还不晚，妈妈大概在店里，于是直接坐车前往。

下午五六点钟，夕阳染红了天边，天色渐渐暗下来。

商业街繁华，亮着各色的霓虹灯招牌。

林妧走到店门口，隔着玻璃窗往里望了一眼，柜台前有几个人在等着，郝文双正手脚麻利地做着饮品。

看到妈妈的身影，她心里浮起亲密温暖的感觉，甜甜地喊了声“妈妈”，在郝文双惊喜慈爱的眼神中，前往后厨洗手并套上工作围裙，出来帮忙。

一阵忙碌后，店里渐渐清静下来。

郝文双提早半个小时关了店铺，和林妧一起开车回家。

车里温馨安静。

郝文双关心地问道：“怎么样，大学生活还习惯吗？”

林妧向来懂事，报喜不报忧，何况确实没什么忧：“嗯，挺好的。”

郝文双用商量的口吻说：“妧妧，你现在能住校，我想下周暂时关一阵店，去南港看看你爸爸。他一个人在外面，也不知道能不能照顾好自己，我过去看看他，还能放心些。”

她觉得很好，对妈妈笑了笑：“好呀，多陪陪爸爸吧，顺便多拍几张合照。”

“那你周六周日想回家就回来，在学校宿舍也行，生活费我多给你几百，好好吃饭，别熬夜睡太晚。”

“知道啦。”

林妧答应着，脑海中忽然冒出陈屿冷冷淡淡的模样，她忍不住出神，猜想自己报名学生会的事会不会顺利通过。

周日下午，林妧从家附近买了几袋很受欢迎的热乎绿豆饼，准备回校。

郝文双又给她准备了些入秋要穿的衣服，全装在背包里，嘱咐她记得带上。

回到学校，宿舍门锁着，代表里面没人。

林妧掏出宿舍钥匙开了门。

她把从车站旁的小摊上买来的小小仙人球放在桌上，正准备收拾背包里的衣服，宿舍门忽然被敲响。

“请问有人在吗？”是女生的声音。

门是虚掩的，其实一推就开，但对方很礼貌，并没推门而是先敲门询问。

林妧开了门，发现是短发学姐，军训发水的时候这位学姐就跟在秦墨部长身边，所以有点印象。

"林妧学妹你好，我是学生会生活部的任静，来通知你，你已经被生活部免试录取了。如果方便的话，今天下午就去学生会熟悉一下环境吧。"

林妧接到这个通知，有点回不过神。

没想到这么顺利，秦墨部长这人能做朋友，说到做到。

她眨眨眼，努力压抑着喜悦，问："现在吗？"

学姐笑着回答："对，秦部长说你可以提前入会做事了。"

别人还在等着第一轮面试通知的时候，林妧已经被秦墨用每年招新仅有的一次部长特权，提前录取进自己的部门。

林妧带着那盆小仙人球，跟上任静学姐。

教学楼走廊空荡寂静，七拐八拐后，林妧望见尽头的楼梯，以及楼梯旁的学生会办公室，忽然想到一周以前，自己还是从这里路过无意中偷听到小青梅是捏造的纯路人，如今就是学生会中的一员了。

人生还真是如梦似幻。

任静敲了敲门，然后带着林妧进去。

"会长，秦部长，新招来的生活部部员到了。"

"会长好，秦部长好。"林妧礼貌地问好。

陈屿有一双很敏锐的耳朵，足以分辨声音是否陌生，不同人的声音是不一样的，差别迥异，这是能创作出合格曲子的基本先天优势。

他从一堆待审核的表格中抬眸，看到站在办公室里的林妧。

旁边的秦墨倒是很满意地站起来欢迎："学妹好，以后咱们都是学生会中的一员，尤其是同一个部门，有什么问题直接说就行。"

陈屿挑眉看了林妧一眼，又垂眸看向眼前的表格，语气平淡如常地问："是秦墨招你进生活部的？"

"对，"林妧应着，露出莞尔的甜笑，顺便装乖表明决心，"我一定会好好努力，不辜负秦部长和会长的选择。还有这个——"

林妧献宝似的将绿油油的仙人球放到办公桌旁的窗台上："这是作为新成员的我送给学生会的小绿植。"

陈屿冷隽眉眼未抬，翻动手里的纸张，看向下一页，好像完全不在意她被特招进学生会。

"新成员？秦部长招你进来的，跟我没关系。"

默了默，陈屿嘴角似是微微勾了下，嗓音低沉轻缓，意味不明地说了句："学生会对新成员有十天的考核期，合格才能留下，希望你能坚持住。"

进学生会的第二天，林妧拿着生活部的花洒，借着给仙人球浇水的机会偷瞄陈屿。

仙人球放在窗沿上，距离陈屿的位置并不太远。

她偷偷瞄着，陈屿坐在桌后，左右两边摆着一堆需要筛选的校内活动材料，其他部长都在小声说笑聊天，只有他垂着头，认真挑着预备交给校领导的文件。

从林妧的这个角度看去，可以看到他黑碎的短发和微垂的眼睫，以及微抿的薄唇。今天他穿回了学生会的制服，衬衣的纽扣敞开了两颗，看起来禁欲又勾人。

她眨眨眼睛，打量着，没什么反应的陈屿终于有了动静。

他抬眸看了她一眼，继续低头，说："再浇水，仙人球就淹死了。"

林妧这才惊觉自己还在浇水，转头一看，半壶花洒的水浇透了土壤，混着泥沙颜色的水珠滴滴答答地从花盆底部流到地上。

她连忙住手，拿了拖布弄干净，几个部长全看着这边。

林妧感受着后面齐刷刷的目光，周围也变得格外安静，不免有些后悔与尴尬。

原本看材料的陈屿忽然开了口："你这勤快的表现挺好，不用别人交代，自己主动揽活给花浇水。"

夸得她好心虚。

林妧顾不得太多，干脆厚着脸皮点头，承认自己确实勤快，而非居心不良想要多接触他。

陈屿嘴角微动，抬眸又瞧了她一眼，露出些许笑意："那我多安排一些小事给你，可以吗？"

感觉出他笑里藏刀，林妧的理智让她慎重，心跳却被这个笑迷得重重一跳，鬼使神差地自己劝解自己——刚来学生会做事，还是不要拒绝这个冷面会长的要求吧？

"可以。"她听见自己的声音已经先于脑子做出反应，答应了。

林妧的预感确实很准。

陈屿笑过之后，给她安排了很多事，简直是冷面阎王的化身。

…………

“学妹，学校的自助打印机排队时间太长，你把U盘给我，我替你去。”

“学妹，你对学校还不太熟悉，道具室的活交给我就行。”

“学妹，这是学生会经常用到的表格模板，我自己总结的，都在电脑D盘的文件夹里，很实用。”

“学妹，这包椰奶糖是海岛那边的朋友邮寄过来的，你尝尝看喜不喜欢。”

生活部占有的小教室内，几个学生会的学长围绕着清纯动人的小学妹，各自献着殷勤。从帮忙干活到提供零嘴，一应俱全。

几人全是心甘情愿做这些，积极且热情。

林妧朝他们露出感谢的微笑，说了句“心领学长们的好意”后，就拒绝了。她要证明自己有能力留在学生会，而不是只能通过特招进来，然后成为闲散人员。

就这样，林妧开始了在学生会当牛做马的繁忙日子。

她每天都任劳任怨，像个不断往脑袋里输入新知识和技能的机器人，忙得不可开交。

学生会其他按流程招进来的新成员渐渐肯定了林妧做事的能力。

而身为生活部部长的秦墨，有点看不下去了。

有男干事试图吹捧陈屿会长和小青梅的关系：“咱们会长对小青梅真是用心良苦啊！让她夯实基础，从每件小事做起，换了别人，谁能有会长的这份关怀啊……”

秦墨用宛如看傻瓜的眼神看过去：“你懂什么——会长这是在故意折磨可爱的小青梅。”

“啊？”男干事挠挠头。

“想要让小青梅知难而退，退出学生会。”

秦墨看起来很懂的样子，说完，单手摸着下巴，无比深沉地思考着：会长一定是过不去那道坎——高中分别期间，她始乱终弃，跟好几个男生亲密合影。

长此以往怎么可以。

不行，身为本校热心正义的青年，如果日后有机会，他一定要做好人好事，想办法修补小青梅学妹和会长屿哥之间的感情裂痕。

林妧的目标就是留在学生会。

那个傍晚，陈屿跟她聊过之后，她浑身充满干劲，如同上了发条，谢绝学长们的帮忙，从不抱怨，没有流露任何负能量，做一堆事还能甜笑着跟部员和各部长打招呼。

慢慢地，学生会里越来越多的老成员都很喜欢林妧这个学妹。

从九月中旬熬到下旬，林妧成功通过了新成员考察期，她表现优异，留在了学生会，被安排的事情回归正常，日子也轻松了许多。

第三章
心跳溶于这个午风中

午后，秦墨带着生活部的同学检查了大一各宿舍的卫生情况。

林妧拿着记录表，兢兢业业地跟着大部队行动。

等检查完，秦墨手机没电，借用她的手机，给记录表拍了张照片。

林妧以为只是拍张照片备份，没想到对方拍完后的下一步，就是发给学生会会长陈屿汇报情况。

关键是，她联系人里没有陈屿。

秦墨疑惑地询问："你居然没有会长的微信？"

林妧忍不住心虚，身为小青梅却不是微信好友，确实太离谱了。

她咽了咽口水，有点紧张，脑海里飞速闪过许许多多的借口。

秦墨惊讶之后，很快面露了然，因为他想起自己曾偷瞄到的照片，她和几个男生的亲密合影。

秦墨眼神转为无奈，叹息道："是不是他把你删了。"

男生吃醋，总要有个表达方式。

删好友，就是其中一种。

林妧眨巴一下眼睛，抿住嘴巴，把刚想说的借口吞了回去。

"没事，回头我把他名片推给你，删了就再加。"秦墨觉得这不算多大的困难，努力求和就是了。

“好，谢谢部长。”林妧顺水推舟，如释重负，眉眼弯弯地露出笑。

“你们俩能和好就好。”

秦墨面露轻松，似乎觉得自己做了件好事，然后转头借了另一个男生的手机，重新给记录表拍照发给陈屿。

回去的路上，大家说说笑笑。生活部的几人一片和谐。

九月下旬，午后的太阳还是很晒，经过校园柏油路几乎要被路面蒸腾的热气熏熟，相比之下，旁边的梧桐林荫道树影幢幢，连空气都凉爽几分。

跟大家在一处岔路口挥手告别后，林妧快走几步进了梧桐林荫道，体感舒服，速度也慢了下来，慢吞吞地走着，感受徐徐微风。

她低头看到微信上收到秦墨推送来的个人名片，应该就是陈屿了。

先发去好友申请试试。

这样想着，林妧直接填写了打招呼的消息，发去好友申请。

与此同时，相隔不远的茂盛四季丁香花丛边影影绰绰显出两抹身影。

陈屿从图书馆出来，经过这里时，被满校园找他的柯佳堵了个正着。

柯佳内心纠结了很多天，无法彻底死心，堵住他表白心意，说就算有小青梅也没什么，只要他没女朋友，一切就有转圜的余地。

柯佳仍然想强求结果，妄图用一腔固执打动陈屿，完全不觉得这种已被拒绝过的单方面追求是极度不礼貌的打扰。

陈屿不说话，眼神冷冷的，没有丝毫温度，如同学校秋日夜里的湖水，没有涟漪波纹，半点起伏都不见。

他正回着微信消息，突然，他瞧见了一条好友申请，一个可爱的猫猫头像，打招呼的内容是：哈喽会长，我是林妧小可爱。

他和柯佳面对面站着，因为个子高，并不会被别人窥见手机里的消息。

陈屿习惯拒绝好友申请的手停滞了两秒，偏移之后，冷淡地忽略了。

林妧这边根本不知道陈屿这么快就无视了她的申请，所以还抱有一丝希望，边走边等待着回应。

走了没多远，她就慢了下来，神情有些愣怔。

旁边弯曲的分岔小路上，柯佳正哭哭啼啼地跟人表白。

图书馆的建筑很高，窗户反射着刺眼的点点白光，陈屿站在花香浓郁的小路阴影处，神情很淡，想走却被面前的女生左右挪动着身体阻拦。

陈屿略微不耐烦地稍稍蹙眉，下一秒，抬眸看到了这边正龟速前行看热闹的林妧。

视线相撞后，林妧连忙弯起嘴角露出一个短促的甜笑，然后收了目光打算继续走。

她之所以毫不担心，是因为猜测陈屿不会接受，如果会接受，早就接受了，怎么也不会拒绝多次直到现在。

距离午后上课还有段时间，此时的林荫道上人很少，学生们大多在宿舍午休，林妧老老实实地在陈屿的眼皮子底下敛起八卦之心，准备回宿舍。

林妧就要走过分岔路口时，突然一道声音从那边不远不近地传来，嗓音低缓，听起来有些悦耳和蛊惑人心。

“林妧。”

陈屿第一次这么温温柔柔地喊她的名字，林妧先是愣了两秒，然后感觉耳朵像被羽毛挠了下，直穿过耳膜，到达了心尖，有些痒。

林妧心中猛地一跳，下意识地停住脚步，回过头。

本来想撬墙脚的柯佳惊觉她的出现，刚才还能毫无顾忌，现在当着小青梅的面，柯佳倒是咬着唇，勇气不复，无话可说了。

陈屿面无表情地绕过泄气不动的女生，走到林妧面前。

林妧站在绿植边，感受到陈屿冷冽的气息瞬间萦绕扑来，像雪间的松柏抑或是深林的薄荷，淡淡的，自带凉感。

林妧眼尾稍扬，笑得自然又漂亮，其实最近每次近距离对上他的时候，总觉得自己被他看透了似的，心跳也快，明明这样不正常，身体却不会往后退，反而想更近些。

很微妙，她也不知道为什么。

陈屿个子高，瘦削的上身穿着件素净的白T恤，装书的运动单肩包随意地挂在右肩膀上，整个人寡淡又有松弛感。

他眼睫半垂，薄薄的眼皮显出漂亮且锐利的自然弧线，目光柔和地落在她身上。

从烈日下走到林荫道，林妧额角的薄薄轻汗没完全消下去，偶有风吹过，便是一丝丝的沁凉。

周围挺安静的，只有鸟鸣与树叶的哗哗声，光与影不断斑驳摇曳，晃着她的视线，林妧觉得太不真实了，要不然陈屿这个大冰块会长怎么会眼神如此温柔地看着自己。

陈屿嘴角突然牵出的笑容让这世界更加梦幻了，连带着她的思绪都变得好慢。

“干什么去了？大中午的，脸晒得这么红。”那人声线又轻又低，眉眼浸着平时不多见却极为蛊人的笑意。

那个眼神……好像在看喜欢许久的女孩子一样。

不可能。

肯定是她看错了。

胸口像被小猫爪子乱挠，脸颊皮肤涌起热度的林妧陷入自我怀疑中，一时间没回神，还蒙着。

“啪！”

陈屿嘴角噙着笑，修长的指节在她面前打了个轻轻的醒神响指。

林妧眨了眨眼，确定这不是幻觉，回神后注意到表情不太好看的柯佳，她脑中的薄雾散去，忽然有点揣摩到陈屿的意思。

“去查宿舍了。”

她配合着回答陈屿的问题，而后，狡黠地歪了下脑袋，如同一只小狐狸，俏皮又灵动。她跨步凑近他问：“以前的微信不用了，新微信给你发了好友申请，收到没？”

陈屿眼中闪过一丝玩味。光影交错，在他懒懒俯看她的双眸上晃动。

“没收到。”他说。

“哦。那我重发一次，你现在通过一下吧。”林妧面不改色，佯装熟稔地再次通过个人名片发送好友申请。

“……好。”

当着几米外柯佳的面，这条好友申请即刻被陈屿通过了。

林妧现在能肯定陈屿在利用自己挡桃花，难怪之前军训时当着那么多人的面给她戴帽子。

不过很快，她就释怀了。

想想也是，如果自己对大冰块会长没什么用，小青梅的乌龙身份估计早被揭穿了。

林妧欣然接受，在他还没真正接纳自己之前，自己做个对他有价值的人似乎也不错。

她仰起头，再次朝着陈屿露出甜甜一笑。

加完好友，陈屿把手机揣回口袋，视线却一直都在她身上，宠溺地凝视着。这互动，就算纯路人也会感觉出周围的粉红泡泡。

原来陈屿不是不温柔，只是不愿对不在意的人温柔。

目睹一切的柯佳明白了差异，羞愧难堪到无地自容，她跺了下脚，沿着弯曲的小路朝相反方向离去。

林妧看那身影已经消失不见，抬眸看向陈屿，唇边还有明晃晃的好看的笑，打趣提醒："你最难缠的追求者跑啦。"

陈屿没在意，藏在清隽面孔下的淡漠与沉寂一点点展露出来，眸光不动，敛去悠悠和煦，深潭无波般看着她。

他果然如她猜想的一样，是故意做给柯佳看的。

观众跑了，拒人千里的疏离感立刻恢复了。

四下无人，静谧得仿佛可以听见微风的声音。

树叶摇摆着，来来回回，阴影落在他冷且白的皮肤上。高挺英俊的眉骨和鼻子下，是绯红色的薄唇，唇形漂亮，一张一合，说出的话却让她有点惊讶。

"现在就你我两个人，坦白说，你来到淮大后，大家就误认为你是'小青梅'，你好像很乐意承担这个身份，不管你是为了什么，"他停了半秒，丝毫情绪都窥探不得，只有低缓的嗓音在树荫下拖得疏懒清晰，"只要不碰我的底线，我可以睁一只眼闭一只眼。"

林妧恍然，这人早已发现自己藏着掖着的小心思，他之前不计较，是完全不想搭理她。

现在利用她让难缠的追求者死心……就凭这点来看，他比自己更像狐狸。

林妧暗暗评价着，同时也被他近在眼前的美色吸引。

心念一动，忽然很想扑倒他。

她舔舔嘴唇，没敢那么放肆，只刻意朝陈屿笑了下，凑近，呢喃如风，像说什么秘密："这是对咱俩都有好处的事，刚刚那朵缠人的桃花，就是我配合摆平的呀。"

温热的午风拂来一阵沐浴乳的玫瑰清香，浅浅萦绕在鼻息后又暧昧地散去。

陈屿就那么站着看她。

身前的女孩离他很近，她本就是明艳的长相，此刻特意撩拨，越发考验凡夫俗子的定力。

树荫下稍淡的色调里，她黑长的发丝乘风从脸侧落至颈侧，在咫尺之间，越发显得纤细骨架，白腻肤色，如同春天盛开在人间的山茶花，温香勾人。

心脏倏地一麻。

他双眸微眯，又似乎什么波澜都没有似的恢复如常，漫不经心地回：“算是吧。”

得到他肯定的回答，林妧得了便宜还卖乖地说：“太好了，以后我们算是密不可分的——”

顿了顿，她眼尾因笑上挑，眼波流动间满是风情：“合作关系。”

寂静了两秒。

两人面对面，距离极近，像要接吻，却都没比对方先有动作。但落在旁人眼里就是两人之间透着一股说不清的暧昧氛围。

林妧被勾得像有根羽毛在挠，心痒痒的，却忽然注意到陈屿身侧拐弯的小路上，冒出一个学生会的熟人，是买冷饮回来的秦墨。

此时，这人正目瞪口呆地看着他们两个。

“啊……有人。”理智回来，她收了放肆重新站好。

陈屿没太在意，他挪开眼看向别处，寡淡的神色在树荫下影影绰绰，有些不太真实。

在林妧凝视的目光中，陈屿没停留太久，因为他不会浪费很多时间在已经阐明的事上。

“走了。”说完，他脚步移动，绕过她走了。

秦墨立刻小跑跟上，路过林妧时眼神八卦满满，而后朝陈屿追去，声音格外激动：“太劲爆了，会长，你和小青梅学妹——你们刚刚是要接吻吗？你们和好了吗？”

陈屿沉默着。

站在树荫下的林妧明媚地挥手：“竹马会长，再见啦。”

远远看着陈屿走掉，她感受到脸颊和耳朵尖泛着热度，从口袋掏出小镜子看了眼，还好天气热，脸和耳朵本身就有红润色调，这样害羞就不太明显。

刚刚跟他真是距离太近了，近到只要她踮起脚，就可以亲到陈屿的下巴，再往上，还能亲到那张经常说着冷飕飕话语的漂亮薄唇。

林妧眨眨眼回想着，越发口干舌燥，心情却很好。

午后一点半，宿舍的窗帘拉着，格外安静，室友们在午睡。

林妧轻手轻脚地坐到桌边，先狂喝了半瓶水解渴，心跳平缓后打开微信上与陈屿的聊天框，点开他的头像，放大，是一个长着狼耳朵的漫画少年，黑白两色，一股子暗黑色调。

怀着好奇心，她继续点进陈屿的朋友圈。

然而，没有预料中的长长一列，居然什么都没有，只有一眼就能看完的空白。

这么神秘。

算了，反正已经加了好友，目的达到。

给他取个什么备注好呢。

她想了想，填了临时备注，然后忍不住嘴角上扬，试着发消息过去：喊会长感觉不太亲近，以后喊你屿屿怎么样？我刚想的。

发完这句，林妧快速打字继续下一句：做戏做全套，你可以喊我妧妧，屿屿和妧妧，我感觉还挺好听的耶。

对面的人刚好在，即刻回复了消息。

陈屿：……

没说好，也没说不好，但林妧本人很满意这对叠字昵称。

她继续：屿屿，明天就是十一小长假了，你准备怎么度过？

陈屿没回她。

林妧不在意，甜甜蜜蜜地提议：要不我们出去玩吧，增加彼此相处的时间，顺便培养一下感情。

她做好了对方已读不回的准备。

如果陈屿那么容易就跟女生聊起来，估计他早就被柯佳拿下了。

十几分钟后，关闭门窗的昏暗宿舍里睡觉气息浓厚，折腾了一中午的林妧不免被传染，也有些困倦，于是，她爬上床加入午睡大军。

下午三点有课。

林妧被邻床姜宁宁的闹钟叫醒，她拿起手机习惯性地看了眼时间，却意外地瞄到了陈屿的回复，简简单单三个字，足以让刚睡醒的她心跳骤然加速。

半小时前。

陈屿：想得美。

林妧兴冲冲地点开聊天记录，看到上一条消息，是她发的提议国庆小长假一起去玩，培养感情。

即便如此，她还是开心地笑起来。

陈屿有回复就好，总比不理人要强。

在这方面，林妧很知足。

下午的课结束，宿舍空了出来，学校很多学生都去了车站或机场，因为明天就是十一小长假。

林妧收拾好东西，瞄到微信上学生会大群在不停增加消息数目，好像在讨论什么事。她点开从头看了看聊天记录，原来是说这个十一假期会长和几个部长要去给淮大退休教师做义工的事。

牺牲假期时间为退休教师服务，属于光荣的苦差事。

群里很多人在给予口头上的肯定，但没一个主动请缨参与的，毕竟难得的十一小长假，大家都有各自的安排。

而林妧最大的安排就是想跟着陈屿，所以，她在看到消息后，兴冲冲地找到秦墨的微信头像，向他打听清楚他们几个和陈屿的出发时间和地点。

义工服务总共三天，学生会会长加上部长一共十个人，分了五组，去往不同的城镇。陈屿的小组除了他本人，另一个人则是秦墨，他们暂定明天上午九点搭乘火车出发前往明湖县，住两个晚上，大后天下午四点返回淮京。

第四章
月亮不算吵

十一小长假的第一天。

上午九点整，林妧压低帽檐坐在车厢角落，暗戳戳地盯着远处几乎隔了大半车厢的陈屿。

车票座位是系统分配的，大概是买的时间相差不多，他们被分到同一车厢。

还好她机智，早就准备了帽子和口罩，不至于在车厢内被发现。

火车发动，光线影影绰绰，窗外景象不断交换后退。隔着十几米的距离，林妧悄悄望着斜角那头的男生。

陈屿位置的左边是秦墨，秦墨已经撕开一包薯片，边吃边看手机，和大多数的旅客一样。

陈屿却略垂着眼，单耳戴上耳机，手指在笔记本电脑上敲敲点点。

伸长脖子看他太过招摇，林妧努力降低自己的存在感，她缩在位置上，透过前面整齐的座椅缝隙，偷偷望去。

从她这个角度望去，能看到陈屿漆黑的短发遮住一点清寂的眉眼，以及冷白肤色下，那张不可亵渎、微抿的唇。

十月初的天气不算太凉，车厢空调还开着，他身上穿了一件黑色冲锋衣，拉链敞开，露出里面的白色上衣，衣服领口有些低，隐约可窥见他肩胛处突出的那个部位。

林妩眨了下眼，忽然觉察到自己的关注点不对，心虚地挪开目光。

火车平稳快速地行驶着，窗外景色从马路高楼转为池塘田野。

林妩拢了拢耳边的长发，重新戴好黑色棒球帽，手边的红绳手链在窗口映照进来的阳光下十分鲜亮。

她暗自庆幸，前往明湖县的旅途似乎挺顺利，没被陈屿发现。

一个多小时后，距离到站还有十几分钟，陈屿终于有了别的动静。

他关了笔记本电脑放进电脑包里，随后站起身，往最近的卫生间走，但是门没打开，里面应该有人，于是他抬眸，朝林妩这边卫生间的方向看了一眼。

陈屿的目光淡淡地掠过她，没停留。

林妩思绪僵了下，觉得对方应该认不出自己，帽子和口罩都戴了，但保险起见，还是连忙低头，将帽檐又下压了些。

很快，隔着帽檐的阴影，她用余光扫到陈屿经过，没一会儿，他又出现，折返到座位。

呼……好险。

林妩紧绷的肩膀缓缓舒展，还好没被发现。

十来分钟后，列车准时到站。这里是终点站，也可以转乘其他列车。

陈屿和秦墨从近处的出口下车，没多久列车就空了，林妩看着他们的身影经过自己位置的窗外。列车保洁员询问她怎么不下车，她说了声抱歉，匆匆起身下车。

一下车，林妩就追着陈屿走的方向小跑过去。

她原本准备保持安全距离跟着他，到了目的地封老师家才露面，没想到从火车站出来，广场上旅客不多，却不见了他和秦墨的人影。

难道跟丢了？

她蒙了几秒，小跑过后呼吸略喘，摘了口罩，也摘下帽子，视线骤然明亮宽阔，重新在前方的旅客间寻找陈屿的身影。

临近十一点，日头挂在空中，光线明晃晃地刺眼，林妩微微眯眼，用帽子扇了扇风，目光搜索两回，仍然没找到。

柏油地面吸热，室外的温度简直堪比八月份。

她孤零零地站在广场上，十分显眼。

出站口靠墙的狭窄土地旁，榕树叶在若有似无的风中拂动，闪着点点的光，树梢落下的阴影静静停驻在林妩身后不远处。

陈屿在树下乘凉，盯着她茫然停滞的身影，有些想笑，戏谑之意忽生，吹了声口哨吸引她。

听到声音，林妧转身，怔了怔，因为她看到了陈屿和面露惊喜的秦墨。

陈屿慢悠悠地嘲弄一笑，而后迈动长腿朝她这边走过来，让她这只孤单的小羊羔重新拥有归属感。

秦墨兴高采烈地道："下了火车，屿哥跟我说看到一个女孩像你，在这儿等着试试，没想到，居然真是你！难怪昨天你跟我打听屿哥的行程，原来想要一起来义务劳动啊。"

说完，秦墨还果断竖起大拇指，眼神欣赏，很明显，认为她勇气可嘉，是个努力挽回竹马的好女孩。

林妧笑着点头，任凭秦墨误解，没法解释，反正她的目标就是这样。

倒是陈屿静默地睨了她几秒，见她认同想要一起义务劳动的话，他几乎没有考虑，毫不犹豫地道："进车站，买票，我陪你等返程车。"

这下，林妧笑不出来了，急忙开口："别呀，你就让我一起义务劳动吧，我也是淮大的一份子，又是学生会的一员，为退休教师做点事是应该的！"

她语气紧张，满是期待，惹得陈屿看戏般地看着她。他眼神淡淡，语调也听不出情绪，只说："这是乡下，蚊子很多，老鼠和蛇也不少，你难道不怕睡觉的时候，蛇从窗户进来，在枕边和你打招呼吗？"

林妧瞬间懂了，这是想吓退她，可她就想留下。

"我觉得你这样吓我不好。"

"事实而已。"

"买蚊香，蚊香可以熏蚊子。"

"蛇和老鼠呢？"

林妧咽了咽口水，强撑着表态："我打听过了，封老师有洁癖，家里肯定干净，蛇和老鼠出现的概率很低，所以不怕，而且——"

顿了顿，她知道想说服陈屿就得摆出自己的价值来，于是盯着陈屿冷隽的俊脸补充道："难保明湖县这边的小姑娘们不会因为你帅就喜欢你呀，我在的话，你身边也清静，对不对？"

她后面找补的话勉强中了红心，换得陈屿侧眸，微耷拉的眼对上她满脸的期待紧张。

静默几秒后，他嘴角带着些漫不经心的随意，忽而一笑，也就没再出声反对，算是认同了。

林妧悄悄松了口气。

果然，人因利而聚。

明湖县人少高楼也少，相比淮京这种大城市，自然野性生长的草木保持原有状态。出了车站的大路，转进县城内部便是青砖和泥土路面，本地人没有急匆匆的神色，头顶草帽，开着装满庄稼的拖拉机晃晃悠悠前行，多了几分自得的闲适感。

临近中午，万里无云，青草的味道被蒸晒后飘在微风的空气中。

封老师是淮大才退休的教师，离开淮京回到故土，因为爱好喝酒也爱好酿酒，所以在县里开了家酒铺，铺子里的活亲力亲为。

饭桌上，林妧自我介绍是陈屿的小青梅，脸上带着甜甜的笑，乖乖地坐在陈屿身旁，讨得封老师和师母很喜欢。

这个时间点，吃完饭就该午休，店铺里没客人。

林妧帮忙收拾完碗筷，背上小双肩包，紧紧跟在陈屿身后。

房间是封老师按人数提前收拾出来的，原本只准备了两间客房，陈屿和秦墨一人一间，没想到会忽然多出林妧。

好在陈屿的房间大些，对面靠墙的位置还摆着一张小竹榻，可以暂时用来午休。

师母觉得林妧和陈屿是青梅竹马，关系亲近，况且只是午休，并无不妥，倒是封老师觉得有点不太合适，毕竟男女有别。

秦墨看热闹不嫌事大，乐呵呵地道："封老师您放心，两人关系好着呢，况且青天白日的，只是在一个屋午休，咱们还是尊重当事人的意思吧？"

难得午休能和陈屿独处，哪怕不说话都是好的，林妧自然愿意，顾不得女孩子的矜持，忙表示："我没问题！"

陈屿看了她一眼，轻嗤："想得美。"

当着外人，他这样不配合，小青梅的身份岌岌可危！

林妧心急之下，干脆乱来了，控诉道："屿屿，你怎么能这样冷漠！我跟你睡一个房间，为什么不答应，难道要我跟封老师和师母挤？还是跟秦墨学长挤？你别端着啊，咱俩青梅竹马，玩过家家又不是没在一张床上躺过。"

听着她胡说八道，陈屿没什么表情，微垂眸子睨着，似乎按捺着性子，想见识下她能戏精离谱到什么程度。

一个娇俏愤愤，一个冷眼以待。

院内陷入安静，气氛忽然多了点类似小情侣间闹矛盾才有的对峙感。

秦墨轻咳两声，出声解围，跟老师和师母解释道："会长跟小学妹有点误会，正在闹别扭。"

"累了一路，午睡会儿吧。"师母笑笑，拽着老伴往楼上走。

年轻人的事，让他们自己处理就好。

观众都散了。

林妧瞬间㞞下来，她攥紧背包带面对他，嬉皮笑脸地说："演技不错吧。"

陈屿慢慢地扬起嘴角，露出一个完全不走心且算不得愉悦的笑。

他耷拉着眼继续盯着她，轻声说了句："我答应不较真，可你编得像我跟你经常同床共枕一样，碰瓷吗？"

空气被太阳晒透，热得发烫，他嗓音舒缓却透着莫名的凉意。

林妧往后稍稍退了一步。

完全是本能，她舔了舔唇，改用最单纯无害的眼神看他："好啦，开玩笑而已。我那么说，也是为了掩人耳目，效果逼真嘛……"

陈屿懒得再跟演技派的她计较，移开眼，而后开门放下背包，让路："进，午睡先凑合，下午帮你另收拾出来一间屋子。"

跟内心不满却又忍着的林妧擦肩而过，陈屿走到院子里老槐树下的木亭，坐下后拿起紫砂壶倒了一杯茶慢慢喝起来，并没跟她共处一室午睡的打算。

林妧觉得安心。

运动不是林妧的强项，她的体力很一般，这次出远门，一路折腾，确实累了。

她倒在触感清凉的竹榻上，浑身都舒服了，精神松弛，没多久，在静悄悄的房间里泛起困意。

林妧闭着眼，意识迷迷糊糊徘徊在睡眠与清醒之间。

隔着静谧的空气，陈屿接电话的声音很轻，轻飘飘地被她悄然捕捉。

郊县院落的十月中午，清风吹拂着枝叶，散去最后的几丝残热，徐徐柔柔似水流淌进木亭的阴凉下。

从紫砂壶倒出的乌龙茶水，搁置在午时大亮的凉亭下，袅袅白丝热气几乎看不到。

因为要和封老师吃饭，陈屿的手机调成了静音。他拿出手机看了看，是老宅座机的来电，家里的老爷子打来的。

看着来电显示，陈屿猜到了老爷子大致想说什么，但他还是接通了。

那头传来老爷子不太愉悦的声音。

“小屿，我听你姑姑说，你去明湖县做义工了？”

“嗯。”

“你怎么也不跟爷爷商量一下就参加这种义工，能加学分吗？”

“……只是义务劳动，加不了学分。”

“加不了学分何必浪费时间。”那边重重叹息了一声。

他像被一座无形的山压住，闷到呼吸都滞缓许多。

几秒后，尽数接纳了消极情绪的陈屿轻声道：“这里离乌郊不远，义务劳动结束以后，我会去乌郊看望丁巍伯伯。”

老爷子的声音从不满转到满意：“好，你切记抽空去找趟丁巍，丁巍跟你父亲是故交，前途方面总能帮到你，家族的兴败就压在你身上，可千万要争气啊。”

“嗯，您别操心了。”

挂了电话，院中清风未止，陈屿抬眼，看着摇曳枯黄枝叶后的天空，湛蓝无云，窥不见边际。

来明湖县的路上，列车疾速前行中，安静了好几天的沈如洲给他发来消息。

沈如洲在准备晋级比赛，几乎废寝忘食，大概因为太过劳累，发给陈屿的语音消息听着都虚弱了几分：“压力太大了，作为选手，真觉得晋级赛一轮比一轮痛苦。”

“能做自己喜欢的事，也不算太痛苦。”他回。

陈屿的话让沈如洲再度发来的消息中笑声精神了许多。

这话对沈如洲是安慰，对他自己则像奢望。

不是每个人都能无忧无虑地做自己想做的事。

家庭经历了变故，陈屿早已失去了这种自由。

他身上背负着太多东西，逃避退缩并不能解决问题。

他曾向往过无忧无虑。但最终，面对现实，他也只得将肆意与骄傲深深收敛起来。

天高远阔，亭外染了黄色的卷边槐树叶无声无息地掉落在地，给明净的小院带来几分秋日的萧瑟。

静坐了好一会儿，陈屿低头，喝完那杯几乎凉透的茶，随手将空杯子洗净往石桌上的托盘里一放，正正好好恢复如初。

他们到封老师家的第一天下午，帮忙清洗了酒坛，以及泡酒要用的桑葚果子和人参枸杞，晾干表面水渍后再送到制酒房，由专业的封老师亲自调配密封。

一番洗洗搬搬的零碎劳动结束，天色柔暗几分，已经日落西山。

林妧跟着师母到了二楼的新房间，谢过师母之后，她放下背包简单歇了歇，再出来时，隔着院子不远处的店铺鸟声人声十分热闹。

她闻声望过去，原来是有顾客来买酒，看着像熟客，正在和封老师悠哉笑谈。旁边的秦墨颇有兴致，逗着笼子里的鸟。

远离城市喧嚣，回归简单质朴，也是最纯粹、安抚人心的生活。

林妧嘴角不自觉地跟着弯了弯。

她往楼下走着，目光寻找陈屿的身影，刚刚上二楼前，还在院子花架前看见那人在浇水，现在倒没了人影。

难道是在她的视线盲区吗？

一会儿下楼好好找找。

林妧这样分心想着，转过楼梯拐角，向院落走去。下一秒，就差点迎面撞上一道身影，她忙抓住扶手，摇摇晃晃之后险险稳住，心跳骤然重了一下。

不仅因为只差毫厘，她就撞进面前经过的人怀里。

更是因为淡淡雪松薄荷味沁入呼吸，脑袋一下空白，在阻挡了橘色夕阳的阴影中，林妧抬眸，眨巴眼睛，确认对面不是别人，正是陈屿。

“抱歉，”陈屿也像是刚回神，那双勾翘的眼尾静静耷拉下，他把责任揽在自己身上，道，“差点撞到你。”

陈屿居然会有心事走神？

暮色继续暗沉几分。

林妧看着他从身前走过，那一秒里，她恍然有了种感觉，他似乎从接完中午那个隐隐约约的电话开始，整个人情绪就很低落，仿佛布满无形的乌云，不伤害任何人，只影响自己。

院子连通的酒铺灯光亮起来，谈笑声如旧，隔着不远的距离，和这边的昏暗就像两个世界。

林妧看着陈屿回房的孑然身影，忽然很想赶走他的阴郁。

她向来是行动派，很快就跑到他身旁。

林妧一下子出现在他身侧，嬉皮笑脸："今天辛苦了，不如我给你讲几个脑筋急转弯的笑话放松下呀？"

陈屿幽幽地朝她看来一眼，反应有几分莫名其妙，也夹着不感兴趣。

她觉得先随便说点什么，总比沉默要好。

"一根火柴，脑袋起了火，去医院包扎以后就变成什么？"

他没有接话的意思。

"嘿嘿，变成棉签啦。"

这样没反馈似乎作用不大。

林妧干脆把话题扯到他身上："我觉得你这样特别好。"

"什么？"陈屿没明白。

"你不会轻易被女孩子逗笑，就不会轻易被她们拐走啊。"

没话找话太明显。

沉默了片刻，陈屿忽然发出极轻的笑声，嘴角是薄凉嘲弄的弧度，他双眸瞥过院子那头的秦墨，最后落在她这里。

"怎么，觉得这里无聊，秦墨逗鸟，你就来逗我？"他问。

他微歪头，散漫地迎上她一直追逐着自己的目光。

林妧被看得脸发热，同时也蒙了。

完蛋。

这是曲解了她的意思。

她否认："冤枉，我怎么敢亵渎会长大人您。"

"亵渎还少？"

好像确实不少……

林妧立刻能想起来的，就不止一件，比如借着道谢的机会，先是给唇膏，又是说他唇看起来很好亲。

她轻咳一声，掩饰心虚。

陈屿没再追究。他嘴角微微扯了扯，被她这么一闹腾，神情的的确确比之前不苟言笑轻松些。

笔记本电脑屏幕亮着，是专业做曲子的软件，高高低低的音符走向，像心电图似的。

林妧不太懂这个，就近拿了张纸叠着解闷玩，如此跟他并排坐了一会儿。

忽然，脑袋里想起在车站被他浅浅捉弄的事，安静中，她忍不住申请：

“我想问你件事。”

“嗯。”陈屿随口应了声。

林妧好奇地问：“火车上咱们俩距离那么远，你去卫生间的时候我明明戴着帽子，脸也快贴到小桌板上了，你怎么还能认出我？”

“手绳，太红了。”

听他目不斜视这么一说，林妧顿时恍然：“原来是它出卖了我，忘了摘。”不过，这样显得她好傻似的。

林妧有些尴尬地挽尊，假笑道：“啊哈哈，其实我故意的，留个机会给你，看看你能不能提前认出我。你不会真以为我是粗心大意忘了吧？怎么可能。”

陈屿嘴角微扯，戳破道：“你就是忘了。”

林妧提起一口气，想说点什么却又无从狡辩，最后干脆默认了。

她鼓鼓腮帮，转移注意力，用笔给做好的纸青蛙画了滑稽的眼睛和嘴巴，画完之后，身旁的陈屿已经继续专注他自己的事了。

看到他认真的脸，她停了下来。

不知道陈屿有什么心事，也许涉及隐私，她不愿贸然打听，只想开解他，让他轻松点。

于是，林妧轻轻笑了笑，低眸看着自己叠的小青蛙，如同自言自语，也像说给旁边人听。

“不知不觉，我都十八岁了，已经是大学生了，还挺快的，有那么一点感悟，就是每个人都在自己的路上，经历着独一无二的风景，别被负面的东西压得喘不过气来，要像山茶花一样，不管寒冬多冷，都能熬到春天开花，坚韧一点，总会变好的。”说完之后，也没等陈屿答什么，她直接把叠好的纸青蛙放在他笔记本电脑旁，“你忙，我不吵你了。”

话落，她欢快地起身离开。

陈屿看着她消失在门后默了默，又敛眸瞧向那只画了搞怪表情的纸青蛙。

看了几秒后，他忽然勾了勾嘴角，弧度浅浅上扬。那故意说给他听的几句话，是在宽慰他。如果是平时，他大概会不屑一顾，认为她在耍花招。可此刻，积压在心头的烦闷心情，真被她的话加快了散去的速度。

这个林妧。

想起她，陈屿扫一眼窗外升起的月亮，突然觉得挺像。

她在他的生活中出现，让人倍感意外，好在她充满朝气活力，乐观带笑，给人的感觉就像黑暗夜色里，悬挂在天边清凌凌的月亮。

月光照亮黑寂。

好像也不算吵。

第五章
悬进他的心上

义务劳动的第二天，淮大学生来封老师家干活的消息传开，各家的小姑娘大清早就借着买酒的名义来店铺看陈屿了。

林妧端着密封好的小酒瓶出来，路过那些小姑娘，她讶异的同时挪了下视线，将目光也落在陈屿身上。

陈屿在白色短袖外面绑着封老师酒铺设计的工作围裙，淡青色的，绣着风雅竹叶图案，很浅，带着几分疏离冷感，就和他这个人一样。

喉咙好像不受控制地咽了下，她回过神，声音轻柔地喊出来：“嗨，我家的帅竹马？”

陈屿抬眸，没像往常无人时那般淡漠，也朝她笑了笑。

如此，双簧开场。

面对自己竹马被一群姑娘灼灼盯着，林妧情深意切的小青梅也扮演得得心应手。

她时时刻刻陪在他身旁，帮他递东西，给他擦汗，甚至亲昵地剥了瓣橘子给他，一口一个“喜欢吗”，原本蹲守在酒铺的女孩子们，都被她面带微笑一一气走。

这回，她和陈屿的角色扮演更有实感了。

秦墨坐在角落嗑着瓜子，看得津津有味，感叹这两人终于和好了。

不远处的封老师和师娘看着，露出慈爱的笑意。

去年陈屿来这儿，只是一本正经地帮忙干活，话极少。

今年不同，林妧除了跟他并肩做事，还说说笑笑地引着他说话，更给酒铺小院增添了几分俏皮。

第三天，他们按计划是下午四点离开明湖县。

秦墨家里临时有事，奶奶住院了，他着急地跟陈屿和封老师说明了情况，就先赶回去了。

为了替关系好的秦墨部长分忧，林妧仗义地揽下了这次写义务报告的工作。

酒铺安静，她洋洋洒洒地写了两页纸，觉得差不多可以收尾，手腕有些酸便决定歇歇，拿起手机瞄了一眼，许久不用的短信消息图标显示着一条未读信息。

大概是银行卡，或者手机运营商的系统短信。

她打开，看见消息来自陌生号码，内容让她浑身一僵：小猫，你存心耍我，拉黑微信，还不接电话？

小猫，这个称呼。

董星的脸和语气瞬间从脑海里冒出来。

林妧厌恶地蹙眉，躲瘟疫般立刻长按设置，把这串陌生号码迅速拉进了黑名单。

上午酒铺不忙，几张桌椅都空荡荡的，只坐着她一个人。

她手里拿着笔，本打算继续凝神写完报告，但神思不由自主地慢慢走远。

就连旁边的白纸上，她也不知不觉写下了“董星”两个字，还被她主观厌恶地画了两道深深的“×”。

林妧心里很慌，原以为自己销声匿迹，对方找不到就会放自己一马，结果却不如意。

她咬着下唇，手中的笔尖就快把桌上的白纸划烂了。

不知过了多久，陈屿从院子里出来，经过她的桌边，一眼瞥见那张写着名字被打叉的纸，又看着她愁眉苦脸，似乎很苦恼的样子。

陈屿顿住脚步，主动开口：“我替老师去给商贩结款，你呢，要不要去集市逛逛？”

林妧被唤回神，这下不安的愁思全被丢在脑后，喜笑颜开地起身来到他身边："要！我要去！"

到明湖县后，她一直没去街上转转，现在能和陈屿一起去趟集市，自然开心。

上午十点，集市已经摆满摊子，据说周围几个村县的人都会来赶集，人来人往，堪比春节时的超市流量。

附近有摊主频繁望过来。

在小村县，十里八乡的村民不说家家户户认识，但绝对都彼此眼熟，外来客很容易辨认，尤其，还是长得好的外来客。

林妧跟着陈屿挤在人群里，偶尔驻足，也坦然接受摊主打量的目光，十分安心。

陈屿更不在意那些人的目光，他按照封老师给的字条，默数摊位，对上名字和欠款后，就把余下的钱结清。

林妧买了根冰棒，正边吃边跟着陈屿走，接到杨倪的微信消息，问她在哪儿，要不要一起逛街。

得知她追着陈屿到了明湖县做义务劳动，杨倪发了一条语音："真的假的？"

林妧直接拍了张集市的照片发过去。

等了一会儿，杨倪有了回复。

杨倪：佩服。

杨倪：你胆子真大，人生地不熟的，不怕陈屿赶你走，白折腾一趟吗……

林妧回复：不怕。

就算白跑一趟，为了陈屿也值，将来想起不会后悔。

陈屿面冷心暖，并不是谣传的那种，冷俊只是他的外表，实际上他的内在更有吸引力。所以她在相处间，意识到自己悄然喜欢上了陈屿，从利用变成了真心。

在林妧拿手机聊天的时候，陈屿已经带着她结完了最后一家摊位的余款。

两人继续往前走，逛着集市，直到尽头，这里停着许多摊主拉东西的小货车，不似前面热闹，人少了许多。

这里停放的备货的车辆多，总有意外状况发生。

一阵"嘎嘎嘎"的家禽叫声越发清晰，像是成功越狱，细长脖子的大鹅挺着脖子奔过来。原来，是不远处一辆蒙了塑料布的货车，笼子坏了个洞，刚好够它们灵活钻出来。

隔着几米远的距离，林妧瞬间回忆起小时候在公园被大鹅追着咬的恐惧。

一朝被蛇咬，十年怕井绳。

“居然——是大鹅！”

她一惊，伸手抓住陈屿的手腕，想立刻远离这里，脸都涨得通红，活像受了惊吓而畏缩的小动物。

陈屿看了眼那几只叫声很凶且绝不算温和的大白鹅，再微微垂眸，看着她抓着他手腕的手。

这姑娘居然怕大白鹅，陈屿不由得无声笑了。

他看着害怕到还不忘拉他一起逃的林妧此时此刻紧张脸红的模样，似乎娇俏了许多。

林妧跑得太慌张，集市人多，腿脚也多，不知谁绊的谁。

林妧眼看就要摔个狗吃屎，被陈屿手疾眼快反握住手扯回来，想完全扶住她却来不及，于是仓促间就只能看着她堪堪半倾在他身前。

身体失去平衡的林妧，即便经过陈屿的拉扯缓冲，也仍旧受姿势限制，单膝磕在地上，很快就感觉到膝盖传来火辣辣的刺痛。

周围人来人往，都看过来。

林妧足足怔了三秒，也屏息了三秒。

她想挖个地洞钻进去，却没有铲子。

林妧一句话都说不出，难堪地看着陈屿蹲下来。

他难得眼里全是她，表露关心：“把裤腿挽起来，看看出血没有。”

林妧赧然地往上挽了挽裤腿，磕在地上的膝盖果真出血了，已经掉了一层皮，血丝多且鲜红，伤口越发明显。

林妧垂着脑袋，使劲攥紧指尖。

她害怕的东西有很多，其中就有疼和血，尤其是血。

她使劲垂着脑袋，感觉到耳朵连接着脸这一大片持续滚热。

本想在陈屿面前刷好感的，没料到最后来了这么一遭。

面子没了不说，还弄破膝盖。

好丢人。

林妧眼睛发红，鼓起勇气慢慢抬头看陈屿，见他那双不含取笑，也无波澜的眼睛回睨着她，心里忽然莫名涌出一股子委屈。

她喉咙像被想哭的情绪堵住，一句话都说不出来，越想忍住眼泪，眼泪就越作对似的流出来，鼻子越来越酸。

陈屿看着她的伤口不深，安心了些，没再多说什么，就在她身边耐心地待着。

身前的女孩和他离得极近，净白的膝盖肤色将她磕破的伤口衬得很明显，嫣红的血丝汇集像一朵疼痛的小花，仿佛正逐渐绽开变大似的。她终是忍不住，抽泣起来。

于是，早秋临近中午的阳光里，林妧纤薄的肩膀，在陈屿静候的目光中，随着抽泣轻轻颤动。

第一次看到她掉眼泪，陈屿愣怔了几秒，而后嘴角抿得柔和几分，有些生疏地哄着。

“很疼吗？”

“嗯？”

“别哭了。”

这样好听的声音，搭配这样温柔的语气，林妧的委屈都被冲淡了。

她吸吸鼻子，缓缓平复呼吸。

膝盖仍传来一阵阵痛感。

疼痛之下，林妧有了底气，她揪住陈屿的衣袖：“要不是因为想跟着你，我不会来这个地方，也就不会被那群大鹅吓到，更不会摔倒。陈屿，我不管，你要对我负责。”

她眼睛红红的，嗓音糯糯的，带着哭腔，毫无威慑力，偏偏还从嘴里说着威胁的话。

“你敢不管我的话，你就完了。”林妧说完，就盯着他等回应。

那双哭过的眸子亮晶晶的，像沾了雾间露水似的，正一眨不眨地盯着他。

陈屿眼神动了动，什么都没发生似的敛了心神，应着她。

“你这点心思全用在我身上了，嗯，我管。”

她膝盖磕破，走路不方便，回去的一路，是陈屿背着她稳步往回走的。

这是他们罕有的亲密姿势。

秋日阳光正好，风裹着他若有似无的雪松薄荷香，旁人的目光也不再重要。林妧悄悄收紧了手臂，靠他更近了些。

回到酒铺，师母拿了碘酒和纱布，细致地帮林妧做了创面处理。

核桃大的一块伤口，擦拭掉血污后，看着并不严重。

只是受伤的位置在膝盖，走路时膝盖会动，血才多了一点。

等到下午四点该离开时，林妧膝盖上的伤口已经结出薄薄的保护层，挽着裤腿，避免摩擦，走路的痛意几乎可以忽略了。

封老师开车送两人到火车站。

下车后，两人跟老师说了再见。林妧走路的速度有点慢，旁边的陈屿也放慢了步子。

她心情不错，话也多，像是聊什么都能聊起来。

“现在走路,膝盖已经不那么痛了,我试试蹦一下。嘶,还是有点痛。”

陈屿：“好好走路。”

林妧明媚一笑，乖乖走路，接着问：“竹马，回淮京以后，接下来的几天假期你准备做什么？”

“把你送上车，我还要去趟乌郊。”他淡淡地回答。

听到这个意料之外的答案，林妧有些不高兴：“太过分了吧！陈屿，你居然自己跑去乌郊玩。”

见她反应这么大，陈屿侧眸看过来。

他似是觉得好笑，轻嗤一声，却还是解释道：“我是去办事。”

两人沉默着往前走了几秒。

忽然，林妧停下不再走了。

陈屿也停住，回过头：“怎么了？”

“磕腿的时候，你跟我保证过，你会管我。”林妧撇撇嘴，有些委屈。

他背她回去，也准备送她上车，真的不知道还要怎么管。

“所以，我得跟着你。”林妧越说越觉得自己有道理，就连底气都足起来，“一起去乌郊吧！”

陈屿轻眯着眼看她，神情间多了几分似笑非笑：“我发现你现在，胆子越来越大了。”

“哪有。”林妧瞬间弱了，连忙弯出笑脸。

“咱们一起去乌郊，你还能有个伴，多好。”

陈屿看了眼时间，快到约定的时间了，不好再耽误，也不能把她扔在车站不管，于是叹息一声，妥协道：“你跟你家里说一声，然后保证跟着我，少说话，别捣乱。”

得到了应允，林妧喜出望外：“保证做到！”

林妧给妈妈打了个电话，报备跟会长去趟乌郊，晚些时候回家。然后，两人折返，重新出了车站。

陈屿拦了辆出租车，林妧跟着上车。

去乌郊的一路，陈屿除了跟司机报目的地，没再多说。

车里太安静，林妧思索着寻找话题，想起之前在贴吧和论坛看到过有关陈屿作曲拿奖的消息，问：“你参赛获奖的曲子，真的得到伯乐赏识，卖给音乐公司了吗？”

“嗯。”陈屿在前面坐着，简单应了一声。

“哇，好厉害。”

林妧真心感叹，夸赞完这句，感觉还不够。

“你是个有才华有理想的竹马。”她补充说。

陈屿黑眸沉静，看着挡风玻璃外的道路，没理她。

林妧厚脸皮地侧着身子看他，继续跟他聊天。

“竹马，你那首曲子的版权费有多少呀？”

陈屿刚想开口，隔着后视镜看到林妧一脸垂涎。她继续道：“我想知道这部分钱会不会算进你以后的聘礼里。”

呃，他突然不是很想说了。

没得到回应，林妧也不在意。

过了一会儿。

她模样带了几分真挚，忽然开口：“如果以后我赚了很多钱——”

陈屿掀起眼帘，以为她会说全做嫁妆。

结果，她灿烂地笑着说：“就全部用来买你的版权。”

全部！

闻言，陈屿稍感意外，嘴角扯了扯，转头看向窗外。

对于这种未来发生概率极低的事，他向来一笑了之。

车开到了乌郊村口。

陈屿付完钱后，两人一前一后下了车。

在他礼貌询问下，村民热心地指出了丁巍家的住址。

林妧不知道丁巍是谁，只听陈屿喊对方伯伯，对方应该和陈屿家里人有几分故交。

吃饭时，林妧遵守承诺，少说话，不捣乱，尽量做个安静的乖女孩。

她吃饱离桌，陈屿还在酒桌陪着那个所谓的丁巍伯伯聊天饮酒。

这是林妧第一次感受到酒桌文化，有点难以接受。陈屿则泰然自若，看不出喜欢或抵触。这位隐退商界的丁巍伯伯没有什么特别的爱好，就是爱闲谈饮酒。

国内的酒桌文化，无法避免，哪怕是丁巍也不能免俗。

陈屿秉持晚辈礼数与邀请诚意，自然要陪着丁巍尽兴。

这一坐，一饮，直到半夜才结束。

两间客房挨着，陈屿没有在安排给他的那间房门前停留，反而多走步到了另一间房门前。他手扶门框，眼神有些蒙眬，强撑清明看着屋内。

没有在床边看到预想中的身影，陈屿眉头稍蹙。

“林妧？”他喊。

猝不及防听到陈屿的呼唤，在角落的小窗户边用手机拍夜景的林妧有些受宠若惊。

她连忙跑到门前，对着他愉快地应了声：“我在！”

见她老实待在房里，陈屿神色放松下来，勾唇一笑，酒意给眉眼染了几分氤氲蛊惑，极温柔地笑了笑，嘱咐道：“乖一点，好好休息别乱跑。

“锁好门，明早天亮，我们就走。”

林妧盯着他看，只觉得脸颊烧起热意，大脑一片空白，本能地配合着点头。

这夜，她内心小鹿乱撞。

陈屿这边却不太舒服，连续半个多月为曲子签约和学生会的事奔波，这次来明湖县还好，都是些不重的零碎活，但在乌郊和丁巍喝酒，酒精大量刺激，让他胃里灼烧，头昏脑涨，此时就连嗓子都哑得厉害。

早晨闹钟响起，陈屿醒来时头痛欲裂。

他坐起身缓了缓，洗漱之后喝了杯温水，获得了短暂的镇静。和酒量极好的丁巍伯伯告别之后，他带着林妧打算离开。

昨天喝到夜里，陈屿和丁巍的聊天算是渐入佳境，两人推心置腹地谈了谈。

丁巍答应，只要陈屿启动资金到位，收购投资公司的时机成熟，便会前去淮京赴约帮他的忙。

这个消息带回淮京，老爷子一定很开心。

陈屿走过村落树林间的小路，逐渐有些恍惚，胸口像是透不过气，闷得难受。

他深吸一口气，努力平复着胸膛里越发清晰猛烈的心跳。

可脚下不听使唤在流失力气，临近村口，他扶住水风车旁的灰色高石，视线蒙上一层黯淡的雪花。

头晕目眩，陈屿垂着头，浑身无力。旁边明朗说个不停的林妧慌张地扶住了他。

她关切的声音响起："你怎么了？"

黑长直的发丝擦过他的鼻尖，还有蜜桃夹杂玫瑰的甜甜芳香。

陈屿瞳孔无法聚焦，视线不再清晰。

他强撑着道："我大概发烧了。"

"没事没事，我这就带你找医生。"

她似乎有些慌了神，安慰着他，也像安慰自己。

村子里不比火车站附近，没有出租车，她又着急送他去看医生。好在这时，路边响起车子轮胎的碾压声与鹅叫声，是村民开着大鹅货车经过。

陈屿心里想的却是她很怕这种不可爱的家禽，要离远点。

接着，有人帮忙把他扶上了车。

干草略扎，而后，她温柔的手将他的头挪动枕在自己的怀里："陈屿，我为了你居然坐了大鹅车……"

她声音带了点委屈，唇张合，低头说着，轻蹭过他的额角。

浅玫瑰清香混着甜丝丝的蜜桃味传来。

车子摇摇晃晃驶动。

陈屿残存的意识在灼烧般的感觉中断断续续，至此完全消散，昏睡过去。

他再醒来时，手腕上扎着针正在输液，鼻子里满是消毒水的味道，林妧趴在床边睡着了，根据周围环境不难看出是在村里的卫生所。

外面天色漆黑，墙上钟表的时间显示已经是夜里十点。

陈屿坐起身子，浑身潮湿，似乎出了不少虚汗，好在体温已经降下来。

林妧察觉到动静，睁开了眼睛。

她原本心里就惦记着他的输液瓶快到时间，要去提前喊卫生所的医生来拔针，睡得并不沉。

"吵醒你了。"陈屿低眸说着，手上没停，自己拔掉了针头。

林妧生怕他会把针留在肉里，拿起来仔细看了看，没事才松手。

她说："好好爱惜自己，谈事情一定要喝酒吗？你知不知道，我为了你坐了足足有十几只大鹅的货车，一边躲，一边抱着你，生怕你被啄了，我可真宝贝你。”

这话不假。

陈屿微微挪回视线看着身前的女生，她穿着针织的薄外套。

他在彻底失去意识前，脸颊感受到了衣服的柔软和馨香，以及此刻在灯光下，她为防干燥涂的透明滋润的唇膏，随着呼吸一下一下浅浅送出蜜桃若有似无的甜香。

陈屿眼皮蓦地一跳。

他自嘲般地笑了声，垂眸，压着深不见底的瞳孔颜色，从病床上下来，灯光从斜上方照过来，把他英挺冷隽的轮廓映得清晰：“谢了。”

林妧看着他准备要走的样子，问了句：“不休息一晚吗？”

他淡淡地说：“嗯，赶回去。”

两人从卫生所出来，晚上村落不见人影，有风吹着，树叶被摇晃得轻响，就连潺潺水声此刻都带了点恐怖惊悚的气氛。

她跟着陈屿走在路上，有他陪伴在旁边，她丝毫不觉得彷徨，仿佛天塌了也还有他。

两人走出黑寂的村落。

大道上有车子不停驶过，陈屿带着她穿过道路，拦了辆私家车，付了车费捎到车站，他们踏上返程的列车。

夜色渐浓。

奔波许久的林妧放下紧张的心情，坐在陈屿身边毫无担忧，睡意涌上来，她脑袋摇摇晃晃。

陈屿侧头，眼神淡淡的，看不出情绪，就这么平和地看着她。

因为林妧困极了，不一会儿，她的头就靠到了他的肩膀上。心跳漏了一拍，他有些快要晃不过神来。

伴随列车前行，月光下的景色飞快向后移动。偶尔微微震动，林妧的长发轻轻擦着他的皮肤，传来酥痒。

陈屿没有推开。他缓缓闭上眼，逐渐攥紧的手，是贪恋难得的不排斥，想留住这一刻温柔的陪伴，于是短暂忽略了克制。

一个多小时后，列车到达淮京站。

林妧醒来，发现自己靠在陈屿的肩膀上睡着了，更让她惊讶的是对方居然没推开她。

她骤然脸红，快速眨眼的娇憨反应让陈屿有些不自然地挪开眼。

“走了。”他说。

见他起身后，林妧忙起身，“哦”了一声，拿着小背包跟上去。

列车门外，黑蒙蒙的天，车站亮着如昼的灯光，风扬起她散着的长发。

林妧还不能完全回神。

他让她靠着肩休息了，而且醒来之后，他也没有冷着脸相待。

这一趟十一之旅，好像真的拉近了彼此的距离。

林妧跟在他身后走着，想到这里，她突然弯唇，感受着心脏欢喜有力的跳动。

两人回到了淮京大学。

分别之际，林妧厚着脸皮，没忍住询问：“明天有时间吗？”

刚走了两步的陈屿回头，看过来。

“要不要一起吃个饭？”生怕遭到拒绝，她忙补充，“早饭、午饭、晚饭都可以。”

静默几秒，陈屿的眉眼在暗淡灯光下不甚清晰，但他还是给出拒绝的答复：“不了。”

此时，天色还没大亮，阴凉的风裹着厚重低压的云层。

他拒绝完，孤身前往马路对面。黑色身影在黎明前走着，像棵韧性极强的，不会轻易就折断的风雅冷调青竹。

林妧盯着看了会儿，不知为什么，看着陈屿的背影，她总觉得他薄凉的神情下，藏着的是好像有故事的神秘。

让她好奇。

很想探寻个清楚。

可林妧刚才表示亲近的约饭邀请被他拒绝了。

一个睡觉前会惦记她有没有在房里的人，拒绝了她的约饭邀请。

一个愿意让她靠着肩膀睡觉的人，真真切切地拒绝了她的约饭邀请。

林妧有些难以适应这种落差，她略感沮丧地往宿舍楼走去。

十一小长假期间，住校的人不多，宿舍里很安静。

林妧给妈妈发去一条回到学校宿舍的消息后，简单洗漱，闷闷地上床补觉。

陈屿回到老宅子的时候，天染着青色，蒙蒙亮。

老爷子不在，大院子更显得空荡。

他退烧没多久，精神还有些疲惫，回房开灯，将外衣随手扔在椅背上，穿着一身薄衣长裤坐在床边。

灯光柔和如月，淡淡地笼罩着房内每个角落。

陈屿眉眼沉寂地瞧着院落出神，大概身体虚弱时，瞧着太过冷清的环境，会念起亲人。

他脑中忽然闪出已故的父母，压抑感涌出。

陈屿弯身伸手，打开书架底层的格子，拿起已开封的烟盒在唇边咬住一根，摸出打火机，按下，点燃。

烟雾在他唇齿间丝丝扩散，也晦暗模糊着他那张好似不沾人间烟火的冷感面孔。那点压抑感终于稍稍好转了些，随着烟雾一起，散在看不见的空气里。

末了，陈屿摁火烟头。

他侧眸，无意一瞥，看到外衣肩膀处盘踞着一根漆黑柔软的长发丝。

无疑，这是林妧的。

他看了半晌，将发丝捡起。

柔韧，婉美，这发丝有点像她本人。

清晨的风吹拂来一阵凌霄花的香味，余光可见其凌乱。

陈屿停了几秒，理智一贯占了上风。

他将长发丝拿到风口，慢慢松开手，任凭风吹得它摇摇晃晃，最终在他指尖温温柔柔婆娑不舍流连之后，消失了踪影。

指间变得空落落。

须臾寂静。

陈屿收回手指，而后勾了勾唇，自嘲地笑了。

林妧一觉睡到下午四点，被雷雨声惊醒。

宿舍没开灯，昏暗宛如暮色。

她揉着眼睛，踩着拖鞋来到窗前拉开帘子，窗户玻璃上满是水痕，外面淅淅沥沥地下着雨。

偶有闪电亮起，几秒后，便是轰隆隆的沉雷。

自己才折腾一天，就困成不想吃饭的状态。

那陈屿呢？

想起乌郊卫生所医生说的话，她不由得担忧起来，拿出手机打开外卖软件，从上面精心挑选订了暖胃套餐。

林妧洗漱完换了衣服，等着外卖送达时又跟秦墨打听了下陈屿现在的住址。

秦墨：学府路北侧的 201 号啊。

秦墨：这不是会长家的老宅子吗，你不知道？

林妧回了句谢谢，顾不得多聊。

她打开导航，发现距离很近，并不是她初次送咖啡的那个古董店的地址。

虽然导航显示只隔了一条街，不过雨天路不好走，林妧撑伞取了外卖后，直接打车找过去。

秋天的雨比夏天沁凉许多，像是上天在给予人间热火之后，又迫不及待地浇下冰水。

一团团青绿枝叶挨着墙面在雨中瑟瑟晃动，枝头盛开着的橙红花朵不断被落下的秋雨砸洗，承受不住的几朵，便离开了枝叶，独自落在湿漉漉的地面上。

又下雨了。

雨天总容易让人疲倦加倍，尤其是已经十分疲乏的身体。

不知道是不是残留在大脑的外界刺激使然，很少做梦的陈屿在这雷雨天做了个梦。

不，比起梦。

更像是场梦魇。

梦魇里有林妧。

陈屿从未梦到过哪个女人在他身边温唇亲昵接触的场景，因为现实的他极其抗拒，不屑于此。

但这次却在梦里被柔软的发丝缠住下颌，然后是心脏，躯干。

他真真切切地看到了林妧好看的眉眼和唇。

她委屈，清纯，下一瞬又像妩媚的狐狸妖物，笑意盈盈地勾着他的脖子，用玫瑰色的唇瓣说着："我最怕大鹅了，可我还是上了车，你瞧，我可真宝贝你。"

气息掠过，温温热热，像浸染过蜜桃的味道轻飘飘地萦绕在他紧绷的唇与下颌处。

一声响动传了进来。

陈屿骤然惊醒，而后闭眼，解脱般松了口气。

"陈屿，我把你吵醒了？"

她的声音无比真实地出现在房间里。

陈屿蓦地一滞，睁开眼去看，猝不及防地看到拎着外卖袋和拿着一把雨伞的林妧。

两人在一间房里。

从床边到门口，只隔着四五米的距离。

林妧屏息，眨眨眼，以为自己吓到了睡梦中的陈屿。

因为那人此时神情异样，他冷白带了些薄汗的颈线全绷紧，视线直白地紧盯着她，深沉不见底的眸子像是瞳孔地震。

没错。

确实是震惊了。

陈屿喉结滚动，对上门口那双清澈又有些不知所措的眼。

他微微攥紧热度不散的手，有一瞬分不清梦境与现实，更有难以置信，以及逃不出命运的无力感。

林妧明白把人吓醒很不好，将手里的外卖放到桌边，伞撑开搁到门口。

重新磨磨蹭蹭回来面对陈屿时，她有些理亏，尽可能诚恳解释："抱歉，我敲大门没人应，可能是雨声太大了你没听见，大门没锁，只是虚掩着，我怕饭菜时间长了变凉，就进来了。那个……你家地址，我从秦部长那里打听到的。"

回应她的是一阵沉默。

陈屿已经垂着眼皮下床。

无袖的白衣，宽松的亚麻长裤，衬着他瘦高但并不单薄的身体，简单干净。

他没有计较她冒雨找过来的不妥，走到长桌旁喝了杯凉掉的茶，发涩的茶叶带着苦意滑过喉咙，让他彻底摆脱梦魇，清醒了几分。

林妧看他没有责备的意思，悄悄放下心。

而后，她左右看看，好奇道："你自己住吗？"

陈屿沉静的双眸冷淡地看过来一眼，不复刚刚惊醒时的深不见底，回答："爷爷最近需要人照顾，暂时没住这里。"

听到这个回答，林妧愣了愣。

"那、那谁在照顾爷爷？"

"你是来查户口的？"陈屿问。

她摇头，笑："就关心下你家人。"

一两秒后，陈屿倒了杯热水给她，还是回答："我姑姑。"

"哦，那还好。"她连连点头，这才暂时满足了好奇。

林妧打开外卖包装，吃腻了食堂的饭菜，外卖格外香。

陈屿对食物的欲望不强，慢条斯理地吃着，林妧边吃边询问他的状况。

"你好点了吗？"

"没事。"

"不是我自夸啊，这次你去乌郊，幸亏有我陪着你，否则你发高烧，谁送你去诊所看医生。"

"人生地不熟，你也敢跟着我去，林妧，建议你下一个反诈App。"

"老实说，我之前的十八年，从没这么大胆过，可遇到你以后，理智和感性都在跟我说，抓住所有机会才能留在你身边。"林妧开心地笑了，"陈屿，我发现你也挺关心我，我们这算不算双向奔赴？"

他吃饭的手缓了下来。

那双漆黑好看又透着薄凉的眸子抬起，静谧幽深地盯着她，让人猜不透情绪。

林妧被看得收敛了放肆，恢复正经。

她补了句："双向奔赴……的友情。"

房门开着，外面雷声没了，雨还下个不停，天黑得透，像晚上六七点似的。

墙边攀附的花树轻轻颤动，已有几朵零落在地，在雨景里有种别样的美感。

林妧拿出手机拍下来，很快，识物软件显示出结果：凌霄花。

她转头看向旁边的陈屿，嘴里说出几秒前刚知道的花名，夸赞："这凌霄花好好看呀，我也想养。"

陈屿眼皮未动，像没听到，没回她这句话。

林妧再接再厉，问他："能给我一些种子吗，就凌霄花的种子。"

陈屿说："别养。"

她不解："为什么？"

她以为他又要冷冷嘲讽几句。

却意外听到他挺一本正经的回答："它会不受控制地疯长，比别的花要麻烦许多倍。"

如果不是至亲栽种的这花，有特殊意义，陈屿也许早就不会费心管理，选择连根拔起了。

说得有点道理，但是她不怕。

林妧无所谓地一笑，眼睛弯出漂亮积极的弧度："没关系呀，因为只要我看到这花，就会想到陈屿你也在养。"

陈屿没说话。

她保持笑意，单手托腮盯着他看。

外面大雨瓢泼，室内静谧温馨，她和陈屿两个人单独待着。

林妧忽然觉得就这样保持下去也挺好的。

直到，陈屿的手机响了，备注显示来电人是姑姑，他起身走到隔壁房间接通。

陈婉无奈叹息："小屿，老爷子总要我打电话问问，我只好来问下，你回淮京没，事情怎么样？"

"挺好，就等钱到位了。"

女人温柔的声音再度传来："这下老爷子可要高兴坏了，对了，这个时间了，你有没有吃饭？要注意身体，别把身体弄坏了。"

"知道的，姑姑。"陈屿应着。

"去医院检查了，老爷子身体没事，他知道了自己没事，就总唠叨让我送他回去，说在我这儿待不习惯，真是越活越像老小孩了。"

陈屿看了眼天气预报，明天没雨："明天我去接爷爷回来。"

"不用，我开车送吧，你忙你的事。"

通话结束后，陈屿转身看到已经吃完正收拾外卖盒的林妧。

他上前，帮忙把临近餐盒装好，伸手示意她不用管手里的东西："给我就行。"

真有礼貌，还体贴。

林妧心里夸赞着，侧头抬眸看他。

他神情淡淡的，看不出什么情绪。

接过她手里的盒子装进袋子里，陈屿换掉拖鞋，随手拿了件外套穿上，撑着伞，走向院落角落的垃圾桶。

"林妧。"

他没进屋，就在门前的雨幕里撑着伞，长身直立地望着她，淡声道："我去趟学校，顺便送你回去。"

已经吃完了饭，孤男寡女这么待在他家里，不合适。

林妧很想继续跟他待会儿，但主人家开口逐客了，再强留就显得厚脸皮了。

她乖乖地“哦”了一声，拿起伞，顺从地跟他往外走。

下雨天，路上的车子很少。

陈屿叫了网约车，久久没人接单，好不容易有人接单了，预计需要等八分钟。

雨滴打落在伞上，发出沉重的声响。

“你进院里的亭子里等，车子到了我喊你。”

“不一起回去等吗？”

“不用。”

“那我陪你。”林妧并不娇气，她就站在陈屿旁边。

比起避雨，她还是更喜欢跟他共同呼吸的并肩距离。

陈屿长眸敛着，转身回了院子的小亭里。

林妧心里微甜，快步跟了上去。

他是为了迁就自己吧？

她心情瞬间变得更好了。

天是阴沉有雨的，而她的内心此刻晴空万里。

过了一会儿，约车软件响起提示音：“司机已到达上车地点。”

起身往外走时，陈屿撑着伞踏入雨幕，低低淡淡地说了句：“林妧，以后别来这儿了。”

夹杂着雨声，她愣愣地辨别出他说的话。

林妧前几分钟还甜丝丝的心情就像坐了过山车，驶入晦暗的底部。

她垂眸低头，撑伞走在凉意满满的地面上，脚下速度因为心情不好，也格外慢起来。

上了车，她别扭地看着被雨水不断拍打的车窗，闷闷地回了他一声：“哦，以后都不来了。”

察觉到她情绪忽然低沉，甚至带了点赌气的语气，陈屿刚想开口告诉她原因，但司机打开了电台，一位情感专家的话从音响里传出。

“怎么算是心动呢？对一个人心动的最标准行为，就是失控。但是人不像石头、植物或动物，被上天给定了永远不变的属性，也不像神一样全知全善全能。人属于最不可预测的存在，心动的风险也是最高的，当你对一个人动心，那个人的好与坏是不一定的，也许会有灭顶之灾，也许会让生命状态变得丰盈，这全看你是否愿意承担风险，选择打开这个潘多拉盒子。”

同坐在后排位置，在密闭的空间里，潮湿馨香的味道再次幽幽传来，他忽然又想起了那个旖旎燥热的梦魇。

林妧想要坐实小青梅的身份，对他有好感，想进一步亲密的心思他很清楚。

她能豁得出去做别的女生做不到的事，确实让他意外。

林妧并不像表面看上去那么像狐狸那样精于算计，接触下来，反而透着几分笨蛋憨气的真挚。

玩手段上，他向来是遇强则强。

动动嘴皮，写写情书，这些无关痛痒的示爱，从不被他放在眼里。

唯独，面对没有杀伤力的赤诚，他有点容易心软。

如果真的任由发展，他自知以自己固执的性子，必将沉沦，不再苏醒。

说到底，及时遏制住荒唐的念头才是最理智的选择。

车里，电台节目声还在继续。

陈屿没说话，沉沉地低眸，面上没什么表情，只是薄唇紧绷昭示着他仍没完全挣脱她给的束缚。

事实无声地说明，理智做选择是一回事，能否彻底把感觉消除又是另一回事。

车子一路往前开，前方的建筑越来越熟悉。

司机放慢了速度拐弯，到达目的地。

假期学生少，学校的大门只留了足够单人通行的通道。

林妧走在前面，雨声不断打落在伞面上，让她听不到那人是不是在身后。

她停住脚步，回头去看。

陈屿没让她自己冒雨走回宿舍，隔着不远的距离，就在她身后。

他到底是冷漠，还是也有那么一点点动心。

林妧完全陷入混乱，搞不清楚。

在她的认知里，男生喜欢自己，就会表白，就算不表白，也不会抗拒亲近。

可陈屿就是这样冷冷清清的，以前是戏谑，现在好像是有什么非要跟她拉开距离的理由。

情绪上来，在梧桐摇摆落雨的林荫道中，林妧开了口：“陈屿，你是不是觉得我很烦，就像柯佳一样。”

她极力控制自己不要缠他太过分，以免造成相反的效果。

这是她第一次忍不住，问出这个问题。

可话说出来，她又懊恼。

如果陈屿说是，那是不是就意味着要识趣，再也不去招惹。她和他的关系也就止步于仅仅借用小青梅安稳度日而已了？

人还真是贪心的存在。

明明一开始，只想借他的名字来周全自己的大学生活。可真接触以后，她又被吸引，想跟他再进一步。

林妧悄悄思考，要不要转移话题，可她偏偏又想知道答案。

她垂下眼睫，思绪混乱。

如此纠结啊。

隔着几步的距离，陈屿就站在她面前，她撑着伞委屈失落的样子尽数落入他眼里。

他不动声色地看着，心底却泛起一阵怜惜与烦躁。

静默须臾后，终是没忍住否认。

“不是。

“家里的老爷子很严肃，不会喜欢女孩子来家里。

“你找来家里，他会很生气，我怕自己不在，你被他训。”

听到这个完整的答案，林妧的情绪一下子就多云见晴了。

她抬起头，嘴角弯着明媚的笑，道：“原来是这样。”

雨水在地面不断流淌，经过脚下时，无声的寒凉隔着鞋袜衣物侵入身体。

陈屿没再说什么，淡声道：“回去吧。”

离开前，林妧咬咬唇，得寸进尺地再度看向他。

她抱着期待问：“陈屿，以后你去音乐室的时候，我在旁边听听行吗？”

家里不方便去，在学校总可以单独相处吧。

陈屿站在原地，背脊挺直，身子颀长而清瘦，白色的外衣衬得他在暗淡天色万物中越发干净疏离。

雨势没小，积水顺应地势，不断地流进下水道，就算有梧桐枯叶堆积阻挡，也是螳臂当车。

陈屿看着，双眸在昏暗的伞底越发沉谧，却隐隐感觉到了类似于自己内心某方面的欲壑难填。

寂静片刻，他才低低地应了一声："嗯。"

几秒的光景，林妧经历了从地狱到天堂的感觉。

她差点就忍不住欢呼，好不容易按捺住，开心之余，又觉得不能盲目乐观。

万一，是她今天正好赶上陈屿心情好，歪打正着呢？

但有一点，今天可以确定了。

陈屿并不讨厌她。

她和柯佳，在他那里是不同的。

起码，他允许了她的靠近。

第六章
我喜欢你，绝无虚妄

十一假期结束，学生们纷纷回校，冷清的校园又恢复了往日的热闹。

周五就是文艺会演了，林妧身为学生会生活部的一员，从下午开始，就帮忙核对舞台服装和道具。

今天是记者来采访校领导和爱心企业家的日子。

秦墨带着生活部的部员们在小礼堂为彩排忙碌，当看到教务工作人员贴的那张宣传海报时，他走过去看了一眼，是媒体将于今天下午四点采访助学淮京大学的企业家的通知，企业家的出席名单里有李袁。

林妧不经意间瞥了一眼，结果看到秦墨用笔愤愤地画掉了李袁的名字，似乎有过不愉快的交集。询问之后才知道，原来去年高校联合策划比赛时，李袁作为评委，评分偏向自己资助的队伍，给了陈屿低分，让淮大跟第一失之交臂。

原来如此。

“在多媒体会议室招待完那些记者和企业家，屿哥应该就没事了，大概率会去音乐室。”秦墨说道。

林妧看了眼礼堂墙上的钟表时间，三点五十了。

她一下跳下凳子，把剩余的彩带和双面胶塞到秦墨手里，无比真挚地说：“秦部长，我忽然有点事，拜托你帮我贴完剩下的，谢谢了。”

“啊？你去哪儿？”秦墨有点蒙，在背后笑着喊了句，“是去找会长吗？如果是，我就帮这个忙。”

她头也没回。

“是！谢谢部长了！”

林妧慌慌张张地从小礼堂跑出来，她没有忘记陈屿答应的他去音乐室的时候自己可以在旁边听，所以决定先去多媒体会议室所在的教学楼，不进去，就在教学楼门口等他。

陈屿极其谦逊有礼地招待完众多记者和企业家，他看时间差不多，便从多媒体会议室出来，迎面就看到了西装革履的李袁带着秘书和保镖以压轴身份缓缓而来的身影。

系主任连忙经过陈屿身边，上前热络地跟李袁握手言笑。

李袁瞥见了陈屿，有意奚落几句，在和系主任客套之后，说：“主任你先进去，我马上来。”

“好，我在里面等您。”系主任重回会议室。

李袁这才露出傲慢的面目，他走到陈屿面前，控制了声音的分贝，不至于被太多人听到，尤其是会议室里的记者们。

“听说你跟滕华娱乐签了单曲啊。

“不过，这样费力赚钱干什么，已经被踩进尘埃里，羽翼都没了，还妄想夺回陈家以前的东西呢？人啊，最怕不自量力，痴心妄想。”

李袁讥讽着，没走旁边空出来的路，偏偏就挑了跟陈屿狭路相逢的这边，用纸醉金迷养出来的养尊处优的胖身体，极其不屑地故意撞开了面前男生的肩膀。

陈屿被撞得侧了侧上半身，一双长腿却沉稳地站在原地没动。

而后，他似乎觉得可笑，低低哼笑了声。

他回过头盯着李袁的身影，笑意渐收，没什么表情的脸上覆上冷然。

胜者为王。

反派死于话多。

说再多奚落的话，不如全化成野心的助力，有朝一日将其狠狠踩在脚下。

陈屿从二楼下来，经过一楼的教室。

开着门的教室里，传来老教授的声音，正在念西尔维娅·普拉斯的《郁金香》。

“什么花我都不想要，我只想摊开手躺着，成为纯粹的空无。”

陈屿停下脚步，莫名赞同。

爱情再美好。

那是别人的事。

他从来都没想着黑暗的压抑深渊里能有什么花。

“陈屿。”

这时，一道清甜的嗓音响起。

林妧笑着，从教学楼门外跑进来，却在快要撞到他身上的前一秒，停下来。

浅玫瑰的味道，还有她气息间若有似无的透明蜜桃味传来。

“是要去音乐室吧，我跟你一起去。”林妧仰脸，笑得一脸明媚。

教室落地窗拉着蓝色帘子，走廊昏暗，唯独从开着的教室门口透出的灯光正好落在她身上，如同晦暗死海里开出的一朵花。

陈屿的神色隐在阴暗中，身形笔直，像没有枝杈叶子的孤寂枯树。

在她的笑容面前，陈屿觉得，他摊开的空无的手里，飘落了一朵花。

没有征询他的意见，就全心投入进来。

哪怕不远千里，去到危险未知的村落。

偏偏，要飘到他身边。

见他没作声，神情也晦暗不清，林妧怕他反悔，急忙说：“陈屿，你在跟自己闹什么别扭，你之前答应过我的。”

她说着便轻快地转身走到他前面。

林妧走过教室门口时，看了眼讲台上的投影幕布。

她特意瞥了一眼，带了点好奇。

好奇陈屿站在这里，刚刚在听什么。

可惜，幻灯片已经翻页。

现在显示的内容，是罗曼·罗兰的话。

——真正的光明绝不是永没有黑暗的时间，只是永不被黑暗所掩蔽罢了。

现在是数字化时代，电脑上专业音乐软件并不少，音乐制作软件相当于一个私人 studio（录音室）。

每个音乐制作软件基本都包含三大块内容——乐器区、录音区和混音区。

但就基调灵感这一块，陈屿不喜欢从便捷的软件里萌发，反而对手指触碰实体钢琴键更有感觉，所以一有空闲时间他就会来到顶楼音乐室。

他在这方面有自己的习惯，就如许多艺术家一样，总有自己的偏执。

音乐室的门关着，没有锁，陈屿熟稔地开门进去。

顶楼的走廊落地窗外是微微暗下的傍晚天空，以及隔壁高塔的塔尖，上面停着几只鸽子，晚霞透着浅红，这一刻像是油画，宁静而祥和。

林妧觉得好看，忍不住拿出手机，朝着窗外拍下眼前景致，这才快跑了几步进入音乐室。

因为乐器怕风吹日晒，音乐室的窗户关着，窗帘也拉着，在昏沉沉的静谧空间里，陈屿习以为常地坐到钢琴前，掀起琴盖。

林妧随手关上门，继续往里走，他头也没转，弹了几个音，淡然清冷地说了声："自己找地方坐。"

"好。"她找了把靠近他的椅子，坐上去盯着他。

"等会儿如果觉得无聊，要走的时候，麻烦帮我关好门。"陈屿交代。

"不会觉得无聊啊。"林妧眼睛弯了弯，半真半假地吹嘘起自己，"我很喜欢音乐的，歌曲列表里有上千首了，而且我初中的时候，在校园歌手比赛里还拿过一等奖呢。我妈还说呢，就我的歌声，再搭上这张好看的脸蛋，进军歌坛肯定没问题。"

陈屿沉默。

"不信？"她歪了歪脑袋，看他，"要不你别弹了，听我唱首歌就知道我说的是不是真话了。"

陈屿的目光专注在钢琴上，屈起手指，想要开始。他毫无情绪地说："林妧，安静一点。"

"哦。"她乖乖应了声，适时收起玩笑，下巴搁在双臂间，半伏在桌面看着他。

隔着一张课桌的距离，陈屿默默地弹奏着。

他好像无论做什么都能很好地投入进去。

这点，毋庸置疑。

因为今天有记者活动，他身上穿着学生会标准制服，白色衬衫的袖子挽到手肘处。此刻，他背脊挺拔地坐在黑凳上，从侧面看身形更显清瘦利落，黑白琴键高低控制在他手里，骨节分明的手指弹出十分流畅悦耳的声音。

陈屿垂着眸。

他漆黑的短发，俊脸线条分明，轮廓很深。

他安静地坐在昏沉暮色里，表情正经且冷淡，偶尔有不满，也不会像电影里某些艺术家那样暴躁或不耐烦地紧紧皱眉，只是停下无声思索几秒，又开始尝试新的感觉。

林妩凝神看了一会儿，距离颇近，她忽然发现陈屿左侧额角靠近头发的位置，有颗极小的漆黑小点，比小米粒大不了多少，平时不仔细看，或者头发稍长些，还真不容易发觉。冷白肤色将那颗小痣对比得格外诱人，引得人很想轻轻吻过去。

黄昏果然是逢魔之时。

容易起邪念。

默默深吸几口气，她挪开视线去看手机，分散注意力，成功控制住自己不太对劲的念头。

还真有人给她发来了消息，是杨倪发来的两条信息。

第一条是最新发布的《天选之子》沈如洲个人剪辑。

第二条则是花痴：最近疯狂迷上了这位哥哥啊！

林妩略有好奇，她按下静音，打开第一条消息中的视频，想看看对方是何等姿容，居然能把杨倪迷成这样。

杨倪自小认证的帅哥很少。

陈屿算一个，但太冷，太难搞，她果断放弃。

现在看个选秀比赛，还能冒出来别的男生入她的眼，也实属难得。

视频打开之后，看着那头黄发，还有似曾相识的脸蛋，林妩认出来，这个人好像是陈屿的朋友，秦墨拉她进的小群里有。

林妩立刻给发小回过去消息：这男生叫沈如洲，是陈屿的朋友。

那头几乎瞬间就一条接一条地蹦出最新回复。

杨倪：真的？

杨倪：亲姐妹！

杨倪：帮我跟陈屿要！

林妩抬眸，她发现自己拿着手机聊天，旁边的陈屿视若无睹，似乎早知道她会觉得无聊，所以连眼皮都没动一下。

好吧，无法参与其中，作为纯听众，这种断断续续来回修改的音乐片段，重复重复，是有点无聊。

毕竟要尊重艺术创作，她也尊重陈屿，不想指指点点，打扰他的思绪。

林妧的视线从他身上挪开，重回手机，点开搜索栏，搜了搜沈如洲参加的《天选之子》，将注意力转移到杨倪也追的节目中。

外面的天空渐渐被暗红色笼罩，室内的光线更加微弱。

陈屿将主旋律基调敲定，准备回宿舍用音乐软件制作。

他抬眸看了一眼一旁的林妧，隐隐的昏暗中，手机屏幕的光线亮着。她似乎怕打扰到他喜暗的习惯，也不擅自开灯，反而安静地戴着耳机看着手机。微微亮的光线落在她脸上，皮肤白净，眉眼清丽，黑长直的头发斜斜松松地梳了个低马尾，红润的唇瓣抿着，开朗憨气的内在一下就显不出来了，完全是小狐狸静静勾人的感觉。

陈屿看了她一会儿，淡淡提醒："准备走了。"

林妧这才发现钢琴声已经停了。

四周太暗，只有手机屏幕亮着，分散了她的注意力。

"好。"她明媚地应着，关了《天选之子》的节目，顺便试探性地开口，"陈屿，你是不是有个朋友叫沈如洲？"

"嗯。"

"可不可以把沈如洲的微信推给我？"她为了发小的幸福，主动问。

陈屿眼神冷了几分，沉默地看着她，也不说话。

他想起她那些和不同男生的合照，现在目标又放在沈如洲身上了？

相对无言了一会儿，看对方没有要给的意思，林妧解释："别误会啊，是我一个朋友，最近追《天选之子》，还挺喜欢他的。"

陈屿倏地嘲讽地弯了下嘴角，又是那种笑意不达眼底，看穿玩花样的戏谑，他合上钢琴盖："他不加陌生人，尤其是女生。"

言外之意是，死了这条心。

看着他不近人情的表情，林妧愣怔，恍惚想起秦墨说过照片合影的事，再结合他现在的反应，知道他大概率是误会了。

想到这儿，她心情一下子摇摆在好与不好之间。

好，是因为陈屿不高兴，跟吃醋似的。

不好，则是自己被误会是花蝴蝶。

林妧噘嘴，一脸认真："你这是误会我了。"

陈屿冷然："哦？"

"我对你这么专一，你却误会我还想要别的男生的微信号。"

陈屿的脸色变了变，她说完之后也感觉到不太对劲，于是连忙找补："咳……对你的友情这么专一。"

她升华自己："我以前跟男生合影，站得距离再近，也只是表面。"

说完这话，林妧觉得有点熟悉，像极了"以前只是逢场作戏，现在是真心实意"的渣男渣女语录。

果然，陈屿嘴角一扯，嘲讽的笑意更甚。

但他一直坐着没走，俊脸看着很冷，实则耐着性子待在原地。

林妧没动作，陈屿也保持着坐姿不动。

两人僵持了一会儿。

安静昏暗的室内，陈屿隔着桌面坐在那里，距离她很近。

即便坐着，也许是腰脊自律挺直的缘故，又或者男女天生差异，他的个子还是比她高。此刻他垂着眼看她，那双好看但含着冷意的眼睛似乎全无起伏，沉静到深不见底。

她心跳乱了下，不自觉地动摇，选择重色轻友。

林妧舔了下唇，心里痒痒的："这样，我们各退一步，你把手机给我，让我给自己改个备注，我就不要沈如洲的微信了。"

陈屿嗤笑一声。

紧接着，他站起来，拒绝道："不。"

林妧愣住："哎——"

怎么不配合退一步答应这个要求。

虽然是过分了一点点。

他起身直接往门口走。

林妧没时间犹豫，行动快于思考，已经自觉跟上去。

从顶楼往下走，陈屿腿长步子也大，她小跑了好几步才勉强到了他身边。

他似乎刻意慢下了速度，从并肩位置落到了她身后，带着冷淡的疏离。

楼梯旋转蜿蜒直至底层，声控灯灵敏地亮着，楼下传来学生们的说笑声，相比刚刚不开灯的静谧音乐室，宛如两个世界。

林妧有点心烦意乱，还有点焦躁。

她说不出来，但可以打字。

于是，她手指快速在屏幕上敲打输入，两三秒后，呈现出一行字：为什么备注非要千篇一律，不能让我改个想要的，委屈。

林妧很满意，输入完后，她选择发布这条朋友圈。

但不是所有人都可以看见，而是特意设置了权限——仅陈屿可见。

发布完，林妧觉得自己心情都好了。

这时，她和陈屿已经从顶楼来到四楼。

楼梯另一端，几个女生从下而上，看到陈屿后，就站定不走了。

林妧没太在意那几个女生，她的心思还在只对陈屿可见的朋友圈上，如此一心二用下楼梯，很容易踩空。

路过那几个不动如山的女生身边时，楼梯有些挤，林妧往旁边挪了挪，脚下倏地一歪。

幸好被身后那人及时拉住。

陈屿一把拎起她的后脖领，嗓音冷沉，却在提醒："看脚下。"

林妧有惊无险地和陈屿下楼，楼梯另一边的几个女生还盯着两人的身影。

"她就是今年的新生，陈屿的小青梅吧？"

"小青梅就是不一样啊。我看她天天缠着陈屿，也不被陈屿嫌烦，还进了学生会吧，我彩排舞蹈的时候，看到她和生活部部长秦墨一起贴彩带来着。"

柯佳脸色难看，看着两人的背影顺着楼梯越走越远，心里的嫉妒快要溢出来，却努力保持平静不失态，问旁边的人："你们觉得陈屿跟她在楼上做什么了？"

"啊？"其中一个接过话茬，说，"好像是一起从音乐室下来的，陈屿也算对她破例……"

说话人旁边的女生听见了，赶紧拉了拉她的胳膊，儿人看到柯佳沉下来的脸色后，都识趣地选择闭嘴，将未说完的话，硬生生憋了回去。

是了。

柯佳的心情很不好。

陈屿从来都是单独待在音乐室，当初柯佳以要买他曲子的名义，跑去音乐室找他，他直接起身就走了，连多看她一眼都没有。

柯佳不服气，自己从小想要什么都能被家人满足，唯独考来淮京大学，遇到陈屿，追了一年多，始终遭到冷淡拒绝。除了从陌生到被厌烦，可以说是毫无进展。

连陈屿的手都没碰过。

就这么放弃，眼睁睁看着忽然冒出的小青梅频频出现在他左右，实在不甘心。

分手还有吻别一说呢。

如果能抱一抱陈屿也算是对自己过去一年多的一种慰藉。

柯佳心里盘算着，脸上的表情舒缓下来，没多说什么。

她转身，在室友的簇拥下，闷闷地继续上楼，前往电影赏析开放课程的教室。

淮大校园的路灯已经亮起来，人来人往的林荫道上，几只小虫围绕灯盏不知疲惫地飞舞着。

林妧跟陈屿在连接小礼堂方向的分岔路口说了再见，她要去小礼堂看看彩带有没有贴完，还有没有别的忙可以帮。

毕竟之前是拜托了秦墨部长才溜出来的，现在没事了，当然要回去看看。

“再见”的话音刚落，林妧才走出两步，就注意到一个熟悉的身影在不远处的梧桐树下四处张望，在望见她后就皱着眉辨认起来。

今天她没散着长发，而是梳了斜马尾。

衣服也是学生会的一身制服，跟平时的穿衣风格不同。

林妧立刻认出那人是董晨。

她愣了一下，心里努力埋藏的憎恶和无措也跟着喷涌而出。

抱着也许离得远，对方没认出自己的侥幸心理，她转过脸，猛地跑起来，奔向人多热闹的小礼堂，离开这个不宜久留之地。

董晨是董星的亲弟弟，相差两岁，也在淮京十中念的初高中，以前见到她，还会喊声姐。此刻林妧心慌，只顾着快点跑。

她错过了身后陈屿因为瞥见她异常逃离般的身影，而停下脚步，投向林荫道的探究眼神。

林妧疯狂地跑到了小礼堂，心跳急促失序地跳着。

她觉得双腿都快软了，也不知是累的，还是害怕吓的。

她不想承认自己胆子小，曾经压抑的记忆却让她产生了应激反应。

小礼堂已经布置完毕，只剩下一些排练出问题等着跟音响设备老师沟通的学生。

林妧没着急走。

她等着待会儿散场，和大家一起出去，混在人群中再开溜。

将近四十分钟后，排练问题基本都得到了解决，学生们在后台归还完道具，开始三三两两结伴出去。

话剧节目的人员最多，有十二三个人。

林妧连忙跟了上去，紧走几步，走在人群中间。

周围的人看到她的衣服，认出她是学生会的成员，笑着礼貌地打招呼："嗨。"

她笑着回应："嗨。"

回应时，她还不忘小心翼翼地张望了下门口和回宿舍的方向，都没看到董晨，紧悬的一颗心这才稍稍放松下来。

不过，董晨能找来淮大，说明董星肯定也知道她在淮大了。

真要被他们找来堵上，该怎么办。

想到这个假设，林妧心里冒出来的人，只有陈屿。

回到宿舍的整晚，她翻来覆去地睡不着，直到后半夜，身体困极了才渐渐睡去。

因为精神紧绷，林妧的大脑不受控制地翻开以往的记忆，梦到了许多过去的人和事，模模糊糊，宛如一场黑白虚无的电影。

在梦的开始，她恍惚间回到了初中刚转到淮京十中时的教室。阴面的教室被树挡着，见不到光，几个比她高的女生围在她桌边，其中一个涂了红色指甲油的女生坐在中间的位置。

她看到自己的蓝色桌套被那个女生用黑色马克笔随意涂鸦，中间还写了两个大字：装纯。

那女生早就评价过她的穿着，总是那件最符合校规，也最简单的校服："真土，装什么纯呢。"

好似这种素面朝天的乖乖女好学生，在那个女生眼中就是罪过，虚伪。

在桌套上写字这种行为，幼稚且挑衅。

林妧知道跟对方没办法讲道理，她转身想走，可她的平静和无视，反倒惹得对方生气，觉得她在假清高。

她忽然被人从背后推搡了一下，身体失去平衡，踉跄着摔倒在地面上，而文具盒洒落，腰后的伤就是那时被铁质的文具盒弄出来的。

几个女生肆意哄笑后离开。

林妧人生第一次缝针和打破伤风针，还有第一条疤痕，全拜这种校园恶劣的欺凌所赐。

阴冷的教室里光影不断摇摆。

模糊之后，她已经来到另一个地方。

淮京十中高中部的西边园子里，有两栋楼闲置许久，陈旧的建筑在荒废中越发破败，脱落的白绿墙皮所剩无几。

夏日黄昏，她用面包屑喂着鸽子，正平静祥和，忽然面前的灰鸽飞走，一只黑猫从身后草丛中蹿出来，她吓了一跳，回头才惊觉董星就在身后不远处。

他的视线略低，盯着她刚刚弯腰时校服上衣往上缩露出的肌肤，似乎已经看了有一会儿。

她连忙直起身子，将刚刚露出肌肤的腰际背过去。

在她的潜意识里，董星是危险的。即便她和董星从初中起就是朋友，不是男女关系的那种，而是干哥哥干妹妹这种半社会风气的称呼。

欺负她的那些女生和哥哥，见到董星，也温顺得像讨好的小弟。

她背靠大树好乘凉，就靠着董星在淮京十中肆无忌惮，同学们都怕他，连带他身边的朋友也不敢得罪。

她清楚地看到他的脸上浮现出别样的笑："什么时候去我家玩啊。"

旁边该换水的池中景幽绿，水草横生，风吹来，偶尔有腥气传来，令人窒息的味道。

她听见自己的声音，虽然是笑着，但藏着不易察觉的轻颤："高考不远了，还有好多知识点得复习，时间紧任务重，董星哥哥，以后再说吧。"

董星有点不高兴，脸垮下来。

惊恐的感觉席卷她的心脏，她除了笑，只能偷偷观察如果逃跑能走的路线。

好在那人并没有强人所难，似乎是真的喜欢她："尊重你，高考完就别喊我哥了，没劲，咱们换个关系处。还有，大学不许报考离汽修职业学校远的地方，留在我身边，知道了吗？你要是敢报离我远的学校，我绝饶不了你。"

林妧在梦里轻颤，蹙眉。

接着，她听见董星说："乖乖听话就没事，你害怕的样子真可爱，像只小猫。"

小猫。

从此，他开始喊她小猫。

"丁零零——"

宿舍里室友的起床铃声响起，骤然将林妧拉出压抑的梦境。

惊醒之后，林妧身上出了一层薄薄的虚汗，她掀开被子，从床上下来，洗漱完毕出宿舍前，先从窗户往外望了望，见没有董晨或董星的身影，才悄悄舒了口气。

因为昨天在梧桐道上看见董晨，她一整天上课都心不在焉。

课后，林妧和室友们走在路上。

明天就是文艺演出，海报已经贴满了校园。

她和室友们暂时告别，抱着想见陈屿的念头，分别去了学生会办公室和小礼堂。

办公室门锁着，而小礼堂的文艺会演彩排还在继续，学生会会长发言环节由其他人代替模拟讲话，估算几分钟后跳过，自始至终，她都没看见陈屿的身影。

负责递道具的秦墨看着旁边走神的她，问："林妧学妹，你怎么魂不守舍的，出什么事了？"

林妧求助："部长，你知道会长在哪儿吗？"

"音乐室吧，要不就发微信问他啊，不过他什么时候看手机回微信就不一定了。"

"嗯，我去找找看。"

话音落下，不留给秦墨多打听的时间，她朝音乐室的方向跑去。

秦墨看着林妧着急忙慌的身影，打趣道："跑慢点！当心摔了，会长可会心疼的！"

林妧没空回应这个玩笑。

她一路飞奔往C区高楼，其实也不知道陈屿有没有在音乐室，只在进高楼大门时发了条微信询问，然后就踏上楼梯去音乐室碰碰运气。

暮色四合，顶楼的音乐室很安静，鸽子盘旋在白色塔顶，扑棱着翅膀很轻盈。

可惜，人没在。她失落地慢下脚步往楼下走。

从大门出来的时候，她远远地看见了寂寂行走而来的颀长身形。

林妧惊喜，急忙跑过去，喊他："陈屿！"

几分钟前，陈屿从系主任办公室出来，看到了微信消息。

他原本打算去小礼堂的脚步转了下，来到她找寻的方向。

傍晚的风徐徐吹过，将她的笑脸衬得清甜柔软。

林妧疾跑了一段，快到他身前时缓缓慢下来。

陈屿低眸看着她，不急着去任何地方，颇有耐心地等她缓了缓，才问："什么事？"

林妧深呼吸，抬眸看着他薄凉好看的双眸，心里有几分打鼓，面上却故作镇静。

她问："如果有一天，我有了麻烦，你会管我吗？"

陈屿似是不理解，沉默了一会儿。

他问："什么麻烦？"

"就……"林妧一时不知该从何说起，这么混乱的状况，大概率没遇到过校园霸凌的陈屿理解不了，她迟疑着不知道怎么说。

陈屿眼睑微垂，看着她支支吾吾的。

过了几秒，他眼神平静清明，开口直截了当地说了一句："是不是董星？"

"你怎么知道？"林妧惊得迅速睁大了眼。

这个人的名字，应该在淮京大学很陌生才对。

可——他怎么会知道？

林妧目瞪口呆地看着他，陈屿却神情淡淡，条理清晰，没几句话就把十一小长假他看到了那张快被她划破的带名字的纸，和他托人打听的情况说清楚了。

陈屿看到她的表情，就知道猜对了她所谓的说不出口的麻烦。

顿了顿，他继续："董星高考没考上大学，去了汽修职业学院，他有个弟弟，叫董晨，而你拉黑他们兄弟的电话微信，董晨觉得你玩弄了他哥哥的感情，气不过才来淮京大学找你。"

林妧原本的不安被不满代替，她否认："什么啊，怎么把我说成坏女生了。"

听她这么吐槽，陈屿难得发出一声轻淡的笑，他双眸略带薄凉地看着她："哦，你不是？"

"当然不是了。"

林妧维护着自己好女生的形象，鼓了鼓腮帮，还不忘回到来找他的最初目的："那——你会管我吗？"

陈屿看着她。见他没立刻回答，林妧眨着眼，难以置信地道："不会？不能吧，咱们关系都这样好了。"

他真没理解她说的这样好了，是哪样好了。

"到底管不管？"她坚持不懈。

陈屿声音淡淡的，没多暧昧，只说："都跑进淮大校园里来了，我又是学生会的，你说我会不会管。"

林妧反应过来后一笑："会管！"

但是笑过之后，林妧并没有感觉特别开心。好像换成别的同学遇到这种麻烦，闹到校园里来，他也不会坐视不理似的。

暗淡下来的天色里。

陈屿的手机亮了亮，察觉到后，他解锁手机查看。

不知道是谁发了什么。

林妧安静地待着。陈屿却不在意她在场，直接用扬声器播放语音消息："会长，小礼堂彩排结束，万事俱备，就等明天正式开场了。对了，青梅小学妹去找你了，应该是去了办公室或音乐室，你看到消息记得联系她。"

是秦墨的声音。

林妧觉得这人能做朋友，有事真帮着传达。虽然可能带了点八卦色彩，心眼却不错。

"人已经在我这儿了。"陈屿简单地回过去一句。

而后，他收起手机，前往音乐室的方向。

林妧连忙跟在旁边，心情轻松了，也有闲心关心别的，于是问："你的曲子快做好了吗？要有单曲封面吧，是自己设计还是娱乐公司负责？"

她问了三个问题。

陈屿只省略回答："嗯，打算自己拍。"

作为创作者，比任何人都要懂得自己想要的那种封面感觉。

她接着又问："什么主题？"

"缪斯。"他每句都回应得简单。

"歌词呢，出了吗？"

"出了。"

说到这里，陈屿似乎懒得多解释，直接将手机里的歌词电子版照片找出来。

他一身学生会的衬衫制服，冷漠端正的模样，本就禁欲感十足，寂静无人的顶楼除了窗外的鸽子，就只有彼此，林妧仰脸看着他，眼睛被勾得有些失神。

他把手机随手递给林妧，表情冷淡，算是先打消她的好奇。

林妧手里猝不及防被塞了一部手机，好像刚才他指尖还碰到她的手了吧！

真想直接牵住……

她脸有点发热，胡思乱想着，低眸看向那张显示歌词的照片，很快就筛选出了重点：月光，背影，缪斯。

忽然冒出来一个主意，她说给他听："感觉露个被月光淡淡照亮的美女背影就挺合适哎。"

两人继续往前走着，陈屿似乎认同，拿回了手机，低低地"嗯"了一声。

她却又冒出新的担心，开启了自言自语模式：

"不过你要亲自拍的话，还是用软件做个电子图好了。

"我不太想让你看别的女生裸着的后背。

"我倒是愿意为你的艺术献身，但我腰后面有条小疤，不够完美。

"缪斯，应该是完美的吧。"

脚步未停的陈屿听着她的话，从有些离谱到开始自卑，他沉默了一下，低声说："不用脱，穿着衣服就行。"

林妧默了默，敏锐地意识到了什么，心里涌起一丝丝的甜意，问："陈屿，你是在安慰我吗？"

陈屿往前迈了半步，走到她前面，没出声。

"陈屿？"

"嗯。"他这才不咸不淡地应了一声。

林妧发现只要说得稍微暧昧些，他这个正经冷男就会充耳不闻。

她心情不错："我要做你单曲的模特了哎，我的背影是不是超美，接下来我会注意饮食，争取更好看一点！"

"不用，这样就可以了。"他好似完全不在意这个。

"那什么，"她弯唇无声地翘起弧度，来了兴致，"陈屿，你的第一次我会好好珍视的。"

陈屿好看的眉微蹙，嗓音低沉地回了句："林妧，你脑袋里装的什么乱七八糟的。"

她心情更好了几分，补充："你的第一次单曲封面，不就少说了几个字吗，你明明知道我没那个意思。"

顶楼寂静。

陈屿冷静自持的眼神看过来，似乎在说——你有。

林妧咽了咽口水，只得承认："好吧，我有。"

说完，她又笑靥如花，明知故犯："你真懂我哎。"

似是忍无可忍，陈屿进门，随手把音乐室的门关上，还上了内锁，扰乱他心神的林妧被挡在了门外。

“喂，我错了，开门呀。”

林妧喊了几声，门里没动静，知道他不打算开门，也不再吵他，而是转身隔着一道房门陪伴着。她站在顶楼窗台旁，伸手感受着微风穿过，温温柔柔。

透过窗帘间的缝隙，陈屿看到她面朝塔尖的身影。

橘红色的光勾勒出她的纤瘦肩膀和腰线，十分柔美，像在橙红色的凌霄花上停留的蝴蝶。

浸了墨般的天空越发黯淡、浓稠，风偶尔扬起她的长发，丝丝缕缕，好似无形地延伸进来，缓缓地抓住了他。

陈屿闭了闭眼。

这首单曲封面用她没有错。

确实是他努力压制着的心魔与缪斯。

那晚，从淮大回去的董晨见到哥哥董星，毫不犹豫地就把自己看到林妧的事说了出来。

一来，为哥哥不平。

二来，是把挨了两拳的气算在了林妧身上，如果不是因为她，他也不会受盘问挨打。

董星抽了大半盒烟，决定听从董晨的建议。

淮大校园里有人保护她，进去不方便，那就在外面藏着找机会。

周五，校园文艺会演如期举行。

各年级的学生都不用上课，表演节目的人在后台紧张准备，没节目的大多数人就坐在观众席看节目，当然也有没来小礼堂当放假外出活动的人，完全自由。

文艺会演属于淮大的固定活动，每年都会有，纯帮学生们展现才艺，放松身心，挺有意义。

演出时，学生会生活部的男生们比较忙，要帮忙搬道具之类的，女生则完全不用，只等演出结束打扫下卫生就可以了。

林妧和室友们挨着坐，边目光默默搜索陈屿的身影，边不走心地听了两首歌，结果看了好一会儿也没找到他。

舞台旁的秦墨弯腰快步跑过来，音乐声很大，就只能低头附在林妧耳边说：“文艺会演没什么可帮忙的，会长回家了，刚走，你要不要追过去约会——"

淮京已经步入深秋，晴天阴天相交替，降温的冷空气未停，早已悄然取代了暑热的尾巴。

校南门的喷泉池水被风吹动，泛起涟漪，阴天乌云，像被淡墨染过。

小礼堂隐约传出的文艺会演的歌唱声，校园里学生嬉笑玩闹的声音，全飘散在空中，逐渐消失。

陈屿从学校出来，身后跑来一个女生，不是黑色顺直的长发，而是烫成波浪的金色鬈发。

他心里微微有了一丝不耐烦。

柯佳知道自己不讨陈屿喜欢，小青梅冒出来之后，她一直忍着没找他，但今天的文艺会演藏了特别的安排，才没忍住拦住他："陈屿，你去哪儿？不看表演了吗？"

他眉眼淡淡地绕过柯佳，和漫不经心地绕开路边的石头障碍物没什么区别。

"嗯。"他声音不带情绪，只低低地回了句。

柯佳急忙跟在他身后，试图劝说他留下来："为什么不看了，后面还有舞台剧，会跟观众互动，很有趣很有挑战性。"

其实是柯佳用最新的平板游戏机收买了主演，对方拿了东西办事，会选中陈屿和她做拥抱任务。

陈屿这样一走，柯佳想要用抱抱了结自己单恋的心愿也就落空了。

陈屿却面无表情，无动于衷，加快了脚步往对面的人行道走去。

林妩跑出来时，校门口已经看不到陈屿的身影了。

她本想着给陈屿发个微信，问问他是不是回家了，却在拿出手机后看到从身边经过的柯佳，对方垂头丧气的，像受了打击。

林妩怔了下，直觉这极有可能跟陈屿有关，于是暂时默默收起手机，加快了脚步，拿出百米冲刺的速度跑到马路边。

余光注意到一个清隽颀长的男生身影。

背影瘦高，挺拔端正。

林妩心神一扬，嘴角也弯出弧度，拿出手机给置顶的"比世界男模还难搞"发去消息。

林妩：会长大人，如果一分钟内我能追上你，就允许我用狼少女的头像吧？跟你凑一对——好朋友的头像。

林妧：现在开始计时。

发完消息，林妧随即安静地朝着他的背影追上去。

目测他距离自己也就一两百米。

一分钟追上，足够了。

没有阳光暖照，隔着身上长袖衣裙的布料依然能感受到风的凉意。马路周围是来来往往的人和车，耳朵里是城市里最常听到的喧嚣。

前面那人似乎收到了手机提示。

他边走边低头看了眼手机，而后突然停住了脚步，回过头来。

双眸黑漆漆的，衬着净白冷隽的脸，格外出挑。

的确是陈屿。

她似乎永远都不会认错。

可当他忽然回过头，与自己视线隔空相对时，林妧微怔。

她很快就回过神，更开心地向他跑去，心情也瞬间像坐了火箭的小狐狸一样，高涨起来。

在看到她说要一分钟追上他的微信消息后，他停住了原本的步子，是在等待，也像是一种迁就。

林妧笑得很愉悦灿烂，按捺着扑通扑通的心跳，走了过去，弯着唇歪头跟他打了声招呼："陈屿，好巧，我在马路边看到你的背影，一眼就认出来了，是不是很厉害？"

闻言，陈屿沉静地看着她："看到你消息的时候，顺便也看到了秦墨发的，他说告诉你我刚离校，你追过来了。"

言外之意，哪里是巧合。

全靠她追。

林妧也不纠结这个。

她学会了他的习惯，不想接话时就自动忽略，只说："一分钟内我追上你了，我换上狼少女的头像，你不许换狼少年的头像。"

"随你。"陈屿倒没太纠结这个。

说完，他转身继续往前走。

她忙跟上去，边走边仰着脑袋看他，问："你是要回家吗？"

林妧没忘，他上次说过爷爷比较严肃，为了她着想还是不去比较好。

她不去开满凌霄花的宅院，只想着如果陈屿要回家，那么她就随口胡诌个顺路的借口，跟他一起走段路就再见。

林妧追上来走在他旁边。

陈屿的脚步倒不像之前那么快，沉默了一两秒，淡淡地回了句："先去趟花店买点花肥。"

她眨眨眼睛："我顺路哎，去书城买点书回来，一起吧。"

陈屿没说什么，默认她随同。

阴天的光线都是暗的，风吹动绿化带内的绿植枝丫，摇摇晃晃。

不远处有两个身影，走走停停，跟他们保持距离，半隐在绿植间。

花店距离开满凌霄花的陈家宅院就隔着一个拐角。

到达目的地，各自分道扬镳。

林妧挥了挥手："那我先走啦……"

陈屿却没跟她道别，而是忽然开口："等我买完，也去趟书城。"

"啊？"她有些愣愣的，反应了片刻才回神，嘴角不由得再次弯起来。

就算是自作多情，这个忽然要一起去书城的说法，也让她忍不住甜蜜如糖。

花店的玻璃是磨砂质地，看不太清里面，但从人头攒动的黑影来看，客人似乎不少。

陈屿去花店，她没选择进去挤，毕竟自己什么都不买，省得添乱。

两个人一个进了花店，一个坐到店外的长椅上，就这么等待着再次会合。

赵磊从花店买完花正要离开，抬眼就看见坐在旁边长椅上的女生，愣了下，笑着走过去："嘿，代表新生发言的林妧学妹！"

林妧转头看着眼前有些眼熟的男生，很快回过神对号入座，是开学报到时，帮忙拎行李的赵磊学长。

大概是淮大今天文艺会演要送花，赵磊抱着一捧粉百合，戴着一只耳机跟人语音聊着天，还热络地跟她打招呼。

"计算机系的学长好呀。"

林妧微微一笑，回应了招呼。

"虽然报到的时候帮你和另一个女生引路，也介绍了咱们学校，但你一直没说你叫什么。要不是在开学典礼上你代表大一新生发言，估计我现在还不知道你的名字呢。"赵磊半打趣半诉苦。

她眨巴下眼睛，想到一个不那么尴尬的说辞："抱歉学长，当时太仓促，没注意到这个。"

赵磊笑了笑，打开微信加好友的二维码，对她说："林妧学妹，咱们能加下微信吗？我来这儿是给舞台上表演的朋友买花，估计朋友快要上场了，还得赶回去，哦，对了，这一枝赠品粉百合送你。”

说着，一枝没被绑得很严实的粉色百合递到她面前。

林妧道谢接了花，拿出手机的同时，猜想学长要送花的舞台表演的人应该是个女孩子。

毕竟是同校，还是学长，也算热心肠，林妧想着加个好友也没什么，就同意了。

两人加了微信好友，赵磊主动说自己的姓名是哪两个字：“我姓赵，古诗‘赵客缦胡缨’的赵，磊就是三个石头的磊。”

用这种方式介绍自己的名字，是赵磊从小研究出来的，也是目前最让他引以为傲的，因为他喜欢古诗词，介绍姓名时一句古文一句现代语，显得有文化素养，也很特别。

林妧觉得这种介绍确实挺特别。

不像她，如果介绍“赵”字，就会直白地说“赵钱孙李”的赵。

如此想着，她脑袋里忽然冒出陈屿的名字。

林妧好奇：“那，学生会会长陈屿的名字，如果赵磊学长介绍的话，要怎么说？”

“简单。”赵磊手到擒来，从容地说道，“耳东陈，‘孤屿媚中川’的屿。其实这个完整的上下句是‘乱流趋正绝，孤屿媚中川’，是说诗人欣赏青山绿水，小舟前，一座孤屿猛然映入他的眼帘，这种惊喜感、惊艳感，挺像陈屿会长给大多数人的印象。”

赞美陈屿的话，林妧很认同。

孤屿媚中川，似乎真的跟他本人挺搭的。

林妧竖起大拇指：“学长博学。”

“嘿嘿，过奖过奖。”赵磊不好意思似的挠挠头。

“这朵百合我收下啦，谢谢学长，学长再见。”她寒暄完几句，不再跟对方聊天，而是将注意力转移到陈屿走进的花店里。

隔着磨砂玻璃，只能看到人影，不知道有没有排到他。

赵磊见状不多说，只笑了笑，朝回学校的方向走去。

走出去五六米，赵磊回头偷偷拍了张照片，将林妧坐在长椅上的侧面照发给室友，语音电话没挂断，他宛如炫耀自己的女朋友一般嘚瑟地说：“哎，你看看，我刚刚加的学妹，就是大一刚开学时我跟你说的极品妹子。磊哥我目光刁钻，我负责任地跟你讲，这妹子绝对不比我之前单恋的系花柯佳差。”

室友听了刚才两人说话的全过程，又看了照片，无语地说：“磊哥，你不看论坛贴吧吗？”

“开学忙得要死，哪有空刷论坛贴吧啊。”就连游戏都是两个月前上线的。

但赵磊还是略感疑惑，问了句：“怎么了？”

“劝你别吃着碗里的看着锅里的，而且你说的林妧学妹，人家不仅对你没兴趣，她还是陈屿会长的小青梅，贴吧论坛里都传遍了，自己抽空去看，2G网络星人。”

什么！赵磊怔住，惊诧过后恍然明白。

难怪刚刚小学妹要追问他陈屿会长的名字该怎么介绍，原来她跟陈屿会长关系匪浅。

想到自己完全没机会了，赵磊一脸心痛地低声哀号：“我失恋了啊……学妹，为什么，为什么要是陈屿会长的小青梅啊。”

赵磊割舍心头爱似的，恋恋不舍地再次回头看了一眼。

这一看，他傻眼了。

小学妹有危险！

在赵磊回头之前，林妧只是低眸，百无聊赖地看着手里的粉百合，坐在长椅上等待陈屿从花店出来。

长椅和花店玻璃隔着一米多的间隙，周围人来人往。

她对过客不关心，只等待着心心念念的陈屿。

“林妧，终于找到你了。”

近乎咬牙切齿的瘆人语调倏地从身后响起，让毫无防备的她心脏都骤然缩成一团，浑身汗毛竖立。

林妧太熟悉也太畏惧这个声音，知道这声音属于谁，她立刻紧张地站起来想逃。

下一秒，她就被董星狠狠掐着后脖子拖拽到花店磨砂玻璃上。

林妧还没来得及喊出救命，那双粗糙的大手就掐住了她的脖子。

“放开——”

她下意识地想转动身体，恐惧到极点的身子紧紧绷着，弱处仍被轻松拿捏。除了声音，连呼吸都快被死死扼在了喉咙里。

在拼命挣扎的几秒里，林妧用尽力气，抬起发僵的手使劲抠着对方的脸，但没什么用，她便摸索着上移做好了鱼死网破的准备，想要去抠董星那双恶心至极的眼睛。

察觉到她反抗求生的意图，董星原本也没想要她的命，他不会为了个女的以命抵命，太不值，来淮大找她，就是心里有郁火想出口气而已。

得到喘息的机会，林妧大口呼吸，蒙上了雾气的眼睛瞪着他，清冷又楚楚可怜，看得董星喉咙一干。

她本不想跟对方说任何话。

可现在的情况，林妧故意像失控般用力拍了拍花店的玻璃，期盼着陈屿快些出来，拖延时间："董星，你想干什么？"

"干什么？哼。"董星缓了缓口干舌燥，乐了，"林妧，原来你还没忘了我是董星，那怎么有胆只喊我名字啊？以前在淮京十中，不是天天见了我就喊董星哥哥吗，现在怎么不喊了？卸磨杀驴这么翻脸不认人。"

路过的人看到，怕伤及自己，脚步匆匆地离开。

花店外的长椅边，除了两个大男生拿捏着一个单薄战栗的女生外，仿佛没有别的生命存在。

"哥，你说她是不是心机女，用你的时候认哥哥，不需要的时候就翻脸不认人。"

董晨浑身流氓气息，有他哥在场，他此时斜嘴笑着，气焰嚣张到不行。

林妧觉得，董晨还是像初高中时一样没出息。

狐假虎威的不只有想单纯自保的她，董晨更是董星恶名下张狂的一条狗。

"真是不一样了啊。"

董星捏着她的肩头，困着她，欣赏她明明畏惧紧张却装作什么都不怕的样子，讥讽道："傍上淮京大学的学生会会长，想联系一下都难如登天了。"

这时，赵磊去而复返。

他不认识这两人，只觉得不像好人，怜香惜玉的心让赵磊试图喝止他们："你们两个哪儿来的，有话不能好好说吗？这可是大学城区，再这样我报警了啊……"

"滚蛋！"

董晨直接给了赵磊一拳，赵磊的手机掉在地上，屏幕也碎出雪花般的裂痕。

鼻血流出来的赵磊显然被打蒙了，也被吓到了。

"再多事，我今天让你见血，信不信！"

赵磊自知惹不起，咬牙不再去看被围着的林妧，捡起碎屏的手机跑了。

是的，落荒而逃。

他踉跄着跑远，差点摔了一跤，该是有多怕。

林妧明白，赵磊这一跑，极大可能不会再回来了。

谈不上什么失望，她根本没抱希望，两人除了开学拎行李那次有过交流，今天也只是第二次，甚至连普通朋友都算不上。

从淮京十中开始，她就知道，这世上多得是事不关己高高挂起、冷眼旁观、明哲保身的人。

“我去买束花，等出来咱们再接着聊。”她还是把希望放在自救和陈屿身上。

“怎么，给你机会进去报警啊？”董星一把抢过她的挎包扔到地上，连同手里的粉百合也落在地上，被他一脚踩住。

董星拍了拍她的脸蛋，她想躲，却被再次狠狠捏住脖子，窒息感骤然袭来。

她的抗拒激起了董星的怒气，他低吼：“躲什么躲，你装什么纯！我当初对你有点意思才在淮京十中罩了你那么多年，你倒给脸不要脸了！”

林妧反抗徒劳，根本掰不开对方的手。

在呼吸不畅的那瞬间她想到，自己会不会被董星掐死，那些记忆像水草一样缠住了呼吸。

当年，她不想在压抑的校园霸凌中变成抑郁症患者，她害怕，如果再找不到有效的办法，也许有一天，自己会熬不下去。

天黑回家后，林妧照着镜子，看着里面憔悴但五官姣好的自己，脑袋里冒出了大胆的念头——霸凌者可以找会打架的男生做干哥哥，她为什么不能用相同的方法来找人保护自己。

从那天以后，林妧开始行动了。

当初冒险的时候，她何尝不知道会有风险。

但那时她想的是结束这种阴郁折磨，想让对方忌惮，不敢再做任何霸凌的事，所以她选择了认打架厉害的不良学生做哥哥。

现在，她忽然有点后悔，也清楚地明白，当初的选择，只不过是从一个地狱，踏入了另一个地狱而已。

他们跟陈屿不一样。

陈屿靠出众的能力和雷厉风行的作风让人觉得不好招惹，每件事都堂堂正正，而他们，更像阴暗水沟里的老鼠臭虫，在学校时就不学无术，现在更是没了拘束。

可不管怎样。

她想活……

林妧内心极度挣扎的几秒里，看到花店旁的槐树被风吹得落下许多发黄的叶子，一团一团涌动，阴沉天色笼罩下，像被困住飞不远的折翼蝴蝶。

“砰！”

突然从旁边飞出来的花盆，砸到了董星头上，像一颗正义的白昼流星。

她下意识地闭眼，然后脖子上的压力没有了，她整个人恢复原本的自由。

一盆花连带着软塑料的花盆掉落在地面上，又弹起少许碎片，滚出一段距离。

此刻的淮京温度也不过几度，断断续续的冷风悄然凛冽起来，无人说话时，就更显得如同咆哮的狮子。

林妧抬眼，整个人已经被陈屿拉到了怀里护着。

他比她高得多。

从她现在的角度，只看到了他消瘦的下颌，白色衣领露出一截干净冷白的脖颈，喉结清窄分明。

陈屿清冷地站定，眼里沉静，更带着寒意。

倒是林妧，和他这么亲密的瞬间，她觉得他哪里都好，距离近到隐约感觉出他强有力的心跳，脸颊耳朵烧起一股不太适宜的炙热温度。

董星暴怒，吼叫了一声。

陈屿看笑话似的，漫不经心地勾了勾嘴角，只说：“这么欺负一个女生，算怎么回事？”

他若有似无地笑着定住视线，眼神狠厉，像看一堆垃圾，非常烦地看着面前的两兄弟。

董星快要气到爆炸，扬起下巴，嚣张无比地喊：“这是我干妹妹！”

听听，干妹妹，多么难听的词。

但她前些年，就是凭着这个难听的词，才在淮京十中得以苟且安稳地读书。

“干妹妹？”

陈屿重复着最后三个字，再度讽笑出声时，肩膀还微微抖了下。

林妧咬住唇，呼吸慢慢屏住。

她在这场对峙中，清楚地感觉到了剑拔弩张的气氛。

就在她不安时，陈屿伸手拉开旁边花店的门，扶着她的肩膀半推着她，对她说："林妧，进去，等会儿再出来。"

林妧的身子还有些颤抖，心里不想走，但应激反应和理智都在告诉她，已经给陈屿添够乱了，别再拖陈屿后腿。

他说怎样，那就怎样。

可她却很忐忑心虚，如果陈屿受一丁点伤，那都是她的过错。

林妧的包还在花店外的地上，手机没在身上，只能借花店老板娘的手机打电话报警，说有人试图伤害自己，喜欢的男生正在帮忙。

而后，她闭眼静静地站在厚重的磨砂玻璃门后，等着暴风雨般的外面宣判出结果。

陈屿能成为淮京大学最不好招惹的人，不是没有原因。

在警察赶来前，陈屿已经结束了这场不屑的收拾垃圾之举。

他进来喊林妧时，隔着打开的门，林妧看到他下颌左侧有处血迹，她忙上前踮脚用袖口擦了擦，发现没有伤口，应该是溅到了董星或董晨的。

陈屿盯着她，眼神很静，却晦暗如极地的寒冰。

林妧愣了一秒，从没被他用这种冷意的眼神看过，即便是装小青梅，故意装傻充愣，他笑看她能玩什么花样时，也不曾是这种眼神。

她心里开始发慌，眼眶被风一吹，忽然就觉得有点发涩。

片刻的沉默后。

她忍不住说了句："……对不起。"

对不起，给你添麻烦了。

谢谢你，愿意管着我的破事。

但陈屿却笑了，不像笑她，而是嘲笑自己。

他似是压抑着情绪，顿了顿，哑声问：

"林妧，我在你眼里，是不是跟那两摊烂肉没区别。

"你也只是——

"想做我的干妹妹。"

其实，那天陈屿在淮大逮住鬼鬼祟祟的董晨后，从董晨嘴里知道了他哥哥董星跟林妧的大概关系。

淮京十中是出了名的容易进、混子多的公立高中。董星、董晨，这两个人的名字，对于重点中学淮京一中出身的陈屿来说很陌生。

陈屿在给季绪阳发消息的当晚，就收到了回复。

季绪阳通过自己在十中上学的表弟，打听得很详细："这两兄弟就是不学无术的混子学生。之前董星犯错记大过是家常便饭，基本每个月都会上主席台进行检讨，私下在学生里以淮京十中老大自居，认了好几个干妹妹，据说都是十中的漂亮女生，其中就有上次你让我查过的林妧。至于董晨嘛，现在念高二，他哥从淮京十中转去职业学校之后他老实了很多，以前耀武扬威完全就是靠他哥董星，没了他哥在十中，这人就是一蠢货。"

"好，谢了。"

陈屿心里有了数，一个是半吊子的流氓混子，一个是靠哥的嘚瑟高中生，不是什么大不了的存在。

翌日，清早开始就阴天。

乌云遮挡着光，天空昏沉沉的，风也是冷的。

学校礼堂在举行文艺会演，陈屿接到爷爷的电话，说院子里的凌霄花有点蔫了，让他有空买点花肥回来。

上次摔过以后，老爷子走路就不如以往利索，拄着拐杖也颤颤巍巍，最多在院子里晒晒太阳，极少出门了。

陈屿知道这个时间，姑姑应该回古董店守着了。

今天学校没什么事，曲子用电脑软件也可以做，他便没打算去礼堂，而是直接出了校门。

柯佳追上他时，他有些不耐烦。

绕过继续往前走了几分钟后，他收到微信消息看完选择停下脚步回头，是因为看到林妧发来要一分钟内追上他的话。

花店磨砂玻璃的门窗隔音效果不错，阻隔了外面的白噪声。

店里客人不少，阴天都来买花增添生机勃勃的色彩活力，倏然，玻璃似乎被人从外面拍了拍。

陈屿敏锐地捕捉到，他抬眸看向外面。

磨砂玻璃看不太清，但是可以看到一个跟林妧身高相同的黑漆漆的影子，旁边还有另外两个模糊的身影。

陈屿唇线抿直，放下手里的花肥，改拿了收银台上摆着待售的带盆小发财树。

他几步从花店推门出去，就看到她被掐着脖子困在那里，像被张狂的黑蜘蛛用蛛丝紧紧黏住的，即将被分解的破碎蝴蝶。

心底传来一阵疼惜烦躁，扯得他非常想用花盆将那蜘蛛砸飞，彻底解决问题。

可惜，花盆是软塑料的材质，只将蜘蛛砸了个猝不及防，摇摇欲坠。

陈屿伸手将她安排进身后的花店。

门刚关上，董星果断爆出没素质的粗口，作势要上来教训他，另一边的董晨知道自己打不过，跑去捡起刚扔远的砖头，想让他知道厉害。

两人的一举一动，陈屿神情冷然地看在眼里，预判着意图。

董星抬手想抡拳，还没挥过来就被踹中腹部踹开。陈屿捡起花盆，将准备扔砖的另一人砸得鼻子酸麻，砖头落地砸到了董晨自己的脚，疼得龇牙咧嘴蹲在地上。

陈屿再次面无表情地拎起董星，来到砖头前，拖拽着对方让他的后背按在上面。

董星后背硌得生疼。而旁边的董晨看到哥哥被制住，一个劲装疼起不来，完全不敢有动作。

局势明朗。

董星没料到会被这样碾压着，连互殴都算不上，气急败坏地选择口不择言，说："你替林妧撑腰，是不是以为她喜欢你，还拿她当纯洁圣女呢？哈哈，她就是想做你干妹妹，利用你！她腰后有条疤，高中的时候，我哪儿没看过！"

说完，他就开始狂笑，像半疯子一样造谣侮辱。

这话像是戳中了陈屿的底线，他眸色黑得幽深，唇线抿直，表情越发冷狠。他再没半点克制，发了狠地不断往垃圾人的脸上揍着，一拳接一拳。

短短几分钟，拳头未停，远比滴水穿石的伤害要大，董星不堪折磨服软了。

陈屿犹如抛垃圾一样，松手起身。

董晨从头到尾，缩在边上，连屁都不敢放。

冷涩的风吹过，她的睫毛轻颤了下。

林妧站在花店门口，听到他的问题，稍顿了几秒才否认：“不是的。”

她垂眸，有些心虚，虽然一开始确实是想接近利用，她自己也知道这样不好。

但接触之后，她就被吸引了，喜欢上了他。

因为垂下目光，她扫过他握着门把的手背，这才发现有红肿的痕迹。

林妧的眼睛骤然睁大，抬头看他，有些担心：“手疼不疼？要不要去包扎一下……”

陈屿没接话。他像是感觉不到，只微敛眸子看着她，脸上没半点表情。

外面鸣笛声由远及近，是警车来了。

两个警察下车过来询问是谁报的警，林妧忙先搁置找药店买绷带的念头，作为报警人走出花店，朝警察简单说了下情况，然后被一起带到派出所做笔录。

因为双方都动了手，一方挑衅蓄意伤害，另一方反击，又只有一方有伤，这情况属于正当防卫和互殴之间。但董星在初高中时就不安分，派出所有许多记录，加上是他主动找林妧麻烦，且有卡脖子等恶劣行为，所以除罚款外，还需要拘留教育。

在警察严肃的呵斥下，董星闪躲着陈屿冰冷的目光，向林妧道了歉，立下保证以后不再找麻烦惹事。

总算，事情解决，出了派出所。

林妧颇觉愧疚：“我们去趟社区医院吧，包扎一下手，再检查一下，万一还有别的地方受伤。”

她边说，边指着派出所旁边的社区医院的绿色招牌，浑然忘了被打得最惨的人，明明是董星。

因为她的关心，陈屿眼底沉冷的情绪散了些，却并不接受她的好意：“不用操心我，告诉你，我这个人对认干妹妹没什么兴趣。”

听到这话，林妧反驳：“谁说我要做你干妹妹了，就当——关系很好的朋友，从朋友开始，不行吗？”

今天发生了这件事，如果表白，被拒绝的概率会更大吧？

毕竟，接受给自己惹麻烦的女生的表白，等同于多了一个累赘。

她想：等过几天，等这件事被淡忘了，再认真地告诉他她内心的话。

脑袋里无时无刻不在想他，想和他在一起，无论是学生会、音乐室，还是异地乌郊，她心里都在说愿意。

有时候话不完全说出来，就容易被误会。

就像此刻的陈屿，觉得诚如她所言。

也是。

不一定非要做干妹妹才能获得保护，做朋友一样可以。

所以他在期待什么？

陈屿默默嘲讽自己，目光淡漠疏冷，收回视线绕过她，边往前走边说：“我送你回学校，回去之后，你老实待着。”

校文艺会演还在继续。

林妧回到宿舍时，室友们还没回来。

她还有些纠结要不要给陈屿买点绷带和消炎止疼药膏。

可他送完她就又出了校门，应该是回家了……

如果她再不听话乱跑送绷带药膏简直就是罪加一等，像听不懂好赖话一样。

最终，纠结来纠结去，林妧打开手机微信。

她一个人窝在空荡荡的床上，在朋友圈输入了几条文字，发送前，依旧全部设置仅陈屿可见。

私聊说这些，也许会被他嫌弃烦，被打扰。

她退而求其次，把心里想说的话用朋友圈的形式发出来：

△今天的事很对不起，也很谢谢你。

△手背红成那样，还是擦点药膏比较好哦。

△我真的，从来没想做你的干妹妹。

最后那句，其实还有后半句在她心里：如果做了妹妹，就做不成其他了。

好不容易熬到周日下午，陈屿回学校。

傍晚时分，林妧照旧去了音乐室。在她预料之中，没遇到陈屿。

林妧有点失落。不会真要跟她绝交吧？

她趴在老位置上，用手机再度发一条仅他可见的朋友圈：今天的音乐室好空，缺个人。

暗示得极明显不过。

她就静静地在座位上等，时间久了就有点百无聊赖，打了几个哈欠后，渐渐生出些困意。

不知过了多久。

陈屿一身静谧踩着夕阳余晖，来到音乐室的走廊，微微推开音乐室的门，看到她睡着的状态。

他没打扰，也没离去。

夜幕四合，鸽子已经成双成对依偎在一起。

陈屿靠在墙上，低头，翻看微信里她的朋友圈。

那些要对他说的话，一条接一条。

等从教室门缝中，微微传出伸懒腰起身挪动桌椅的声响，陈屿知道她睡醒了，才直起身，迈开长腿大步先行离开。

接下来的几天，林妧照旧去了音乐室。

她抱有希望，也许今天他就来了呢。

哪怕仅有一丝可能。

音乐室似乎成了她一个人的常驻地。

林妧连续几天都没在音乐室碰到陈屿，偶尔在校园路上遇到，他都在跟身边的几个部长说着正经事，一脸淡漠正经的样子，写满了拒人千里之外。

因为有很多人在，搞得她不好意思硬去打扰。

直到周四的晚上，她参加生活部会议，就在多媒体教室，生活部的人正七嘴八舌地讨论秋季运动会的事情。

听秦墨说会长好像拿了专业相机去音乐室了，不知道要拍什么照片，她一下就想到单曲封面照的事情，匆匆说了声："部长，我临时有点事。"

她逃了生活部的会议讨论，一刻不停歇地跑去C区顶楼的音乐室。

林妧想着，自己已经和陈屿预定了要做他单曲封面的女主角背影，怎么能反悔换人呢。

她气喘吁吁地来到顶楼，外面的塔尖映着清冷冷的月亮，周围空寂一片，不见鸽群身影，只有断断续续的琴声从音乐室隐约传来。

林妧缓了缓呼吸，才走到教室门前，悄悄推开一道缝隙。里面灯没开，窗子拉开了半边帘子，月光斜斜地打落在钢琴和那人的身上，像欧洲电影里的音乐艺术家。

她仔细搜索音乐室，冷寂的月光下，没发现其他人的身影，心里的那份紧张才消去大半。

趁着还没让别人拍，不如自己现在表现出想要不顾一切，为他封面着想的诚心。

几番犹豫之后，林妧还是决定一不做二不休，干脆闭眼做了深呼吸，鼓起勇气进了音乐室。

跟以往不同的是，她不是关上了教室门，而是进去后就上了内锁，然后解开衣扣半掩着上衣，环臂将蝴蝶骨的漂亮后背露出来，抿着唇，缓步走到陈屿与钢琴的前面。

她喊了一声："陈屿。"

陈屿知道是她进来了。

这个时间点，不会有别的人大着胆子来，也只有她。

然而，等他抬眸看到露出后背的她时，他顿时眼皮跳了下。

陈屿没想到，她会把上衣脱了，捂在胸口，将后背展露给自己。

"光线暗一点的话，腰后的小疤痕应该看不到，所以单曲封面的背影，用我的可以吗？"

陈屿抿唇，喉间的突起微微滑动。

他沉郁地垂下眼，仿佛没听见，也没看见。

但弹出的琴声却忽然一拍停止，琴键发出沉闷的低音。

因为陈屿想到，如果学生会最有势力的人不是他，而是另一个男生，她会不会也为了讨好，做到这般地步。

想到这些，他就莫名来气。

她眨了下纯净好看的双眸，没表现出被吓到的样子，而是压制着羞涩，困惑地问："你不拍吗？"

"林妩，你是不是没脑子？脱衣服，还上内锁，真不怕我欺负你？"

他冷飕飕地再度看过来，深沉的双眸，眼皮抽搐了一下："穿上衣服，出去。"

林妩眼睫垂下来。

她捂在胸口的手指不自觉地攥紧，却没动，似乎想用这个方式拉近和消除两人间的嫌隙。

短暂沉默后，陈屿见她无动于衷，深吸口气，眉头皱了起来，语气有些不耐烦："林妩——"

他站起来，脱掉自己的外套，披在她的肩膀上。

就在给她披衣服的刹那，手被她抓住，指尖相触，他的手腕毫无防备地落在她肩膀一侧，外衣没完全披好，他一直卷着袖子导致手腕偏凉，能清晰地感觉到彼此体温的差异。

陈屿甚至觉得，再继续下去，仿佛要被她温软的肌肤烫伤——

但她牢牢拽着他的手。

林妩咬着唇回头看，见陈屿给自己披衣服，没硬扯开她的手离开后，得到了更多勇气，才敢看他。

他冷隽的眉眼在此时终于有了几丝裂痕，那双眸子瞳色，依旧深不见底。

就像被她身影挡住月光的大半身子，藏在暗影里。

林妧脸红耳赤，也为自己的大胆窘迫。

她张了张嘴，喉咙压抑着，嗓子涩得厉害："陈屿。"

陈屿静默着看她，目光仅落在她的脸上。

他没应声。

她揣摩不透他的心思，忍不住猜想，他的心思是不是像此刻夜空遥不可及的月亮一样清冷。

因为肌肤相碰，气氛压抑暧昧交错，她内心挣脱最后一层纠结。

事情都到了这一步，还畏惧些什么呢？索性把最想说的直直白白地告诉他。

如果他真的对自己也有好感的话，就不会拒绝。

起码，不会立刻拒绝。

只要不拒绝，那就有可能。

如此想着，林妧拉紧了他骨节分明的手，紧张和羞赧使然，有些微微地潮热。

她心跳如擂鼓，声音闷闷地说。

"……你跟以前那些人不同。

"我是真的喜欢你。

"我、我发誓。"

表白过后，周遭仿佛更安静了，月光下的音乐室里空气都越发缓慢流动。

全世界被抛在脑后，好像只剩彼此。

林妧单手捂着胸前的上衣，维持着稍转头的姿势，忐忑地期待他的回应。

她抓着陈屿的手，如同想抓住他这个人，越收越紧，越收越紧，直到用尽指尖力道的极限。

陈屿看着她微颤的睫毛，往下是无声蛊惑心智的嫣红唇色，想到蜜桃甜润的唇膏，触到禁忌般，他一下便错开视线。

静谧中，他没立刻回应表白，而是冷静自持，不疾不徐地问："你了解我吗，就说喜欢我？"

声音低低沉沉，有着认真。

与此同时，陈屿将目光定在她的脸上，观察她每一寸表情。

这个问题没否认她的喜欢，也没接受，代表还有周旋的余地。

林妧呼吸一紧，努力缓解胸腔加速的心跳声。

她镇定自若般答："了解。"

闻言，陈屿忽然笑了下，还是点了点头，好像认同她所谓的了解。

"了解多少？"

淡白月光与昏暗融合，笼罩着他棱角分明的脸，还有他那十分冷然又干净勾人的神情："如果，我没你看到的那么好呢？"

林妧愣了愣。

她心中重复了两遍他的话，回过神："每个人都有缺点，这没什么。"

陈屿情绪幽深不明地看着她满脸懵懂，须臾，没有用语言解释，而是用行动直接说明，他没有她看到的那么好，若非要眼下挑一件，就比如——

他往前近了一步贴上她的背。

她睫毛明显颤了颤，然后脸颊耳朵的热度席卷蔓延全身，咬着唇垂下眸，侧头看到自己长长的发尾贪恋般落在他的手臂上。

这样无比亲密的距离，混杂着陈屿身上的温度与冷雪松柏极淡的气息，隔着披在肩膀上的他的宽大外套，她可以感知到他与自己之间，只有毫厘。

甚至，他的鼻息似乎就轻洒在她抓着他手腕一侧的肩上，若有似无，让她忽然忍不住好奇联想，如果接吻时呼吸纠缠在一起，那张冷感无欲的脸，会是怎样的表情。

越想越觉得耳朵滚烫。

陈屿的视线里，是她咬唇克制着什么的表情。

他双眸微眯，就连神情也急速冷得彻底，以为这是她纠结想要逃离的表现。

然而，下一秒。

他冷凝的表情微僵，因为林妧转身直接投入到他怀里，似乎同样在用行动证明。

她像卸下所有防备的小动物，满心赤诚、热烈，娇憨地说："陈屿，这样在你这里就算坏了吗，差远了。"

怎么算坏呢。

这样如果算坏的话，那她岂不是更坏，因为她已经在脑袋里占过他便宜很多次了。

因为喜欢，所以想在一起，想更亲近。

这是青春的心动，盲目没有规则，不是成年人步入社会后权衡利弊才有的选择，而是一见到那个人，心跳和注意力全被吸引了过去，无论怎样都想再靠近一点点。

林妧闭眼，单手紧紧环在他腰间，怕他会跑似的，指尖还抠着他腰后的衬衣。

她整个人小心翼翼地贴在他怀里，即便一只手挡在前面，他也能感受到她的害羞轻颤和柔软温香，像浸在盛夏傍晚时分的玫瑰，让人想覆手过去，再拉近些，揉进骨血里。

可陈屿克制住了。

他简单直白地认同了她的话："你的喜欢是真的。"

"是。"林妧坦白地剥开私藏的心意，呼吸都轻了几分，"那你呢？"

外面月亮淡白，暗光里陈屿的心跳格外有力，似乎有加快的趋势。

他脸上冷感的神情没变，但藏着这个年纪被喜欢的女生肌肤接触过后躁动的秘密。他双腿稍稍往后退了半步，不自然地拉开与她紧贴着的衬衣往下的位置。

只有上半身的拥抱，陈屿没舍得挣开。

林妧没发现陈屿的变化，紧张地伏在他怀里。

陈屿垂眸看着怀里的女生，感受着她纤瘦馨软的身体。

在他的漫漫人生中，过去和现在，甚至将来的日子里，都会有算计他，迫害他，不允许他往上走的人。

陈屿自知难行，从未动过别的心思。

但现在只要涉及林妧，无论什么事，她不在他身边，他都无法安心。

其实在她表白的那一瞬，他就知道自己在劫难逃了。

问她了不了解自己，预告自己没有她想象的那么好，也不过是想知道她是真心还是假意。

幸好。

眼前现实的她，纯粹美好地扑进了他怀里。

陈屿隐忍的底线被彻底扯破了。他闭眼默默叹息，抛掉了顾虑与犹疑。

哪怕她对他的了解，只停留在最外层。

不过，无所谓了。

如果选择拥抱是冒着世界被毁灭的风险，那他甘愿冒一次。

从小到大，他从未为自己活过。

唯独在意林妧，是他有了妄念，不再受自己内心支配。

包括她要沈如洲的微信，他选择说谎不给好友推荐，全是想让她继续出现在他身边罢了。

如果有一天她真因为得不到他的回应而转移目标，他不敢想象，自己会不会陷在原本就死寂的世界里更深更无边无际。

身边多个她，安排在忙碌的生活中，陈屿心里还是有把握的。

他自信不会输，也不会因为有了林妧分出去一些时间而停滞不前。

就为自己的心魔真实选择一次。

陈屿如此想着，一手回抱住她的腰，一手落在她背后乌黑细滑的长发上。他眸子微垂，像冰抱住了向往的摇曳火光："我也是。我希望我对你而言，是除去一切粉饰后，你依然喜欢，并认真对待的存在。"

说完，他侧脸轻贴着她的脑袋，完全不自知地完成了一个恋人之间，极为纯粹依恋的拥抱姿势。

而他怀里的林妧眨了眨眼睛，幸福来得太突然，她揪着他腰后衬衣下摆的手更紧了。

——"我也是。"

这句回应简短，却一字一句，清清楚楚地传进了她的耳朵里。

她鼻子不知为什么有些发酸，真心觉得，今天大概会是大学生活里最难忘、最美好的一天。

这间音乐室，这首单曲，这个月夜，这个拥抱。

从此以后，都难以忘记了。

人们常说千里之行积于跬步。

她追陈屿，哪有什么技巧，真诚，永远是必杀技。

从发现喜欢上他的那瞬间起，她就一直兢兢业业一小步一小步走着，生怕自己过火，走不到终点就被陈屿拒绝了。前些天董星的出现，更是让她对淡漠的陈屿患得患失。

今天鼓足勇气，跨了一大步。

老天对她也不算太坏。

虽然之前那样辛苦熬过来，但，把陈屿补给了她。

她真的，很喜欢。

第七章 炽烈偏爱

这个深秋的季节，已经脱离了早秋仍会有的暑热尾巴。

即便在白天，也是需要穿长袖的，现今到了晚上，降温就更明显。

好在音乐室关着门窗，没别人进来，也没有风，不会太凉。

林妧再大胆，终究是个连和男生真正亲密接触都没有过的女生，她会害羞，睫毛微颤着，穿衣服时将身子掉转了方向，窸窸窣窣地往身上套。

音乐室太安静，所有声音都能完整地传进耳朵里。

陈屿静默几秒。

他舒缓着微重的呼吸，掀起眼皮看了一眼钢琴旁的相机，转移着注意力，声音略哑，低声说：“你穿好我再拍。”

她点头：“好，马上。”

林妧穿好后，担心音乐室光线昏暗，太黑拍不出效果，问：“要不要开灯呢？”

她的开衫没穿，因为参加生活部的会议，里面只穿了学生会统一的白衬衣，女款的没有男款那么大，小巧修身。

陈屿神情没什么波澜，目光沉静地盯着她，回答说：“不用，月光下就很好。”

数码相机拍出的照片质量，要远远优于手机拍摄的产物。

除了像素不同，还有镜头和变焦功能的差异，所以成像质量会更好，更还原肉眼清晰看到的景象。

他低眸调整着相机参数，偶尔抬起镜头面对林妧的方向，做着最佳调试。

她看着陈屿拿着相机的手，劲瘦修长，尤其前几天分开时红肿的手背已经恢复，冷白干净，完全看不出暴揍过谁的痕迹。

看着看着，她觉得越看越好看，不禁悄悄冒出很想牵他手的念头。

不过现在正事要紧，还是先拍完再说吧。

等照片拍了几组，大功告成之后，林妧凑到陈屿的相机前，跟着浏览了一遍存入内存的背影照，不得不承认，确实比手机拍出来的质感好，连淡白的月光几乎都完美复刻下来，照片里女生的肩膀和腰线朦胧唯美，林妧自己看着都觉得惊艳满意。

几分钟后，在C区大楼门前的空地广场上，出现了她和陈屿从音乐室下来的身影。

凉风在夜空中涌动，撩动乌黑纤长的发丝，从衣领钻进身体，带走些许热气。

林妧缩了缩肩膀，没怎么在意，心里还记挂着想跟他牵手的事。

她正微微走神，思索怎么说合适，是委婉暗示，还是直截了当呢？

一件外套再次盖在肩上，唤回林妧的神思，她掀起眼睫，是陈屿拿着衣袖，要她抬胳膊穿好的意思。

她发蒙地配合，眨眨眼睛："你不冷吗？"

路灯下那双眼睛晶亮，像宝石一样美好珍贵。

陈屿看着她，目光蕴藏着所有情绪，淡淡地回答："嗯，我热。"

这份贴心让她嘴角翘起，没再多犹豫。

"喂，男朋友——"林妧笑着看他，"要不要牵手走？"

陈屿慢慢停下脚步，没说什么，然后伸手过去牵住了她的手。

他的手修长且宽大，足以包裹住她的，却比她的干燥清爽，真的是很适合牵手的男人。

如此默默赞叹着，她悄悄挪动手指，从他的指缝穿过，变成更亲昵的十指交缠。指间微动摩挲时，就可以感受到他的皮肤。

而陈屿纵容着她的举动，完全配合。

林妧眉眼弯弯，脸和耳朵又热了，心跳得很快，藏着雀跃。

她觉得自己大概一个晚上，都会因为十指交扣而开心得睡不着。

从C区到宿舍楼下，平时十几分钟的路程，硬是被她慢走拖延到了半个多小时。

原本一路都要看手机打发时间的林妧，这次半秒都舍不得分出来，珍惜着两人牵手在夜晚步行的时光。

终于还是得进宿舍楼。

宿舍楼门口的生活老师是一位四五十岁的阿姨，每天守在窗前嗑瓜子，看着大一年级最新诞生出的几对小情侣们难舍难分。有的能磨叽一个小时还不分开上楼，还有的能上演激情吻别。

林妧没当显眼包，故作从容地松开了一路占了陈屿便宜的手，然后脱掉外套，在进楼前递给他："谢谢，衣服还你。"

"嗯。"

他又淡漠地说了句："回去早点休息。"

挥挥手再见，林妧上楼回了二楼的宿舍。进去时，宿舍里正热闹地聊着天，她开门，整个人出现在室友面前后，就被一连串问题砸过来。

苏晓莹最先开口，喊她："妧妧！我们本想找你一起去吃新开的那家章鱼小丸子店，你去哪儿了？"

"给你发了微信，也打了电话。"姜宁宁的声音跟细瘦的身体很搭，都轻轻的，"你没回，我们就特意去多媒体教室，等到生活部散会，但你不在。"

"……不好意思啊宝贝们，手机静音。"林妧心虚，笑着解释，"刚刚临时有点事。"

都怪自己和陈屿在一起太专注了，没看手机。

她拿出手机按亮，发现果然有未接电话和未读消息。

坐在桌边靠窗的曹娜悠悠一笑："我刚刚可看见了啊，是有人把咱们妧妧送到宿舍楼下的。"

话点到为止，八卦起哄的暧昧眼神说明了一切，顿了顿，大家秒懂："哦——"

林妧生怕她们追问做了什么，脱衣服想拍背影照的事又不能说出来，她还得现编一堆，想想就头疼，于是赶紧拿了洗漱用品准备溜去卫生间洗漱。

手机里的消息除了室友们发来的，还有一条是任静学姐发的。

任静：秦部长安排了秋季运动会的事，海报还是咱们俩各做一份，不懂的问我就行。

她开溜前，先回了一条：好的，学姐。

洗漱回来换好睡衣，已经到了熄灯的时间。

室友们没睡，各自躺在床上聊着天。

林妧按亮手机，给杨倪发去微信。

林妧：大宝贝，睡不着，偷偷告诉你一个秘密，就是——我和陈屿在一起啦。

林妧：而且今天我还抱他了。

发完之后，回忆了下拥抱的情况，她算几乎没穿上衣，有够羞耻。

三分钟后，还没睡的杨倪回了消息。

杨倪：我正在挑灯夜战，准备过英语四级。

杨倪：你确定不是熄灯秒睡，梦游发给我的这些？

林妧看着发小回的消息，一本正经地回复。

林妧：醒着。

林妧：你这样显得我很不务正业，早点睡。

林妧：不过念在你是大二生，本美少女原谅你，现在要睡了。

唉，就连她自己都还有点缓不过神。

哪天见了面，得再好好跟杨倪说说。

如此想着，林妧退出了聊天框，她目光一顿，看到聊天列表里陈屿的漫画头像，还有“比世界男模还难搞”的备注。

她不由得笑了笑。

然后，她指尖点击屏幕快速删除备注，顿了顿后，暂时改成新的，没有文字，只是一颗绑了礼物丝带的粉色爱心。

接着，她收敛了些明明分开没多久就又想见面的心思，发去一条消息：晚安。

宿舍熄灯了，路边的灯光也按时节能变暗几分。

陈屿把林妧送回宿舍后，并没着急回男生宿舍，而是靠在墙面黑寂的阴影里。他从裤兜里掏出一盒烟，轻磕出一支在薄唇间叼住，按下打火机熟练地点燃。

外套就搭在手腕上，在寒凉的风里早已冷却。可他总觉得仿佛还能感知到她残存的体温。

薄荷与尼古丁清醒着神经，他静静地呼出一口气，微微散出袅袅化开的烟。

一支接着一支。

直到，手机响了响。

他垂眸，收到她发来的消息。

陈屿看完之后，很快也回复过去：晚安。

他抽完半盒烟，带着满身夜晚的寒凉再回到宿舍时，夜猫子舍友还在用笔记本电池存储的电量打游戏。

这是两人寝，也是优秀学生的奖励配置。

陈屿的室友殷杰打游戏技术超群，大一时代表淮京大学拿下了网游比赛的冠军。

淮大共设立了二十间这样的两人寝。而各方面成绩与实力不俗的陈屿，就是第一个被校领导选进来的人。

殷杰在陈屿从身后经过时闻到了浓浓的薄荷烟草味，有点吃惊："你居然抽烟了？"

"嗯。"他淡淡地应了声，承认。

在学校众人的印象里，陈屿从未抽过烟。

作为与陈屿生活最密切的室友，殷杰也极少能从陈屿身上闻到烟味，他想着陈屿平时应该不抽烟。从大一到现在，在殷杰的印象中，在他身上闻到烟味似乎也只有两次，一次是大一比赛时被李袁黑了电脑的那天，另一次就是今天了。

根据殷杰的观察和判断，陈屿只有在刺激到神经的情况下才会碰烟。

所以——

今天晚上是发生了什么特别的事情吗？

隔天清早，林妧因为太激动睡得晚，导致起来就顶着一双黑眼圈，她困得没什么精神，洗漱完换好衣服准备和室友们一起下楼。

但当她拿起课本和手机，发现手机上有条来自陈屿的未读消息时，她瞬间变得精神爽朗，仿佛满血复活了。

陈屿发来的消息没有文字内容，是一张照片，昨晚在音乐室拍的她在月光下的背影。

他似乎睡得很晚，接近凌晨一点才发的。

林妧厚着脸皮自恋，手指快速输入回复。

林妧：嘻嘻，一看背影，就能感觉出照片里的女生是个宇宙超级无敌大美女呀。

发完消息，她跟室友们从宿舍出来，一路时不时看眼手机。

十分钟后，林妧迈进食堂，收到了回复。

来自陈屿的一串省略号。

似乎没见过有人在他面前敢这么放肆自恋，有点无语的感觉。

她乐不可支，低头边慢吞吞上楼，边输入追问：是不是？

“妧妧，快，一会儿排队的人可就多了。”曹娜已经到了食堂二楼，她催促道。

“来了来了。”林妧忙收起手机，踏着楼梯朝室友们走去。

到了打饭窗口前的队伍中，林妧扫了眼，大概有五六个人，不算太多。

她心思一直记挂着与陈屿的聊天，站好之后低眸，再去看手机。

他已经回了消息：是。

而这句话的上一条，是她厚着脸皮追问自己是不是宇宙超级无敌大美女的话。

虽然只回了表示肯定的一个字，却仍然有让她看了好几秒的魔力。

林妧心跳有些欢快，心情也变得更好起来，她缓缓弯起嘴角，发觉陈屿已经像逐渐融化掉一角的冰山，开始散发出那么点宠溺的味道。

室友们已经打完饭去占地方了，林妧跟打饭阿姨说了要什么，等待取餐的那十来秒，见缝插针给陈屿发消息。

林妧：忙吗？

林妧：要不要中午一起吃饭？

陈屿似乎因为跟她聊天而守着手机，这次很快就回了：马上秋季运动会了，这次是跟外国语学校联合，那边的老师和学生会的人今天上午都来，吃了午饭下午才走，我也得在场。

淮京大学这时候相当于举办方的东道主。陈屿身为学生会会长，于情于理，都要出面才行。

她理解。

不过，说起秋季运动会，倒提醒了林妧，昨晚任静学姐发来的微信，说的下次要交给秦部长的海报，也是秋季运动会的主题来着，具体情况她还没来得及问，看来也得抓紧了。

她犹自想着，还没来得及回复，对方又发来一条：可以晚上再一起吃。

林妧在端饭离开窗口前，眉眼弯弯地发过去“OK”。

上午的课结束后，林妧跟着室友们去了食堂，几个人说说笑笑吃完了午饭。

虽然身边热闹，但她脑袋里总是会时不时冒出陈屿的影子，尤其想到他胃不好，也不知道这个时间点了，他有没有吃午饭。

她不放心，掏出手机，怕打电话打扰到他，于是选择了发微信消息：宝贝，记得按时吃饭。

与此同时，身在学校会议室的陈屿收到了消息。

由于双方老师太会说话，导致这场活动临近十二点还没结束。

陈屿作为淮大学生会会长，是负责流程介绍和总结的人，他连接了手机蓝牙投屏的PPT界面里，忽然冒出一个消息提示框：宝贝，记得按时吃饭。

众人看到后，纷纷睁大眼睛，惊诧不已，似乎都认为淮大的学生会会长陈屿看起来清冷，没想到也会谈恋爱。

秦墨作为生活部部长，参加了这次两校会议，看着来自林妧学妹的关心问候，宛如CP粉头，笑得一脸满足。

紧接着，台上的屏幕里冒出第二条消息：要不我会心疼哦。

陈屿只是顿了顿，继续从容淡定地讲述流程，两分钟后，毫不拖沓地结束了。

断开蓝牙连接后，他点开，给她回了消息。

他没有诉说她消息造成的尴尬，也没有反驳她那声甜腻的“宝贝”。

他回了：好。

校园里每个人都在忙碌着自己的事情，有青春私事，也有学校公事，唯一相同的，就是头顶太阳的位置，已经从南方逐渐向西。

下午四点，林妧看到学生会群里发出的通知，三十分钟后，在多媒体教室，部长们集合开会。

部长们全体都要去，陈屿身为会长肯定也在。

她想到晚上要一起吃饭，索性来次鱼目混珠，去会议室等开会结束，直接跟陈屿离开。

这么打算着，林妧已经付诸行动，快步跑向了多媒体教室。

位置离得近，十多分钟也就到了。

会议室的门关着，但没锁。

林妧推开门往里看了一眼，就看到一个女生正轻手轻脚地扑向背对着门的陈屿，从那女生伸着手的姿势来看，不难明白她的意图。

——想要偷袭拥抱。

明明已经到了秋天，即使白天都需要穿薄长袖的温度，那女生却只穿了吊带白裙子，裸露肩颈大片肌肤，犹如上好的羊脂玉，刺得人眼疼。

林妧看得愣了神。

等她回过神的时候，才发现那女生是柯佳，而陈屿的耳朵听力向来灵敏，在柯佳得逞前就发觉了，他冷沉着脸，躲开后眼神中满是荒唐和不屑。

会议室的门碰到墙壁，发出一声响动。

听到动静，陈屿迅速望过来，直到看到站在门口的人是林妧，他的眼神一紧，似乎寒寂消融，取而代之的是一丝关心。

柯佳被当面撞破，还是当着林妧的面，不免羞愤交加，从她身边跑了出去。

林妧怔怔地眨了眨眼，空荡的会议室里，那人已经走了过来。

在接收到他担心的神情后，她也算想明白了是怎么回事，心底的占有欲涌了出来。

林妧本想只是提前到会议室，跟他多待一会儿，没想到却撞见了柯佳试图亲近陈屿的一幕。

她几乎无语："……陈屿，你除了我，居然差点让别的女生抱了。"

似乎见她情绪还算稳定，陈屿微蹙的眉头终于平缓，又恢复了往日的沉静，语气没什么起伏地说："没有，差得远。"

她抬眸看着陈屿，还是颇为憋屈地说："柯佳都快要抱住你了，虽然是她偷袭，可我才只抱过你一次。"

接近黄昏的下午四点多，日光不那么强了，微微柔和，带了点若有似无的浅金，斜斜地落在他的脸庞，相比昨晚的朦胧月光，现在更清晰，也更冷淡好看，无声勾人。

这样的陈屿让林妧暂时忘记生气吃醋。

先把柯佳放一边，她此刻脑袋里只有另外的念头。

林妧仰起脸，凑近他，小声软糯地说："陈屿，亲你一下，我应该就不生气了。"

她的声音很轻很糯，应该是害羞，但也透着炙热。

她想亲他，却也尊重他。

所以她问了。

她对待肢体接触会有向往又小心翼翼的态度，是因为对这件事很认真很在意，面对喜欢的陈屿，想进行，也希望他同意。

林妧知道现在早就算不上热，可表明意图之后，身体里像有一团火在烧着她，让她从耳朵到脸颊，都开始发烫，期待又紧张地等待回答。

陈屿眸色漆黑不见底，看着她。

她也在微微仰着脖子看着他。

然后，他喉结滚了滚，伸手撑住她旁边的墙壁，敛眸，气息缓慢压过来。

空无一人的会议室，门开着，从走廊隐约传来远处有人经过时说话的声音，而她什么都不在意，随着他的靠近害羞、紧张、期待，所有情绪混在了一起，却仍在他逼近时，不自觉地闭上了眼。陈屿的唇有些凉，很轻很柔地碰到她的嘴唇，鼻尖交错擦过，一两秒，便分开。

她似乎可以听见他深呼吸的声音。

而后，是他低哑的笑："高兴了？"

林妧的心跳跟这个轻柔克制的吻完全不同，强烈且快，几乎就要从她胸口跳出来。

她的脸和耳朵滚烫，耷拉着睫毛没敢再和陈屿对视。

虽然只是短短一两秒，宛如盛夏荷塘里的蜻蜓点水。

但，陈屿亲了她。

陈屿的目光蕴藏着如暗流般浓厚的情绪，他的手还撑在林妧旁边，她稍稍一动，火热的耳郭隔着长发就会无比亲昵地感知到他手腕微凉又很硬的存在。

第一次吃糖，哪能只吃一两秒就满足。

林妧并不想放过这个好机会，她默默深吸一口气，鼓足了勇气，踮起脚尖，双手同时环住陈屿结实的窄腰，再度寻着他的薄唇吻了上去。

林妧来到会议室，看到柯佳想大胆抱住陈屿的那一幕，其实只是事情的后半段。

实际上，她来这儿的前几分钟，柯佳就已经在了。

柯佳将搜集来的林妧的照片，全部整理好拿给陈屿看。

进会议室前，她特意脱掉了保暖的外衫，展露着引以为傲的身材，试图能入他的眼。

可惜陈屿完全没在意，好似她脱光了，也事不关己。

唯独能吸引他视线的，就只有手机里关于林妩的几张照片。

手机里那些照片，大部分是季绪阳发过的，陌生的也只有两张，是她脸颊、手指沾了奶油，比着“耶”的姿势给男生庆生的聚会合影。陈屿面无表情地扫了一眼，而后有些好笑地冷眼看着柯佳：“你什么意思。”

虽然嘴角有弧度闪过，却并不温和。

嗓音轻淡似风过山巅冰雪，低气压不言而喻。

会议室里窗户开着，阳光洒进来。

眼前的他眉眼冷感，又足以令人为之着迷。

柯佳芳心乱跳，收回展示照片的手机，悄悄紧握住自己没拿手机的另一只手，盯着陈屿，满脸为之不平：“她根本就背着你跟别的男生乱搞，淮京十中从来没人听过她提起你的名字，可见她背着你玩得很花，我不忍心你被她蒙在鼓里，被骗得团团转，陈屿，你还是及时止损的好。”

“这些我都知道，”陈屿漆黑的眸子除了丁点讽刺就是平静，清隽的脸格外薄凉，“哦，对了，顺便提醒你一下，这样并不合法。”

“你——”柯佳愣住，有点诧异他居然知道全部之后，还这样选择。

陈屿懒得纠缠，背过身子给电脑开机，不愿多看，却也摆明态度，语调平稳却也冷漠：“柯佳，劝你别再打听她的过去和隐私，否则，我不介意让你成为对立面的敌人。”

柯佳气噎，僵在原地，半晌后，咬牙：“……陈屿，你疯了。”

他冷淡的脸上毫无情绪起伏，完全不在意她的评价。

而柯佳转头跑了几步，想到凭什么自己追了一年，最后却连个拥抱也得不到，就改了方向。

陈屿以为对方会死心，彻底被打发走了。

没料到往外走了几步的柯佳会突然折返回来，他听到越来越近没有打算停止的脚步声，微微蹙眉，阻止其亲近的意图。

被推开的门碰到墙面，发出轻微的声响。

陈屿掀起冷眸看过去，看到了站在门口的林妩。

柯佳没脸继续待下去，夺门而出。

而林妩回了神，在他过来后，向他讨要一个亲亲。

接吻这件事，陈屿并没有给任何人机会实践过。

但她要求，他便做了。

双唇一触即离，甜丝丝的润唇膏味道，从她柔软温热的唇畔被他呼吸带走，进入躁动难安的躯体。

好不容易，陈屿控制着自己别一点即燃，不停地告诫自己点到为止，千万千万不要吓到她。

但她呢？她像只偷了腥的小猫不知餍足，居然抱着他的腰再次吻了过来。

这次，她大了胆子，不再只是嘴唇贴在一起，而是尝试开启更深的领域。

温热的鼻息重新交融纠缠，难舍难分。

她抱着陈屿腰部的双手不自觉地抓紧，他腰带上方的衬衣布料，呈现出一道道细小暧昧的褶皱痕迹。

清冽的气息，干干净净，是属于陈屿的。

林妧心脏跳动得像要冲破胸口，真正尝试过后感觉快要羞死了，脸、耳朵、脖颈，甚至任何一处都在发热，整个人像是要沸腾。

初次尝试，她生涩稚嫩，感受到他明显地僵了一下，开始担心起那人喜不喜欢自己这样。

要不……别太过分了。

今天算是吻过了，下次再说。

抱着这样的羞赧念头，在他还没做出反应前，林妧临阵退缩，再没了刚才的勇气。

只是她才稍稍离开，后背就被陈屿用手掌一把按住。

她睫毛惊颤，觉得被他按住的位置，布满炙热，来势汹汹。

陈屿已经按着她的脊背，将她拉进怀里，牢牢贴着彼此，哪儿也去不了。

他克制着堵住了她的呼吸，彻底吻了下来。

窗户外面的黄色叶子在寒风中一片又一片地掉落进褐色的泥土里，会议室里的温度却越来越高，仿佛回到了盛夏时节，穿着长袖也能感觉到薄汗滚落。

走廊上有人慢慢靠近，伴随着秦墨和郑谦极具辨识度的声音。

是学生会的那些部长来了。

终究是女孩子，再想继续亲也脸皮薄。

林妧不断缩着身子，终于暂停了这个吻。

因为做贼心虚，也忘了原本想坐在会议室等陈屿的初衷，眼下，她只想赶快逃离这个暧昧的氛围。

来不及多说什么，她就挣脱了他的怀抱，脸红心跳地跑了出去，太过慌张，又是往外走，无可避免地被秦墨撞见。

秦墨刚准备拐进会议室，在走廊见到她，愣了一下，笑着打招呼："学妹，你怎么也来这儿了？等会长？"

林妧抿了抿潮湿的嘴唇，结巴地道："不、不是，我来开会。"

"啊？"

秦墨挠挠头，问她："不是部长级别才来吗，而且会还没开呢，你怎么就要走了？"

"去卫生间！"

林妧没再解释，狂奔下了楼，任凭秦墨提醒喊了句："下楼干吗？这层就有卫生间啊！"

喊完之后，秦墨想起，自己忘了问她秋季运动会的海报制作进度。

唉，算了，反正下周才交，而且还有任静托底。

林妧一口气跑出了会议楼，呼吸着新鲜空气。唇畔已经干了，不再像刚刚逃出来时那样凉丝丝的。

她觉得自己的心脏今天辛苦了，连续跳得那么急促，超出了平时的状态。

原本只是想调戏陈屿，可真亲起来，即便都很青涩，弱势的那方却是她。

要是以后做起别的来，会不会也很凶猛，让她无力招架啊？

今天陈屿应该也听到了秦墨他们的声音，才松了禁锢，把她从怀里放出来，如果不是的话，说不定她还沉浸其中。

不过有一说一。

和喜欢的人接吻原来是这种感觉。

实在很迷幻。

林妧反思自己的手有没有过分，好像除了抱着陈屿的后腰，就是揪着他的衣服，没做更嚣张的事。

他确实有一个好腰。

劲瘦结实，不光好看，隔着布料还能感受到淡淡的温度，就是不知道什么情况下可以去除布料，毫无阻挡地碰上去。

想到这儿，脑袋里冒出许许多多的奇怪画面。

她咽了下喉咙，往宿舍走着，顺便用手给自己扇扇风，因为稍稍好转些的脸再度滚热起来。

大学就是社会的缩影，而在这个社会里，有许多团体，学生会无疑是最受学校重视的，也是最辛苦的。有付出就有相应的回报，校领导决定奖励这些贡献突出的佼佼者——年末学校公费派他们去南岛学习顺便旅游，仅限于各部门的部长和会长。

南岛距离淮京太过遥远，寒假不能见陈屿，分隔两地，绝对是件很痛苦的事。

林妧决心晚上吃饭时探探陈屿的口风，看看是否存在一起去游玩培训的机会。

陈屿给她发消息说会议刚结束时，窗外晚霞暗红，她看了看时间，差不多下午六点。

这个时间吃晚饭正合适。

情侣约会吃饭要逃离学校食堂才能享受真正的自由，没同学认识，不会被八卦。

餐厅林妧早就选好了，淮京本地特色菜，清淡为主，就在学校和陈家老宅中间的位置，她把位置发给陈屿询问要不要去这里。

陈屿对吃的向来没什么要求，对于他来说，吃东西只是补充能量的途径而已。

他收到餐厅名称和地点后，几乎没看，就答应了。

传统中式装修风格，小桥流水在一楼，二楼则分为翠竹、红梅、荷塘三个区域。

林妧挑了人最少的荷塘区。

饭菜上来，整个吃饭期间她都想着寒假去南岛的事。

等好不容易吃完擦干净嘴巴，她喝了杯陈屿倒的花茶，口腔里溢满清香，很干爽惬意，而后问："听说南岛风景很好，学校给的名额是固定的吗？"

作为去年寒假就参加过这项福利活动的人，陈屿表现得十分平淡，似乎兴趣不大。他修长干净的手放下瓷白茶盏，说了一句："你想去。"

林妧自认为委婉，但居然一开口就暴露了意图。

自己表现得这么明显吗？

既然这样，索性坦白，林妧不再遮掩，恢复打直球的风格："就是好奇寒假能不能带家属之类的，女朋友怎么也算半个家属，我可以自费！"

"可以。"

"真的？"

她刚要雀跃，陈屿的目光就落在她脸上，淡淡地补充说："还有一个月就是期中考试，好好准备，成绩全A就破例带你去。"

林妧原本弯起的笑，半路平了回去。

她在贴吧爆料里看到过，陈屿当初是以优异的成绩被淮京大学录取的，妥妥的天之骄子。

不想显得自己太弱，林妧犹豫了一下，勉强道："B行不行啊，其实别的考试和论文也还好，就唯独一科，我数学有点弱，高考拖了快二十分……"

声音越说越小，最后几乎听不到。她真的是踩着淮京大学录取线的尾巴侥幸进来的。

"高数期中考试卷子不会太难，基础题占大半，拔高题理解不了可以直接背题。"他简单利落，教给她方法。

就算不是这次期中考试，以后类似题也能这样靠记忆拿分，不至于一筹莫展。

茶香飘散氤氲过他沉静好看的眉眼，简直勾人于无形。

心念不由得一动。

她撑着桌子朝对方靠近，足够近后，偏头猝不及防地朝他冰凉的嘴角亲了上去。

"贿赂一下，你去年的期中考试卷还有没有留着？"

他倏地抬起幽深如夜的眸子。

她微笑着，脸上几乎带着小狐狸的狡黠，柔声道："有的话借我，提前背题用。"

已经深秋了，夜晚灯光照亮道路院墙，周边树梢的叶子泛黄干枯，掉落大半，唯独凌霄花肆意攀爬盛开，宛如夺目的秋美人。

陈屿开门进去。

与此同时，她偷偷快速地瞧了一眼，看到了院中灯盏下，黑漆漆的荷塘边有两个身影。

灯光明亮，可以清楚辨别出是一个穿高跟鞋的女人，另一个是佝偻着腰的老爷子。

门没完全关上，留了条缝，方便陈屿边找试卷边照看她周全。

几分钟后，林妧正等着陈屿出来，身侧突然传来一声惊叹，而后就是一道爽朗悦耳的男生嗓音：“喂，你在这儿干什么？”

突然出现的声音吓得她肩膀一颤，身子都缩了缩。

林妧稳住情绪，深吸口气，转头看向声音的来源。

距离她几步外的男生拉下口罩，虽染着五彩斑斓的彩虹头发却并不显得浮夸，反而挺青春亮眼，她觉得主要还是因为沈如洲这张足以被称为偶像的脸。

沈如洲看到是她之后，笑了：“原来是假青梅学妹，大晚上的，你追陈屿都追到这儿来了？”

说着话，沈如洲重新拉上口罩，也往旁边站了站，拉开比社交距离还远些的安全距离。

毕竟现在《天选之子》选秀节目里人气最高、最有望夺得冠军的选手就是他。虽说下车时注意了四周没有狗仔跟拍，但万一被有心人拍下自己跟女生近距离同框，那就是大事件了。

林妧没那么多想法，她只把对方当作陈屿的朋友。如果非要再想点关系，那就是发小杨倪是他新粉一枚。

她怕被院里的人听见，忙做出噤声的手势，往旁边挪：“小点声，我在等陈屿，他爷爷和姑姑都在院里。”

陈屿还没出来，她可不能被发现。

清幽的院子里亮着灯。

陈婉弯腰，正往水池里放着新买来的两条红色锦鲤，荷花池里的鱼不是金色就是黑色，买来红色添添喜气，也能给老爷子多一道新鲜风景解解闷。

门外，林妧停在旁边的拐角处，再走就是隔着磨砂玻璃亮着灯的花店。

陈家宅院里没人开门出来查看动静，她松了口气。

灯光下，她睫毛纤长，唇红肤白。

沈如洲愣了一下。

回过神来后，沈如洲戴着口罩的帅脸笑呵呵，站得不近，嘴上却说着玩笑的话：“知道陈家老爷子可怕，还敢来这儿，勇气可嘉啊。怎么就没漂亮妹妹像你这么追陈屿似的追我呢。”

“你的粉丝迷妹们肯定也愿意。”

林妧出于礼貌互捧。

深幽院内。

外面的灯光从大门留出的缝隙中完全照进来，没有那道纤秀的身影。

陈屿微蹙着眉，定格一瞬在窗口，眯起眼睛仔细寻找，但依然没能看见那人的半点影子。

他没犹豫，随即放下手里的旧书籍和试卷。

老爷子的屁股刚在客厅餐桌前坐下，陈屿就已经从房里出来直奔院门口。

老爷子一愣，喊他："不吃饭了？"

陈屿头也不回地快速说着："在外面吃过了，我出去一下。"

话音落下，院子大门打开，紧接着关上。

此刻，外面拐角处的林妧不知道他会担心着急，正百无聊赖地等着他，顺便跟来找他的沈如洲问了几句比赛的趣事。

陈屿从院落出来，左右环顾，很快他的目光精准地落向远处两个有说有笑的身影上。

林妧这边谈话被打断，是因为她看到了出来的陈屿。

她扬起笑，眼里便只剩他了，刚想夸自己没被院子里他的姑姑和爷爷发现。

他先一步开了口，牵起她的手："去我房间等。"

林妧定住身子，眨了眨眼。居然还有这种好事，她乐意之至啊。

"哦，好。"她脸上是清纯懵懂的神情，心里是暗爽与紧张。

看到两个人亲密牵手宛如情侣，沈如洲愣了一下。

陈屿进院子前，见沈如洲还没动，不知为何气压有些低，喊："怎么，也要我过去牵你？"

"不、不用。"

沈如洲即刻回神，大步跟上。

进院子时，陈屿走在她右侧，正是靠近客厅位置的方向。

他身形颀长，平时看着清瘦，但并不属于病弱美人的类型，况且男女体型有差异，林妧整个人很容易就被他遮挡，蒙混进去。

客厅里一前一后传来两道询问声。

“谁来了？”

“小屿，哪个朋友来了？”

陈屿将她藏进自己房间，关上房门的同时，还拽着没完全明白过来的沈如洲在院子里露面。

沉沉夜色下，他语气平静没什么起伏：“爷爷，姑姑，是沈如洲来了。”

人老了便喜欢家里热闹，尤其晚辈来了，就要拉着品鉴新买的茶叶，再在饭桌上讲讲以前的经历。

陈老爷子奉行的是严以律己，宽以待人。从他对沈如洲和陈屿的态度就能看出来，一个似夏天热络，一个如寒冬苛刻。

在老爷子眼里，毕竟沈如洲是别人家的孩子，父母都在，家里也不缺钱，乐呵呵过着少爷日子就可以了。

陈屿则不一样，他是自家孩子，肩上要扛的东西很多，陈家落败至此，总需要有人重新撑起来，老爷子最殷切的希望，就是能看到陈屿出人头地。

陈屿知道老爷子的脾气秉性，所以，他才会把沈如洲拉到院子里，让老爷子看到。

就这样，沈如洲被老爷子扣在桌边吃饭聊天。

陈屿则微微笑了笑，回到自己的房间。

房间的门关着。

林妧正站在实木雕花的长桌前，看着旁边书架上摆着许多书本资料和写过毛笔字的宣纸以及用品。

虽然上次来过这里，但那次只为送爱心餐，没来得及多停留打量。

这是陈屿的房间，字大概是他平时写的。

她小心翼翼地端详起来，一页接着一页。

而后不得不承认，这字写得锋利又好看，就像陈屿给人的感觉一样，棱角分明，端正难攀。

房间里静悄悄的，可以听见外面的脚步声越来越近。

林妧不确定是不是陈屿，于是连忙按下好奇，往卧室的帘后躲了躲。

房门被打开，她半咬着唇探头去看，是陈屿。

她心里的紧张感骤然被欢喜取代。

“沈如洲呢？”林妧小声问了句。

陈屿走到书架前，搬下未找的另一批，低眸继续找着：“陪爷爷吃饭说话，起码要半个小时才能过来。”

她看他似乎对此习以为常，猜想沈如洲平时应该没少过来。

林妧安静地站在他身边。

一本高数题型汇总被翻出来，订着书钉，应该是自己打印总结的。林妧偏头看着，夸他：“你规整得好全啊。”

“高考完那个月，闲着没事就预习了，列出了这些，试卷没有这个全。”

陈屿说着把其余的整理回书架，修长的手将那本汇总题递到她眼前：“你的了。”

失神片刻，林妧看着手里的资料，喃喃道：“我好像可以理解，同样都是三百六十五天，为什么你能做很多事了。”

陈屿抬眸，沉静地看着她。

“你效率真的很高。”林妧问，“谈恋爱也会这样吗？追求效率，当天牵手，一周接吻，一个月……”

后面的半句，她有点说不出口。

顿了顿，停了好一会儿。

“什么？”他笑了下，很轻，好像只是随口一问。

明明半个字都没多说，却让她不自觉地想歪。

“咳……没什么，我先研究研究题吧。”

林妧觉得尴尬，因为她后知后觉地意识到，好像从一开始的牵手，再到接吻，陈屿什么都没做，全是自己撩拨的他。

前几道题姑且还能静下心来慢慢抠思路和细节，到了第二页时，她脑袋里已经一团乱，直接放弃理解，开始背解题思路了。

又一页，繁多的记忆在短时间内混成一团，让人越发昏沉发困。

十几分钟后，陈屿在电脑前给滕华娱乐的制作人老师发去 demo（录音样带），约定好去录音棚的时间，忙完这一切，转过头去看。

林妧背对着他，安安静静，完全没有响动。

他起身走过去，结果看到她闭着眼趴在桌上，呼吸声均匀绵长，不知何时睡着了。

陈屿坐在她旁边，嘴角无声地扬了扬。

到底是多么抵触高数题，才能在有答案的情况下，还睡着了。

纵然想让她把学业搞好，但还是不忍喊醒睡着的她。

陈屿没打扰林妧，又怕姑姑进来一眼瞧见，便将灯关了。

为了让她睡得舒服点，也不至于大动作将她惊醒，他轻扶起她的脑袋和脖颈，靠在自己肩膀上。

在安静的黑暗中，温柔一片。

陈屿却觉得，这比任何一个忙碌的白昼，都让他心神充实安宁。

林妧在有人推门发出响动时醒来，发现自己靠着陈屿的肩膀，睫毛轻轻动了动，本能地有点不太想起来。

看到进来的人是沈如洲，正一脸吃狗粮的表情看着她和陈屿，林妧立刻坐直了身子。

林妧稍稍缓了缓神，低头再去看题，发现眼前的每道题的知识点都似曾相识，让她有点忘了自己是研究到了第十八题还是第十九题。

沈如洲像应酬累极了的样子，大大咧咧地瘫坐在桌对面，也没精力耍花腔了，直接开门见山："陈屿，你单曲就弄个封面，不准备拍 MV 或露脸吗？"

"嗯。"

"其实可以录个 MV，我做你男主角，帮你免费宣传，现在哥的人气可高了。"

"不是因为看好音源？"陈屿直戳重点。

沈如洲顿了一下，笑："当然，知道你出曲子必属精品，不过我免费做你单曲的男主角你也不吃亏。"

"可以，你跟滕华娱乐的高层说吧，成品给我看一眼就行。"

陈屿的意思，拍 MV 随意，但他没兴趣，也不想参与。

只要 MV 故事别太离谱。

林妧单手托腮听着，觉得很好。

她私心作祟，不太想陈屿出镜或者露脸，倒不是怕他被很多女生喜欢，而是发曲子可以用艺名，很少有人知道陈屿的信息，露脸相当于暴露了个人真实信息，现在互联网时代，万一被某些私生饭追到学校，想安稳正常生活都会困难吧。

这时，外面传来高跟鞋停留的声音，一个女人温和地喊了句："小屿，我走了。"

林妧屏住呼吸，猜测应该是陈屿的姑姑。

陈屿应了声，起身之际，对她低低说："我送姑姑到院门口，很快回来。"

沈如洲也起身，站到房门口跟姑姑挥了挥手。

等挥完手再回来，沈如洲坐到林妧对面的椅子上，趁着陈屿不在，好奇地问："你真搞定陈屿了？"

她点点头，没有用"搞定"这两个字，觉得不太认真，而是换了个说法："嗯，我们在一起了。"

沈如洲笑道："看到陈屿主动牵女生的手，我还挺诧异的，不过，你俩能在一起好像也是意料之中的事。"

林妧问他："你跟陈屿关系很好吗？"

"当然了。"沈如洲指了指院门的方向，"你来的时候看见旁边那家花店和那片绿地没，那之前是我家的，只不过现在卖了才改成了花店和绿地。我跟陈屿从小一起长大，算是发小，他的事我基本都知道。"

林妧懂了，相当于自己和杨倪的关系。

她赶忙请求："那你跟我讲讲他家吧？感觉挺有故事的。"

"这个啊，也不是不行，毕竟你俩都这关系了。"沈如洲犹豫了一下，想简短扼要些，"嗯……怎么说呢，确实和普通家庭不一样。"

她很感兴趣，催促道："快说快说。"等会儿陈屿可就回来了。

沈如洲叹息一声，拣着重点简单说了说。

原来，陈屿的爸爸是个企业家，叫陈文辉。陈屿七岁时家里出了变故，就剩下姑姑和爷爷。老爷子对他要求严格，有次陈屿差了几分与年级第一失之交臂，老爷子就罚他在凌霄树前的雪地里面壁思过。

"你懂那种感觉吗，就是明明已经考得很好了，但不是第一就不行。反正从小到大，陈屿一直被这么严苛要求。"沈如洲总结。

闻言，林妧微微皱眉，有点心疼。

沈如洲又说："不过确实有用，陈屿原本的高考目标是淮大艺术系，因为艺考容易通过些，但因为考试那天被人故意找事，所以艺考缺席了，他呢，还是凭着自身过硬的实力通过文化成绩考上淮京大学。这些年他一直想赚钱投资，想要以此为敲门砖，找个赏识自己的人合作。"

顿了顿，喝了口杯里的热茶，沈如洲继续："不说远的了，说说近的，知道为什么陈屿选淮大吗？因为淮大的奖学金在几所大学里是最高的，而他正需要钱。"

林妧："这次发单曲也是？"

"当然了，相比投入成本会有身无分文的风险，娱乐圈赚快钱，是最稳妥容易的。只要歌曲制作完，再等审核一过，应该没几天就能上线平台了。”

沈如洲认真补充：“我觉得陈屿有魅力的地方，除了长得帅，还在于所有人都在争着追求白富美，然而人家压根儿就看不上。不屑靠温柔乡上位，孤冷风范，他只信自己的实力。当他有了足够的本钱入股投资公司，应该用不了几年就能混得风生水起了吧。你呀，眼光很好，等着以后做新贵夫人吧。”

她轻描淡写地一笑，反而没那么开心。

林妧在默默心疼陈屿的成长经历，同时，也感觉到了自己的不足。

在上大学前，她把大学当作明确的目标。而进入大学后，她不知道怎样过没有标准答案的人生。

见到林妧一脸还在消化接受的懵懂模样，沈如洲吸了口气，嘴动了动，本来想再多讲讲陈家那位老爷子的怪脾气，又觉得一次说太多，对眼前这位姑娘来说太沉重了。

万一吓跑了，陈屿找他要人没办法交代。

所以，暂时言尽于此。

两人要长长久久在一起的话，无论是陈屿刻在骨子里要夺回原本属于父母的东西的执念，还是老爷子在陈屿真正成为陈家主人前的极端管制，对两人来说都是挑战。

日后他们要面临的选择和事情都不会少。

沈如洲走的时候，老爷子屋里的灯还没熄。

林妧暂时躲在房里。

那边，陈屿很快把沈如洲送出去，院门打开的声响传来。

而后，老爷子屋里的灯也暗了。

夜晚清辉冷凝，微凉且温柔，静谧得好像只剩她清醒着。

林妧的目光落在陈屿的床上，洁白如同主人一样冷淡。

她忽然觉得脚下有些烫似的，站也不是，留也不对。

要不——

亲一下就走吧？

她在心里对自己说。

坐立难安之际，林妧在书架右下角不起眼的格子里，发现了一包未开封的香烟和一枚打火机。

她从来没见过陈屿抽烟，也没在他身上闻见过烟味。

所以，这是谁的？

她疑惑地眨了眨眼。

接着，大门被关上的声音隔着院子里晃动的树影有些模糊地传到她的耳朵里。

陈屿穿过院子回来了。

林妧指了指书架角落说：“那里有包烟，你不抽烟的，应该是沈如洲留下的吧？”

陈屿低眸，唇线抿直。

他没承认，也没否认，那烟是他的。

陈屿没说话，只来到她面前。

房里的灯光更亮，将从夜色中走来的他照得更清晰。

鼻梁高挺，下颌轮廓清隽凌厉，冷淡感十足的气质，长相端正又充满侵略性。

“话说回来，这张脸这么帅，性子好，不抽烟，也不酗酒，真是好适合做老公。”

林妧由衷地夸赞。

她想亲近的心思越发浓烈，弯起唇想踮脚凑近。他却没注意到她，还在理智地想着以后的事，先开口报备：“明天去录音，大概两周后事情会变多，陪你的时间可能就会少些。”

于是，她收回了自己那点旖旎的小想法，将刚刚抬起些许距离的脚跟放回地面，无事发生般垂眸，合上面前的高数题，说：“没关系，你的正事比较重要。”

这话夹杂了点小别扭。

陈屿很快发现眼前的她安静地耷拉着眼尾，情绪隐约不是很高。

静默一两秒，他伸手将她揽进怀里，似是笑了下，淡淡的声线难得裹满温柔：“谁说你就不算我的正事了。”

林妧头枕在他胸口，很贪恋他的怀抱。

她有些自卑，不喜欢这样的自己，于是坦白地问：“陈屿，感觉跟你一比，我好没抱负。你会不会觉得我太差，哪天嫌弃我就不喜欢了？”

不是夸张，她是怕自己跟不上他太快、不容慢下来的节奏步调，最后成为累赘，被无奈放弃掉。

陈屿从容地接话：“沈如洲跟你说了什么。”

不是疑问句，而是肯定句。

他又轻拍了两下她的后背，以此安慰她说出来。

冷感的陈屿一旦温柔起来，林妧觉得他要是想要天上的月亮，自己也会端个盆倒满水，力所能及地把水中的月亮给他。

她摇摇头，没有隐瞒："是我好奇，问了问关于你的事，没想到你比我想象中还要强。你早早就开始挣钱筹谋一切，而我十八岁了，还是个只会向家里要生活费，再普通不过的女生。"

林妧对自己的认知挺清晰。

她就一张脸蛋和满腔善良还拿得出手，除此之外，没有超人的智慧，也没有优渥的家境，心里很想帮他，可想来想去，自己这点能力够帮什么，就怕越帮越忙。

想到这里，她就忍不住感到失落。

陈屿将下颌搁在她头顶，有条不紊地逐一认真回答："为什么要求你很强呢？我从来都没有想过另一半是女强人。我喜欢你，只是因为你给我的感觉，跟那些抱负和理想无关。

"那不是光环，是枷锁，会很累。

"我希望你随心所欲开心地生活，想做什么尽管做，不想做就不做。

"别的不重要，因为我在意的，就只是你这个人而已。"

物质他可以想办法弄到手。但治愈的爱，需要她来给。

他的话让林妧微怔，心里的大石头成功落下。

"说得真好，奖励你。"她说了声，而后抓着他腰间的衣服，闭眼踮起脚，吻过去。

用身体的正面，毫无距离紧靠着他。

她的手拽出他的衣角，从露出的位置绕进触碰，手挨到了腰间肌理分明的健康紧实。

她在试探，也是在满足自己的好奇，很想知道那么好看的窄腰，不隔着衣服抱上去是什么感觉。

这个举动她自己都没预料到，是临时起意。

他可以拒绝，可以躲，但他却站着没动。

他唇畔被湿甜的气息沾染，感受到那双越过衣物阻碍的温软小手，不由得喉间的弧线滑动。

在林妧想浅尝辄止收回手告别离开前，陈屿已经抓住她的腰肢，将她往怀里一按，单手托住她的后脑勺，低头，重重地将尚且浅浅撩拨的亲吻深深进行下去。

他托着她的脑袋和脖颈，指缝间是她的发丝。

林妧只觉得他的手指好长，好热。

蜜桃和雪松的气息交织，掺杂在空气里。

门开着，空气是凉的，但两人却越来越热。

直到夜里老爷子似乎受凉咳嗽了几声，两人才拉回神思。

陈屿松开那张甘洌微甜的嘴，她随即唇瓣艳红地张着，轻轻呼吸着。

然后是如同小狐狸般的微笑，因为她感知到他的变化。她知道，那是独属于男生热烈时的侵略感。

外面老爷子咳嗽过后，没了动静，应该是继续睡了。

林妧知道在这里做不成什么更过分的事，她也不想折磨陈屿，所以缓过来呼吸后，说：“我就先回去了。”

“好。”陈屿闭了下眼，又去衣柜拿了件衣服给她穿上。

林妧配合地伸胳膊穿衣服，双眸微垂。

林妧脸烫得不行，只能尽力装作什么也没发生，穿好衣服后，她拿起那本高数题合集：“谢谢你的题了。”

“送你回去。”陈屿表情冷淡，却略哑着嗓音回答。

他送她回了学校。

下车之后，林妧跟陈屿抱了下，才往学校里走。

只要学生会的事情不多，陈屿都会回老宅过夜，毕竟老爷子年纪大了，能多在他身边待着，总是有个照应。

林妧已经摸清了这个规律，想知道陈屿晚上睡哪里，看学生会工作安排就知道了。

林妧正往学校走着。校门旁边正跟舍友吃章鱼小丸子的杨倪，围观了拥抱分别的全过程。

杨倪实在没忍住，和室友们说了一声，就跑向林妧。她凑近林妧，钦佩且诧异地问：“你跟陈屿，什么时候真发展到这种关系了？”

林妧一乐：“前几天就说了，但有人当我是说梦话来着。”

杨倪竖起大拇指，意思是这么难搞也能搞定，属实牛。肯定完，她又发出邀请：“今晚我们宿舍去唱歌，通宵，为四级考试解压，去吗？”

“不了。”林妧抱着怀里的高数题，叹息，“还得学习，为了期中考试成绩全得A。”

“哟，学习这么有干劲，士别三日当刮目相看啊，准备拿奖学金还是考研？”杨倪笑眯眯地问。

林妧摇头，说：“都不是，这次期中考试全得A，寒假我才能跟陈屿一起去南岛。”

和杨倪聊了几句后分开，林妧回到宿舍洗漱，拿着高数题上床，背着背着忽然想起沈如洲提到的陈屿父亲的名字。

她放下高数题，拿起手机开始搜索陈文辉这个名字。

具体是哪个字她也不知道，但好在输入后搜索出来的资料证明名字是对的。

陈文辉这个名字，在很多词条里都有出现，大多是一些陈年案例。

其中，有个百万粉丝博主，ID是商界小八卦，介绍得最详细。

陈文辉是淮京梅山曾经的执行董事兼总经理，也是法定代表人。

他因为签了有陷阱的合同，在极大的压力下，醉酒车祸去世，而接任他职位并获得他手里所有股份的人，就是他当年的合作伙伴霍宏。

这件事当年闹得沸沸扬扬，有人说霍宏坑了所谓的合作伙伴，有人说霍宏讲义气，临危受命扛起淮京梅山，才有了现今的海众集团。

林妧看完，好像也理解了陈屿为什么一直搞事业，没轻易谈恋爱了。

那件事的真相，大概是霍宏坑了陈文辉。

难怪陈家老爷子对陈屿从小严苛要求，为的就是争口气。

这几天，林妧都很忙。

秋季运动会在即，班里没几个同学报名，辅导员特意嘱咐她，找几个班委每人报个项目，再动员班里的同学。

林妧要忙着复习，还要处理学生会的一些日常琐事，以及报名运动会的事，结果就把任静学姐之前转告她的秋季运动会海报的事忘得干干净净了。

下午一点半，林妧在学生会办公室安静复习时，收到秦墨部长的微信消息，才恍然想起来。

距离交海报还剩半个小时。

她转头，看向一旁正浏览新闻网页的陈屿，虽然海报这种小事，从来都不经他的手，但他应该有这个技能。

林妧把陈屿当救兵，凑过去，有点不好意思地说：“亲爱的……我作为班长必须得报个运动会项目，还得负责拉人，我又得背题，一时给忘了要做秋季运动会海报的事，还有半个小时就要交了，交不出会被秦部长说的。会长大人可不可以帮帮忙？相信对你来说，半个小时肯定就够了。”

陈屿神情淡淡的，好笑地看着她：“部长给你的任务，你倒是敢直接扔给会长了？帮你做有什么好处？”

“……让你摸摸？”

她眉眼弯弯，鼓起勇气调戏他。

陈屿眼皮跳了下，看了她一眼，没说话，只嘴角无声勾了下，像不在意，又像先欠着。他坐下开始替她快速熟练地生成秋季运动会海报。

当海报传到秦墨手机里时，秦墨觉得学妹果然没有辜负自己的期望。

这海报的审美，一下子就提升上来了。

操场音响播放着 *Look At Me Now*（《看看现在的我》），周遭的几千个座位全坐满，人山人海。林妧换完运动服往班级位置走，不小心踩到一个男生的脚，她往前踉跄了两步，嘴上弯出歉意的笑，忙说着对不起。

被踩的男生看清楚她的模样后愣了愣，红着脸说没关系。

上午九点整，运动会正式开始了。

这次运动会参赛人数较多，除了因为每个班必须出全套项目参赛选手，还因为淮大联合了另一所高校——外国语学校，共同举行所谓“友谊第一比赛第二”的秋季运动会。

两个学校参赛与观赛的人数加起来，操场能坐下就不错了。

运动会的主持人是大三学长周德志，他联合本校学生会的人准备得非常充分，还提前准备了各种律动歌曲，帮助大家燃起激情。操场旁边的电子屏循环播放着淮大近些年的成就，供来参加运动会的外国语学校的同学了解淮大的文化底蕴。

林妧宿舍的人为支持班长工作都参加了短跑。

短跑中后期的路程，林妧明显吃力落在后面，她太久不运动，落在后面也不奇怪。

不过无所谓，她只是出人头陪跑，不指望拿奖牌。

临近终点，她旁边出现了陈屿的身影。

他今天没穿学生会制服，而是穿着白衬衣和长西裤，还穿了件修身的黑色正装外套，搭配他清隽的脸，像杂志里的精英男模，仿佛稍后要参加商务活动。

幸亏领带还没系，就拿在手里，不然她真的会放弃比赛，直接绕过终点线直奔草坪。

林妧眼前一亮，心里欣喜，刺激出内在潜力，加速了几十米，超越了倒数第二和倒数第三，没成为垫底的人。

她气喘吁吁，跑过终点后就浑身卸了力，一头扎进陈屿怀里，雪松冷冽的味道传来。

柔软的腰被揽住，他的手臂强壮，让她很有安全感，想要放松依赖。

陈屿抱着她，声音从头顶传到耳朵："要走一走再停。"

剧烈运动后，要走着慢下来，对心脏比较好。

体育老师也拿着大喇叭不停地强调。

"好吧，那就这样走走。"她耍赖般，就是不从他怀里起来，脑袋拱在他怀里，往前顶着走。

陈屿无奈，只能好脾气地任她抱着，配合地往后退着走。

十几秒后，他笑着说："再不松手，我就被你顶到跑道上去了。"

"哪有。"她这才依依不舍地松开手，从他怀里出来。

学生会的男干事搬来了一箱水，放到林妧班级前面，说着："会长请大家喝的啊。"

"大家辛苦了。"

陈屿微笑应着，同时弯腰伸手拿了一瓶，拧开盖子递到林妧手里。

然后，他大手轻抚了下她的马尾，说着："最近要拜访的人有点多，我临时挤了点时间才过来的，现在得赶过去，先走了。"

清冷，却夹杂着温柔。

林妧点点头："好，路上慢点。"

班里的同学也热情地挥手："谢谢会长！会长再见！"

接下来是男子长跑比赛，林妧坐在班级的队伍里，喝着水，打算一会儿给学校的男选手们喊加油。

这时，有个穿着大红色运动服的男生来到她面前。

林妧抬眸，认出这人是赵磊。

文艺会演那天，两人在花店偶遇，他还被董晨打了一拳。虽然对方选择懦弱地逃离，但她没有怪他，因为没抱希望，只当点头之交来相处。

赵磊似乎鼓足了勇气才过来，脸上的表情有些惭愧。他挠挠头，也有点尴尬，但还是鼓起勇气说："那天……对不起啊，林妧学妹。"

"哦，没事，我都忘了。"林妧收回看他的目光。

赵磊刚准备再说几句道歉的话，那边跑道上的男同学朝他喊着："赵磊！你跑不跑了！快来集合啊，体育老师在数人呢！”

“马上来！”

赵磊应着，回过头发现她已经离开，正走下观众席位的台阶，扎起的长发摆动，像抓不住的美好流星划痕。

不是他这种懦弱的男生能企及的。

秋季运动会落幕。

学校所有人都专注于即将到来的期中考试，就连最爱玩的那些男生也啃起了书本，祈祷不要挂科。

林妧为了全部成绩拿A，除了要练习体育课教的强身健体太极拳招式，还要巩固复习其他各科的知识点。

虽然任重道远，但为了寒假和陈屿一起出去玩，她很乐意坚持。

宿舍是休息娱乐放松的地方，气氛不适合学习。

如此一来，她成了自习室的常客，早出晚归形成习惯，也不熬夜玩手机，晚上睡觉时会听听陈屿新上线的单曲。

陈屿出单曲没用本名，而是取了一个艺名“Yu”。

每晚和他用微信聊几句，熄灯后听着他的声音安稳入睡，林妧的精神好了不少。

周五下午没课。

林妧接到了郝文双打来的电话，说和林妧的爸爸一起回家了，林妧的爸爸吃过晚饭后还要赶飞机回去。她忙抓紧时间，收拾了复习资料决定回去和全家团聚。

上了公交车，两站地之后下车，熟悉的家近在眼前。

拿出钥匙开门进去，林妧在客厅沙发上看到了许久未回来的父亲。

然后，她把复习资料随意搁在鞋柜上，跑着去坐到父亲身边。

林妧歪着脑袋，问：“爸，你今晚吃了饭就又走啊？多待几天行不行，我马上就要期中考试了。”

林国平眼角的皱纹一笑就明显起来：“快半年没见面了，可算见到我宝贝女儿了。我也想多待，但那边离不开人，所有岗位一个萝卜一个坑，只等着熬到退休，再好好在家待着了。”

“好吧。”她失望地叹息一声，继而亲昵地挽住林国平的胳膊，笑，“爸，我和同学约好了，如果这次期中考试成绩全A，寒假的时候就去南岛玩，能赞助一下吗？”

林妧的小狐狸尾巴无形地来回摆动。

她虽然存了点零花钱，但总担心不够用，难得逮到爸爸一次，提要求应该不会被拒绝。

林国平如她料想中一样，颇为宠溺地看了她一眼，松口："有人跟你结伴还行，等成绩出来，如果全是A，爸爸立马赞助你。算是奖励你大学也没贪玩松懈，这精神确实值得表扬。"

他平时在家时间少，但很爱妻子和女儿。

他送妻子郝文双回淮京一趟，也只能待半天，却特意在机场附近的商场给林妧买了两条新的针织裙子，还有新手机。

林妧开心极了。

这下真是万事俱备只欠考试全A的东风了。

只希望，有个好成绩。

下午做完复习题，林妧听着陈屿新发布的单曲，好奇地看了看平台点播排名。

和两周前刚推出时还要靠着MV男主是沈如洲来吸引听众的情况不同，现在不单MV挂在热播榜单，就连歌曲音频也已经冲进了畅销音乐排行榜。

大概能赚不少钱吧？她心里替他开心。

周一最先迎来的是体育考试，内容是流畅无误地打一遍太极拳。

这半学期，体育老师秉着强身健体的目标，跟学校申请体育课改练习太极拳。

林妧在这方面有点弱。

一套太极拳打下来，动作磕磕绊绊，不算太流畅。

好在体育老师跟她这个小班长熟络，念在她招式都对，就是慢了点，于是高抬贵手，放她通过了。

考完所有科目出成绩的那天，也是陈屿竞标投资公司结束的日子。

林妧陪着杨倪在超市买东西，看到辅导员在群里通知成绩已出，便用手机登录学校内部网站，输入学号，查了下成绩。

好消息是高数成绩得了A。

坏消息是哲学论文得了B，而给她放水没挂科的体育老师，也只给了堪堪及格的成绩C。

林妧垂头丧气，连连叹气。

杨倪结完账过去瞥了一眼，看到成绩单知道了是怎么回事，不忍见她低落，安慰道："放心，你不是全A陈屿也会带你去南岛。"

林妧眼睛亮了下，燃起希望："会吗？"

杨倪点头："会的啊，所以别愁了。"

林妧又垂眸："不会的，他可是冷面阎王，能给我机会考A带我去都已经很难得了……"

杨倪意识到一个事实，那就是："你居然在患得患失？林妧大美人，你真是爱惨了陈屿啊。

"不过不怪你，他最近也太忙了，陪你的时间很少吧，你会多想也情有可原。

"但他应该不会始乱终弃的。

"没听人说吗，不轻易动心的人，一旦动心就是万劫不复的一辈子。"

杨倪其实就是安慰好友，随口说的。

殊不知，这句话对于林妧来说是单纯的安慰，而对于陈屿来说，则是精准命中，一语成谶。

从超市出来，瞬间就感觉到了冷风与凉意。

考试成绩出来前的这几天连续下着雨，今天刚停，有太阳也无济于事，潮湿的风依然钻进衣服让人浑身打战。

被好友这样一安慰，林妧的心情瞬间好了不少。

校门口的关东煮在这样的冷天仍在营业，热气腾腾，香味四溢。

林妧和杨倪各选了一份。

林妧吃下最后一卷海带，把竹签和盒子扔进垃圾桶后，跟杨倪告别，说："我去学生会等他。"

这个"他"，不用挑明，自然是陈屿。

林妧去学生会办公室的路上给陈屿发了消息，问他今天什么时候回学校。

陈屿很快给她发了一条实时位置信息，显示还在商务楼。

他说：竞标成功的酒会没什么意思，就是结交无利不聚的朋友，已经差不多了，再过半个小时就结束回学校。

她回了个"好"，收起手机，快步往办公室的方向跑。

淮大校园太大，风从耳边呼啸而过。

刚跑出没几步的距离，旁边树杈间最后几片枯黄叶子落下，其中一片掉到她的锁骨上，冰凉凉的，她顿了顿，本能地缩了缩肩膀，伸手将叶子扫到地面。

半个小时后。

距离淮京大学两个城区的淮京繁华地段，不分昼夜，总是车水马龙。

陈屿和丁巍从酒会的商务楼下来，进入停车场。

两人默契地坐进车里，车门车窗紧闭，隔绝了外部环境。

丁巍说：“你要有心理准备，竞标成功意味着从今天开始，霍宏的海众会拉上一切势力孤立我们，然后等着我们的新公司因为没有收益而耗到破产。”

话题在往现实与沉重的方向走。

然而，陈屿平静应对：“丁伯伯不是认识蒋氏高层吗，改天见个面，谈谈海众不肯吐出来的那百分之一的合作吧。”

丁巍笑起来，赞赏地说：“亏我还替你发愁，本来想着卖个关子，给你点压力，没想到你早就打算好了。”

陈屿淡笑：“自然不能让丁伯伯陪我一起输。”

车子开到淮京大学门口，陈屿下车。

刚走过校门口缭绕着热气的关东煮摊位，陈屿就接到姑姑关心的电话，陈屿不想让她太担心，只简单说了说自己的想法。

陈婉想出份力，便问：“见蒋氏高层的话，需不需要送个古董？要不打听一下对方喜欢什么。”

“不用了，姑姑。”

陈屿知道姑姑是好意，耐心解释说：“如果对方因为一个古董就接受我，那改天，也会因为霍宏给更多的好处而舍弃我。不管蒋氏是选择霍宏，还是我，都不会是因为一份不值一提的礼物，而是看谁能在日后带给他们更多的利益。只要利益可观，有没有带礼物，是不是投其所好，根本就不重要。”

“小屿，你心思成熟，自己拿主意吧，别太辛苦。”

“好，姑姑别担心。”

挂断电话，陈屿忽然自嘲地笑了下，心思成熟并不完全是件好事。

相比自己这样，他更喜欢没什么心机的娇憨林妧，喜欢什么，讨厌什么，全不必搁在心里，可以直接表露在脸上。

纯粹，干净，真正像一弯月亮。

而他自己的心思，太像覆盖在深渊上空的阴恻恻乌云。

不是天生如此，而是从小承担着窒息般的压力使然，变成这样，也是必然结果。

这个天气穿一件外套正合适，但许是因为喝了酒，他有点燥意。

陈屿脱了外套搭在手腕上，风从前方吹过来，带来不少凉意，但他仍不觉得舒服，继续解开领口的扣子，寒冷瞬间包裹他的身体，他才将将满意。

他独自走在回办公室的路上，还不忘给林妧发消息说回学校了。

学生会今天没什么事，办公室前的走廊寂静得像昏暗中的冰川。

无人踏入。

陈屿从西裤口袋里拿出钥匙，转动时才发现没上锁，只是关着门，里面有人。

开门之后。

他愣了愣，看到坐在沙发上等待的林妧。

他忽然觉得人生也不是那么沉重。

林妧原本坐在沙发上看平台上他单曲的评论。

一致的夸奖和好评，还有人觉得单曲封面的背影好好看，好奇那是什么人。

林妧嘴角不自觉地微微弯起，因为这是她第一次以这种方式被夸好看。

刷手机时时间过得快起来。

感觉没过多久，林妧就收到陈屿发来的已回家的信息，不一会儿，就隐约听到脚步声传来，接着便是掏钥匙开门的声音。

门被推开，她抬眸看去。

一边是走廊的新鲜冷空气，一边是室内的滞闷温暖。

她看着陈屿出现在眼前，似乎是喝了点酒，略带酒气。大概因为觉得燥热，正装外套被脱掉，搭在手腕上，衬衣最上面的扣子也解开了两颗，衣领呈现浅浅的 V 字，勾引着她的视线。

林妧脑子里冒出乱七八糟的念头。

而他的目光就落在她身上，他朝她露出一个笑，那是今天第一个真心实意的笑。

她把手机扔到沙发上，顾不得评论是夸她背影好看，还是奇丑无比，完全不重要了。

此时此刻，她只想扑过去。

陈屿展开手臂，迎接她的到来。

“冷吗？”他嗓音浸了酒，低哑好听。

“不冷。”

她笑着抱着他的腰，脸贴在他胸口上，感受着他有力的心跳和温度，满足地眯了眯眼：“好暖和。”

办公室的门被陈屿随手关上。

在无人打扰的安静中，她的视线不由自主地上移，停留在他的喉结和因衣领敞开而露出来的锁骨间。

他也低头，靠近她的耳边，耳鬓厮磨般，感受着淡淡的玫瑰香，和甜甜的唇膏味道。

感受到他的靠近，林妧的心跳漏了半拍。

陈屿近在咫尺的呼吸声，蛊惑她坦白事实：“期中成绩出来了，我没有全A，甚至体育考试是C。”

“没关系。”陈屿很快笑了下，安抚她说，“挂科也带你去南岛。”

林妧顿了一瞬，脑海里回响起杨倪说的那句：

不轻易动心的人，一旦动心就是万劫不复的一辈子。

她忽然觉得自己好像占到极大的便宜。

陈屿半垂着眼睑，看着她。

她也在看着他。

周遭的世界好像忽然只剩彼此。

不经意的气息落在她的唇瓣，轻轻淡淡，微痒，林妧看着近在咫尺、棱角分明的俊脸，还有他冷淡又极致勾人的薄唇，忽然很想吻他。

事实上，她也这样做了。

她揪着他的衬衣，仰着脸踮脚，后背就靠在他拥抱着的双臂间，双唇湿热，呼吸声随着彼此更贴近的身体，无限放大，变得深重。

林妧亲着亲着心头满足感越发强烈，没忍住笑出来。

她短暂松开陈屿的衣服，往后挪了一下，看着他看来的眼神噙着化不开的宠溺，每一分每一毫，都侵入她的心，她笑着说——

“陈屿，你真这么喜欢我啊？”

“嗯，真这么喜欢。”他承认得直截了当，低头还想再亲一下。

这时，手机忽然来了电话。

陈屿按开免提，放在一边。

“喂？会长。”

林妧闭着眼，心不由得多跳了两下，然后听到电话里的人问陈屿有没有回来，校领导有事要学生会帮忙，十分钟后在多媒体教室开个会，要求学生会会长和部长都到。

陈屿从她唇上移开，也没多说什么，只应了声：“嗯。”

两人从办公室出来，陈屿十指修长，左手就将两大本资料轻松拿好，右手牵着林妧。

林妧爱美，穿衣服不喜欢厚重。

她今天穿的是林国平新给她买的针织长裙，里面只有薄薄的一件更长的吊带打底裙和内衣，针织毛线的排列比较稀疏，陈屿低眸看一眼，就能看到风摇摆着花朵般的裙子，隐约可窥见贴身吊带裙的美好曲线。

眼皮跳了下，他挪开眼，将自己的外套脱下裹上她的肩膀。

林妧愣了愣，换作以前就接受了，但现在她拒绝：“我不冷，你现在是关键时期，可不能生病。”

说着，她把肩膀上的衣服拿下来，顺势踮起脚，伸着胳膊想给陈屿穿回去。

很快，她就被陈屿用空出来的胳膊牢牢桎梏住，那件衣服没能给他穿回去，而是继续留在她的身上。

“怎么感觉在你心里，我很需要保护似的？”

陈屿低笑一声，微凉的唇擦过她的耳朵，气息是清冽暖和的：“下次多穿点，这身不适合这个温度。”

若有似无的麻意顺着耳朵钻进脑袋，蔓延至四肢百骸，林妧脸红了红，也不挣扎了，老老实实任他单手将她搂在怀里走：“噢……”

他迁就着她的身高，弯着上半身，那双长腿偶尔会碰到她的腿，亲密又淡漠地紧紧交织着她心里小鹿乱撞的情绪。

她忽然觉得，这条路，如果没有尽头也挺好。

可没多久，林妧和陈屿就来到了多媒体教室楼下。

周围人来人往。

陈屿看着她没再开口说什么但不算高兴的模样，向来冷淡的眉眼浸满温柔。

他伸手把她抱在怀里轻拍了拍她的脑袋，然后将口袋里的手机拿出来，递到她面前。

“给你改备注。”他语气像是在哄她。

林妧愣愣地看着他递来的手机，已经解锁，屏幕停留在微信页面。

看着“生活部林妧”这个显得生疏的备注，想着终于得到他的允许，可以自己更改，林妧心里微微一动，随后那些沉重的暗色小泡泡全变成了甜蜜汽水的透明气泡，一个个小而密地轻飘飘浮上水面，缓缓炸裂开来。

他简直超懂怎么捋顺她的毛。

林妧没再失落，开心了。

她想了想要改成什么。

秦墨和郑谦他们已经呼哧带喘地赶过来了，校领导要求十分钟内赶到多媒体教室，淮大校园那么大，这个时间点没电动校车，只能用双腿不停地狂奔。

林妧改完，弯着红唇把手机无声地交还到陈屿手里：“那我先走啦，你忙。”

“好。”陈屿接过手机也没看改了什么备注，眼神只落在她身上。

郑谦和秦墨都站得近。

郑谦尊重他人隐私，没刻意去看。

而秦墨这个头号粉丝，八卦心使然，他快速瞧了一眼，正好瞧到林妧的猫咪头像。

备注是……“最爱的甜心小宝贝”。

“哟？”

这居然是屿哥的微信？

超脱般存在于一堆毫无私人感情的正儿八经的备注间，不愧是最爱的小青梅啊。

半个小时后，校领导把近期校内的活动讲了一下，也明确了学生会需要配合的工作。

几位校领导离场后，部长们各自核对记录有没有遗漏。

核对完正准备离开，高雯晴想起寒假去南岛的事，趁着大家都在，说道：“对了，今年去南岛的公费名额已经确定了，就还是会长和我们这些部长，如果有想自费带家属去的，赶紧跟我说，我转达给财务帮忙买票。”

听到这个，大家默契地笑着看向褚寒松。

因为知道褚寒松肯定会自费带女朋友去玩，去年寒假出去的时候，他就带了女朋友，今年也不会例外。

褚寒松："我这里多加一位，名字还是周小梦，身份证号回头再发你一遍。"

陈屿起身已经走到了门前，又转过脸看过去，说："麻烦帮我也加一位，林妧，身份证号学生会成员的登记册上有。"

众人："咦？"

陈屿却若无其事般："那就先这样。"

陈屿从会议室出去，愣在原地的众人开始激动地八卦着："这……什么情况啊，会长是跟小青梅在一起了吧？"

秦墨一副看穿一切的模样，得意地说："我早知道他俩得在一起，挺好，青梅竹马，郎才女貌，天作之合啊，哈哈。"

这八卦的冲击力不小，大家难免兴奋。

负责记录名单的高雯晴更是最后一个才回过神。

十二月中旬。

陈屿和各部长终于完成了校领导安排给学生会的活动任务。

从学生会办公室出来，陈屿低眸看了眼手机，没有和几个部长一起下楼回宿舍，而是绕向另一边，去了旁边的教学楼。

林妧几分钟前给他发微信消息，说接到辅导员通知，淮大是四级考试的考点之一，要去教室摆桌子。

她是班长，有什么安排都得她上。

班长这个职务，既是荣誉，也是劳力。

搬桌子也不是多累的工作，林妧觉得自己半个小时就能弄完，就没在班级群里发通知找男生帮忙。

她只给陈屿发了条微信，告诉他自己要去搬桌子。

等林妧慢悠悠地来到教室外时，她看见走廊墙边堆了一排桌椅，教室落地窗的蓝色帘子拉着，看不到里面的人是谁。

她怔了怔，有些好奇，咬着下唇探头往教室里看，意外地看到陈屿正在摆座位，快要摆好了。

林妧心里一甜，忙跑上去抱住他的窄腰，说："请你喝热饮，吃关东煮。"

两人买了关东煮坐在学校花园里的长椅上吃，林妧说是请陈屿吃关东煮，其实大部分都被她吃掉了。

陈屿虽然个子高，但口腹之欲轻。

林妧想到上次在这儿，还是刚开学时偷看他被柯佳纠缠。

现在，她和陈屿手牵着手坐在长椅上。

有时候不得不感叹，这个世界还真奇妙。

陈屿杯里的热咖啡是没加糖的那种，看着黑漆漆，闻着味道就很苦，但他好似习惯了，说：“我跟校长请了十来天的假，不在学校，跟你报备一声。”

“啊……去哪里？”她咽下嘴里的丸子问。

“去准备点东西，然后跑几个地方，见几个人。”陈屿淡淡地回。

“见谁？”

换作别人问，他大概什么也不会说。

但林妧眨巴着纯净的双眸看着他，他没遮掩，说：“蒋氏。”

“哦，是拥有海众49%股份的那个蒋氏财团吗？”林妧想到了上次搜索出来的资料。

她记性其实不好，但有关陈屿的事，总能出奇地记住。

听到精准的数值，陈屿略有些意外，他嘴角勾出弧度，双眸也似带了点笑意，看着她：“对男朋友做功课了啊。”

“上回沈如洲说了下你爸爸的名字，我一查这个名字，这些关联的信息就都出来了。”

风吹过，将一缕长发吹到她脸上，林妧将头发拢到耳后，吸入一口微凉的空气，歪着头回看他：“不过，你事业心这么重，忙得都没什么时间陪女朋友。”

一丝狡黠的心思冒出来，她顿了顿，故意把自己在他掌心的左手抽出来，说：“万一我受不了跟你提分手怎么办？”

风摇晃着木槿残存绿叶的枝干，随着两旁的冬青，微微作响，她捉弄的话有些轻，但还是被陈屿听到了。

清清楚楚。

陈屿神情冷了几分，瞬间捉住林妧玩闹抽出的手。

陈屿拽住她的手，用了几分力，将她往身边带，她便趔趄地撞到他怀里。他俯身，敛着眸，攥得她手指尖泛白。

他眼神幽深，犹如寒极冰川，全无温柔笑意的模样，让她有一瞬的愣怔：“别开这种玩笑，会让我分心。”

还是很勾人。

但不是淡漠的疏离感，而是像偏执疯子的诱惑。

关东煮已经吃完了。

风吹动只剩竹签的纸盒，颤颤巍巍，最后掉落在地，竹签不再动，纸盒却随风滚远。

这几秒里，林妧清亮的双眸从呆住到眨了眨溢出肆无忌惮的笑，她仰着脸，呼吸落在他薄而好看的唇上。

她软着声音笑："逗你啦，干吗这么认真。"

她是真心觉得自私地霸占陈屿，让他放下一切，两人整天和别的校园小情侣一样黏着，根本不现实，且没什么意义。人生长环境不同，面对的东西不同，造就的执念和追求也不同，她觉得只要两个人互相喜欢，可以在闲暇时约约会，心里有彼此就可以了。

陈屿清楚地捕捉到她脸上的笑意，其实也知道这是玩闹的话，只是"分手"那两个字太刺耳。

他缓了些紧拽她手的力气，林妧却盯着他，视线落在他的脸上，从眉眼，到高挺的鼻子，再下移到他微微闭着的唇。

干净，又蛊惑人心。

林妧一时陷入美色，靠着他在亲与继续欣赏之间纠结。

她没做出选择，陈屿已经叹息般闭了闭眼，抬起她的下巴，呼吸贴近，开始发烫。

鼻尖蹭过，就在要吻上之际，他的手机响了。

林妧微颤的心揪起，又被平稳降落。

林妧克制住自己，偏头，靠在他的肩膀上，姿势亲昵无比，说道："接吧，万一是重要的电话呢，等回头没人打扰的时候，我肯定亲你一个小时。"

吹牛不打草稿。

她睫毛慢慢眨着，滑过他冷白的脖颈，她发现他喉结长得真好看。

每次自己都像昏君一样，被陈屿迷得五迷三道。

不过，如果真的是女帝，她还真乐意为了陈屿做回昏君。

她正胡思乱想着，陈屿已经拿出了手机，他看了眼来电人，确实挺重要的。

是丁巍伯父。

他声音平淡如常，看似是全心全意地在跟电话里的人说话，视线却无声地落在她的鼻尖、唇瓣上。

陈屿垂眸看着，抬起手指，指腹很轻很缓地摩挲着她微张又闭合的唇瓣。

她配合着没躲开。他指腹慢慢蹭过她的唇，她就任他摸过，然后抿住他指尖再松开。

如此来回几次，意味就悄然变得旖旎起来。

指腹和唇瓣每次相触，微凉和温软相交，蹭过的痕迹无声化成暧昧。他修长的无名指挨着她热热的下巴，触感在沉默中一点点变得清晰。

第一次被这样极暧昧地触碰嘴唇，痒意慢慢传递进心里，林妧感觉脸和耳朵都烧得慌，紧紧闭上眼，无法否认，对这种触碰是有些喜欢的。

她知道这不是亲吻，可偏偏冷冷淡淡的陈屿这样，像燃烧在冰雪里的火焰，在她的感知里，像被放大无数倍，任由自己再顽皮，也能一击即中。

这个周末，英语四级考试已经结束。

林妧约着没了负担的杨倪出去逛街，想买件去南岛海边玩时穿的泳衣，南岛海滩很多，肯定会下海玩。她怕自己挑花眼，就拉着发小做参谋。

林妧和杨倪挑了三件不同颜色款式的泳衣，进到更衣室去换。

换完三套泳衣，每套都拍下照片供对比。

林妧仔细翻看着，淘汰掉中规中矩、穿着有点憋胸口但没其他尺码的那套，还剩两套，性感深 V 和邻家甜妹风格，一时不知该如何抉择。

杨倪给出建议："这件银色深 V 女人味十足，还露着美背，真穿到海滩，谁看了不流鼻血啊。"

林妧认同，只是……如果给陈屿单独看，她十分乐意，可在海滩那种人多的地方，还有学生会的部长们基本都是男生，如此大尺度露着，实在太别扭。

而另一件纯白镂空甜妹风格的泳衣，属于小性感，腰后还系着个柔美漂亮的细绳蝴蝶结，也不错。

犹豫之后，她翻看了下两件泳衣的标签价格，算了算生活费，节省点还是够用，于是豪迈地做出决定："小孩子才做选择，都要了。"

买两件，一件人多时在海滩穿。

另一件，她找机会跟陈屿单独相处时，穿给他一个人看就好了。

这是除了音乐室那次，迄今为止，她最大胆的临时决定。

回到学校，寒假前的那些天过得很慢。

其实陈屿在学校时，也很忙，并不能经常和她黏在一起。他们拥有各自独立的世界，但也会有只剩彼此的小小世界。

学校里忽然没了陈屿的身影，林荫道的梧桐树也没了叶子，林妧第一次觉得淮大的校园又空又大。

明明上下课时，在食堂时，周围擦肩而过的人很多，可她还是觉得空，因为那些人与她无关。

收到陈屿的微信和电话时，心好像复苏般开了朵花。

她好像真的好喜欢好喜欢陈屿。

最初是好感与征服欲作祟，然后越来越着迷，到现在只想岁月静好地走下去。

夜里熄了灯。

林妧躺在床上翻看自己和陈屿的聊天记录，这些天，他给她发过几张照片，有私人庄园里相互依偎的雌雄梅花鹿，还有高山山庄清晨雾气缭绕的云烟。

陈屿性子冷淡，平时见到什么都不太在意的感觉，估计惦记她也许喜欢，才会难得拍下来只为分享给她。

她能感受到他的惦记，哪怕只是随手一拍，她也觉得分别没那么难熬了。

临近晚上十一点，室友们都困了没了声音，林妧给陈屿发去一张自己试穿甜妹泳装的照片，问他好不好看，而后闭着眼没能很快睡去。

直到手机振动。

几乎瞬间，她睁开眼拿过手机，生怕错过他的消息。

她点开去看，果然是陈屿发来的，他说好看，接着发来一张满天星空的照片。

她回复：你这张星空照也挺好看。

林妧：在城市里很难看到。

正等着那边回消息，没几秒，屏幕上弹出陈屿的来电。

为了不打扰睡着的室友们，林妧忙按了静音键，掀开被子下床，出了宿舍。气息微喘，凉凉的空气钻进身体，她才发现自己连外衣都忘了披，好在睡衣是厚绒材质，聊几分钟不要紧。

于是，她穿着睡衣在安全通道的楼梯上接通电话。

“怎么还没睡？”

他声音低哑，语调有些慢。

她轻轻笑：“那你呢，每天熬到很晚，今天怎么忽然给我打电话了？想我了？”

“嗯，”他承认想她的声音在夜里很清晰，隔着电流，每丝每毫都落进林妧的耳朵里，再下坠，如同万物复苏时春雨软绵绵地滴润进心田，“想了。”

安全通道的楼梯间很安静。

她站在窗前，望着远处高悬的月亮，星星只能看见零星几颗，不似他那边视野好。林妧想到他现在接触的人，好奇地问：“你们每天聊些什么？”

“什么都聊，最多的还是蒋氏想在欧美市场拓展方面的，偶尔聊聊文艺类，近现代欧洲作家，像弥尔顿。”

林妧听着，悄悄记下了这个名字，她凭猜测问了声：“你喝了很多酒吗？”

感觉声音跟平时不太一样，透着股慵懒微哑，格外明显。

“今晚聊得时间久，喝得就有点多了。”

夜幕下的露天阳台上，陈屿掏出口袋里的打火机，修长骨感的手指极慢又沉郁地玩着打火机：“不想你还好，刚看到你发来的自拍，有点想干坏事了。”

隐约有风声从听筒传来，以及打火机的响动。

林妧本来想追问他怎么会有打火机的动静，但被他后面那句想干坏事了给全扰散了。

她觉得他大概是想亲自己了，深吸口气，平静下来有点羞涩又有点小开心的心绪：“什么坏事，接吻可不算坏事哦。不过，我还真没见过你完全喝醉的样子。”

陈屿笑了，没否认，也没承认，只有几分语焉不详：“没见到是好事。”

真要见到了，就在身边，他怕自己会控制不住把娇气的她弄哭。

“嗯？”林妧没立刻领会，困惑地道，“难不成耍酒疯？”

静默一秒，陈屿再次低低地笑起来。

明明有时候什么都懂。

真要坦白说起来，却又根本没那么懂。

他的女孩真是可爱极了。

那人笑着，声音低哑好听。

林妧懵懂地眨眨眼。

“非要这么归类也行，”他声音轻，像带着点若有似无的小钩子，性感磨砂般的质感蛊惑得要命，“大概，算是耍酒疯的一种。”

“……什么啊。”她指尖攥紧手机，心头麻麻的，小声嘟囔。

话里隐约像有什么含义似的。

陈屿给她的感觉太禁欲干净，所以她压根儿没往某些事上想。

没能继续这个话题，陈屿那边好像有人找他，在跟他说话，只是有一定的距离，她听不太清，所以小声说了句：“先挂了，你忙，晚安。”

林妧先挂断电话，回了宿舍。

远在千里之外的陈屿看着显示结束的通话记录，嘴角勾了勾，将手机揣回裤兜。

听着旁边的丁巍伯父说着明天的安排，陈屿点头同意。

对方说完之后，陈屿望着淮京的方向，脑子里再次浮现出林妧发给自己的那张露着大片瓷白肌肤和美好起伏的照片。燥意吹不散，于是，他掏出根烟咬在薄唇间，长眸微敛用打火机点燃，继而收回双手，微仰着下颌，透彻地感受着寒凉夜风，压制心中的念头。

直到把随身带的烟抽完了，他才堪堪停下。

“今晚蒋樱可是一直在看你。”丁巍拿了两杯红酒过来，同陈屿一起站在阳台边，看着下方正弹着钢琴、跟朋友们举行小型音乐会的主角，小声对陈屿说，“蒋董的孙女，有才学，有相貌，有家世，怎么样，这样的女生是不是万里挑一？”

陈屿接过红酒杯，对阳台下不远处贵气优雅的女生瞥过去一眼，有教养地应道：“蒋家的孩子，自然差不了。”

话虽这样说，他眸底却平静无波。

林妧从走廊回到宿舍，刚进门就感觉到舒适的温度，准备爬回床上时，斜对床的曹娜正好起来上厕所，见她从外面回来，坏笑着低语：“出去跟会长大人打电话了吧？这么难舍难分，寒假你们怎么办？”

寒假怎么办……

面对室友的打趣，林妧笑笑，没多说什么。太晚了，再多说可能会吵醒别的室友，那罪过可就大了，所以只轻道了句晚安。

她躺回床上，闭上眼睛，默默告诉自己这个问题的答案：寒假当然是不分开，一起去南岛。

清晨，林妧走出宿舍楼，被迎面吹来的冷风刺激得顿了顿，随后乖乖地挽住左右室友的胳膊，凑近取暖，她穿得不算薄，只是最近几天气温下降得很厉害。

距离期末考试也不剩几天了。

上午最后一节课结束，林妧在饭后没回宿舍，而是抱着书本，就近钻进梧桐道旁的图书馆大楼，里头有自习室。

不过，她没着急去自习室，而是先去了四楼的图书馆。

一排排书架，繁多的书册，室内弥漫着空调暖风与纸张厚重的味道。

林妧想知道陈屿和那些人讨论的弥尔顿的作品是怎样的内容和风格，她脱下外套，目光沉静地从书架上逐一掠过，直到快到尽头，她在英国文学类别书架上找到了弥尔顿的《失乐园》。

她拿着那本书，来到旁边的阅览桌，白色绒毛小外套被搭在椅背上。她坐下后拍了张书籍封面的照片发给陈屿：是这个弥尔顿吧？

而后，她把手机放在一边，垂眸好奇地翻阅起来——

The mind is its own place,and in itself can make a heaven of hell,a hell of heaven.

心灵是个自主的地方，一念起，天堂变地狱；一念灭，地狱变天堂。

林妧思索了下，碍于没有工具书详细解析，只能从字面去理解，感觉似懂非懂。

颇有种深奥的哲学感。

陈屿回到淮京，先去了老宅看爷爷，顺便换了身宽松舒适的衣服，才重返淮大。他这边刚踏进大门，微信上就收到林妧发来的弥尔顿《失乐园》的照片。

书册左边贴着图书馆的蓝签，她应该在图书馆。

他判断出位置，随即转身往梧桐道那边的图书馆走去。

一楼是各类机房，二楼和三楼是自习室，四楼则是图书馆。

他脚步不紧不慢地出现在英国文学书架旁时，林妧毫无察觉，正全神贯注努力理解着书里的意思。

她侧脸白净秀美，不张扬就没有那种小狐狸魅人的妲己感，而是恬静如水，即便唇红明眸，也清淡得如皓月般养眼。

陈屿站在她侧前方，垂眸微勾唇盯着她，位置高低加上她双手交叉搭在桌面的缘故，可以看到光从窗外进来，落入她衣裙领口，照亮部分肌肤，以及更私密的文胸边缘。

他指尖点了点桌面，低声提醒："领口。"

林妧听见提醒的敲桌声，下意识地先紧了紧衣服，这衣裙是宽松的款式，领口确实大了点，加上她肩膀又细瘦，很容易露出些藏在里面的风情。

等领口衣料贴回锁骨，林妧再抬眸，对上了陈屿的视线。

他头发比离开前更短了，应该是刚剪过。

不过，还是那样吸引她的目光，勾人得一塌糊涂。

她愣怔一秒，欣喜汇集涌上心头。

"你回来啦。"

几乎是喜不自胜，椅子蹭过地面，骤然发出刺啦的声响，清晰地响在安静的图书馆。

好在刚过午休时间，图书馆里还没什么人，就门口有个图书管理老师在集中注意力整理着书籍相关的电子表格。

陈屿笑："看见我，就这么开心？"

"是呀。"她坦白承认，手臂在他腰间收紧。

陈屿单手揽着她，拿起桌边那本《失乐园》，问："怎么看它了？"

"你不是跟蒋氏那些人聊过弥尔顿吗，就想了解一下，但……好像不太合我胃口，看不太懂。"

她声音轻轻弱弱的，混沌的压力袭来，有点勉强。

安静片刻，陈屿将书合上放回桌上，薄唇微勾又自带冷淡，声音裹了点笑意："本来就没什么重要的，别看了。"

确实本来就不重要。

只是因为他，她才想接触。

陈屿伸手放书的动作，拉近了两人之间的距离，身子隔着衣物几乎贴在一起。

鼻息掠过，他下颌线流畅分明又好看，连同喉结，都在她双眸里放大。

她眨了眨眼睫，心跳快了几分。

她收紧环着他腰的手臂，仰着脸问：“十几天不见了，亲一下吗？”

明明前一秒还没有这种想法，但陈屿总能刺激到她某些审美点，然后让人蠢蠢欲动。

陈屿低眸，看过来。

他呼吸似乎顿了顿，那双漆黑狭长的眼睛沉静好看，让人忍不住陷进去，说：“好。”

午后安静明亮的阳光，映出他们的影子。

陈屿边亲边抱起她。他手掌托着林妧，将她腾空抱起，往窗沿带，那个位置，不会被门口处的图书管理老师瞧见。

林妧失去平衡，双手搂紧了他的腰，落在平稳的大理石窗沿上后，才要亲不亲地看着陈屿的眼睛，占有欲和喜欢作祟，她听见自己的声音，得寸进尺，带了点撒娇，很轻地说：“陈屿，你朋友圈都是空的，亲的时候拍个照吧，我可以帮你发第一条……”

“好。”陈屿依着她，再次答应了。

林妧奖励似的先亲了亲他的嘴角，心里滋生的甜意快要满得溢出来。

阳光从玻璃窗照进来。

四楼的高度，没有梧桐树遮挡，就这样在地面投射下两人的影子。

林妧将手机镜头对准那个影子，然后快速朝陈屿干净勾人的薄唇亲吻过去，瞬间拍摄下的画面，便是没有露脸的姿势暧昧的影子。

许久之后。

从图书馆出来，林妧拿着陈屿的手机，看了眼那条朋友圈，它成功吸引了所有微信好友的点赞评论，一排的感叹号，似乎活久见。

宣告主权很成功。

她很满意。

接下来的几天，林妧被重点题和论文填满，也想努力做好自己的正事，她上次期中考试没全 A，没给林国平发成绩单，这次期末，她趁着陈屿不在的这段时间，更专心地投入复习。

有了上次期中考试的经验，这次林妧准备充足了不少。

成绩出来的那天，在官网查到成绩后，林妧截图给老爸发过去，全是 A 的评分。

就连辅导员都主动夸她这个班长有好好学习，以身作则。

要是辅导员知道她是为了奖励，跟陈屿去南岛玩，估计会沉默许久，再感叹一声年轻人爱情的力量真强大。

终于，在期盼了许久之后，寒假开始了。

第八章
久处仍怦然

林妧坐在陈屿身边，透过飞机舷窗望着外面层层白云近在眼前，心情无比绵软舒畅。

学生会的部长们更是肆意悠闲，每个人都向往着沙滩阳光。

下了飞机后，大家一起上了前往培训中心的通勤车，每个人都拖着行李箱，只有林妧双手空空，她的箱子在陈屿那里。

车上，陈屿接到一通电话。挨着的座位距离很近，林妧隐约听到了那人说话。

沈如洲：“快累死我了，就剩下最后一期合作舞台录制，这几天准备放松一下充充电，你跟学生会的部长们在南岛了吗，酒店住哪里，带我一个。”

“嗯。”陈屿倒是没多说什么，挂断电话后，就给沈如洲发去了一个酒店地址。

所谓的培训中心，实则就是个集会议、培训、住宿、吃饭、娱乐为一体的综合性星级酒店。

每人一间大床房，林妧的房间在陈屿隔壁。

她早就想好了，晚上要去敲陈屿的门。

上午九点，一节主题是“高校协同发展”的课开始，十一点结束，意味着学生会会长和部长这一行人这场南岛之旅彻底开启了自由行。

离酒店最近的椰子林幽寂，海滩宽阔干净，仅对酒店内客人开放，不像景点那么多人。

在更衣室，林妧遇到了一同来的高雯晴。

高雯晴熟练地换完泳衣，深蓝色的泳衣简约大方，她笑得平易亲和："林妧学妹，除了褚部长的女朋友，学生会这次来的，就我们俩是女生，有什么需要帮忙的尽管找我。"

高雯晴是学生会里唯一的女部长，待人总是客客气气，面带微笑，上次校运动会她还帮林妧整理了被风吹走的加油稿。

林妧对高雯晴印象不错，以微笑回应："好呀，先谢谢学姐啦。"

十几分钟后，林妧涂好防晒霜，穿着那套甜妹款泳衣从更衣室出来。

林妧的皮肤属于象牙白的浅色，在阳光的照耀下更宛如发光。

她五官好看，一双眼睛清亮秀丽，笑起来时眼尾上扬就会很媚，不笑时懵懂，宛如清纯的小美人。她个子不算高，但身材比例很好，加上皮肤白，黑长直的头发拢在耳后，在沙滩美女中格外显眼。

海边紫外线格外强，晒太久会掉皮起水泡，为了保护皮肤必须要涂防晒霜，尤其冲浪时选择光着上半身的运动爱好者。

陈屿就是水上活动爱好者之一。

林妧来到男更衣室门前，此时里面的一行人全是学生会的男生，都已经换好长到膝盖的泳裤，门敞开，几个冲浪板就竖在门边。

涂完防晒霜的秦墨将瓶子递给陈屿，撒丫子出来冲大海欢呼。

陈屿挤出乳白色的防晒霜，用双手掌心擦过皮肤，从胸膛到劲瘦的腰间，有着干净的线条。

林妧看着他十指骨节分明又修长的手，两秒后，不自觉地想象这是自己的手，在替他涂抹每一寸。

准备工作全部完成，一行人来到海浪澎湃的沙滩近处。

林妧看陈屿似乎对冲浪很熟练的样子，她也想跟他一起玩，所以问："大佬，冲浪板难不难？想学，可是怕呛水。"

"在浅滩没事，"红色遮阳帽檐下，陈屿英挺的俊脸有浅浅的阴影，眸黑，唇淡红，说，"我教你。"

她色迷心窍，觉得哪怕冒着呛一万口水的风险也没什么关系。

因为，她可以光明正大地贴着他白净的胸膛。

不过，老师再好，也要学生开窍才行。

运动类的项目真的是她的硬伤。

海浪一层层奔涌而来，打湿了她手腕上用来扎头发的皮筋，潮湿的皮筋勒着手腕，极为不舒服。

林妧索性摘下，递给陈屿，好让自己更全身心地投入平衡练习。

陈屿笑了笑，接过她的皮筋，有耐心又不太较真地教林妧熟悉站在冲浪板上。

那边的秦墨冲浪两个来回，回来之后在旁边看了片刻，忍不住给出评价："林妧学妹，你真的缺少运动细胞。"

林妧再一次失衡，虽然有点小生气，但也顺势靠在旁边扶着她的陈屿怀里，转头明媚地笑着，承认："是啊，怎么办。"

陈屿站在水位到膝盖的层层浪花中，颇为宠溺地勾着唇，手隔着两厘米的距离，虚护在她腰侧。

林妧是个很容易就放弃的人。

在她之前的人生经历里，除了对陈屿，其余真的都是，尤其是运动项目。

她腻了，回到遮阳伞下坐着。

广阔的海天一线，海风无比清爽，总让人心境很平和，好似什么烦心的问题在大海前都淡去了。

她望着陈屿游刃有余地在海浪中穿梭。

这样放松的闲暇时间，实在难得。

红色帽子，长帽檐，黑红相间的及膝泳裤，颀长的身体，线条流畅健康，有纹理却没夸张肌肉的劲瘦窄腰。一切都刚刚好的程度。

她单手托腮坐在伞下，看着陈屿进出海浪的背影。

海浪奔腾，层层叠叠不断。

海浪从海天一线的交汇处滚滚而来，极少数被半路凸起的深色礁石阻挡，浪花像碎掉似的乱溅开来，成了一只只展翅欲飞却落进海面的白色蝴蝶。

他的身影缩成小黑点，少顷，又会随着蓝与白的浪花一起朝她这边而来，翻腾着白色的水花。

他抬眸，朝这边准确无误地望过来，而他流畅冷白的手腕上有一道黑色绳线，正是她的皮筋，像是专属的标记。

视线隔空相对的瞬间，那淡漠又专注的眼神，让林妧心尖像被电流麻了一下。

丝丝缕缕扩散开来。

除了在肌肤亲密接触时，这是她第一次有了眼前这个男生真真实实属于自己的踏实感。

日落时分，强烈的光线变得橘黄温柔起来，染了余晖的云层弥漫在海天交界处，海鸥成群结队飞过，落在无人的礁石上，停停走走。

经过了一下午的海上运动消耗，有几个部长略显疲惫，打过招呼后，选择回酒店房间休息。

海滩更显得人少静谧。

林妧一直在躺椅上歇着，望着陈屿的身影，整个下午，她脑袋处于放空状态，像充电般，简直不要太惬意。

两人一个静态一个动态，目光偶尔在空中相撞几秒，悄然的安心与甜蜜。

说来也挺合理，陈屿一直以来都精力充沛，下午肆意冲浪后，上岸时状态依然放松悠闲，比其他几个部长好许多。

冲浪板被搁置在一旁。

他安静地坐在浅滩上，就在她位置的斜前方，感受着一层层暗淡下来的海水从周边涌上，留下薄薄痕迹，裹着极小的细沙，再缓缓消退回海中。

水流擦身而过。

眼前的人和海水宛如一幅画。

林妧很喜欢这种感觉，忍不住起身靠近。

陈屿两条长腿弯曲得随意，有点懒洋洋，黑色及膝的宽松泳裤沾着水无声轻曳。他个子很高，光着的上半身劲瘦，肩膀很宽，腰很窄，有种少年的瘦削感，下颌与五官轮廓深挺而立体，夕阳中勾勒出凌厉清隽，即便没穿上衣，也让他整个人透着一股子干净禁欲的气息。

她觉得现在的陈屿，跟迎面扑来的海风一样，都是清爽又轻易抓不住的勾人潮湿。

林妧来到他身边坐下，手肘碰碰他的胳膊，沾了海水的微凉湿滑，她眨眨睫毛，说："陈屿，商量个事呗。"

他侧眸看过来，点头，示意她说。

"就是……晚上我一个人睡会害怕，跟不熟的女部长睡又怕打扰别人，而且有点别扭，所以，就想跟你一起睡。"

前面都是铺垫，后面这句才是重点。

跟他一起睡。

海风微扬着她的乌黑长发，睫毛卷翘，眼睛晶亮，唇畔弯着期待的小狐狸笑。

明艳又好看。

陈屿听到她的请求，敛眸看着她，眼中清晰地映出她的模样，明眸红唇，白净的脖颈，纤细的双臂和腿，泳衣包裹下是宝藏般玲珑有致的曲线，而这一切都属于林妧。

即便穿着泳衣，也能知道其珍贵，也知道对他会是怎样灼热的诱惑。

晚上孤男寡女共处一室，实在是要命的程度。

喝醉的时候，他不止想共处一室，还想更过分，但那是酒精灼烧理智，显露本性，不存在所谓的克制。

如今清醒着，头脑清明，底线就横在心中，牢不可摧。

陈屿薄唇微抿，搭在长腿上被海水打湿的手指悄然一紧，他立刻拒绝："不行。"

她欲哭无泪："为什么呀？"

陈屿嘴角勾了下，手撑在细软的沙子上，倾身在她额头上落下短暂的一吻，拉着她站起来，转移话题："回房冲洗掉泥沙，我带你去吃饭。"

她嘶嘴，开心不起来。

满桌的特色小吃，陈屿给林妧夹了一道又一道，有意哄着。而林妧因为被拒绝，带着情绪，没觉得多好吃。

夜里窗外的大海陷入浓稠的黑暗，仅剩海滩附近亮着一排灯盏，从酒店房间远远望去，渺小得像萤火虫。

关上窗户和灯，室内静如消音。

不知道是不是初来乍到不适应。

床是软的，被子也很蓬松。

可林妧就是有点睡不着。

她翻来覆去，觉得自己这是有点认床吧。

第二天清早，没有高山和楼房阻挡，阳光从窗帘缝隙中白亮亮地照进来，她被光线照醒。

林妧洗漱完，穿着日常的 T 恤和短裤，顶着黑眼圈出现在隔壁房门口，敲门后，等待了十几秒，没有动静。

她抬手想再敲门时，门终于开了。

陈屿穿着无袖宽松的白色上衣，亚麻同色长裤。他似乎刚洗完澡，漆黑的头发潮湿带着水珠，只用毛巾擦拭着，还没吹干，身上是雪松薄荷沐浴乳的味道。

干净得让她很想紧紧拥抱住。

但心里不开心，她没动，抬手指了指自己的黑眼圈，幽怨地看着对方："你看，我昨晚都没睡好。"

陈屿沉默地看着，微蹙了下眉，似乎也有点意外。

"我就说不敢一个人睡，不想跟不熟的人一起睡，就想和你一个房间，可你防色狼一样不让我进去。"

最终，心疼她大于共处一室的危险感。

他妥协了。

"今晚来吧。"沉默片刻后，陈屿开了口，"对你来说，应该先得睡好了，才能开心度假。"

"真的？"

陈屿没再重复，转身拿起旁边的手表，垂眸看了下时间："先帮你搬行李。"

说完，稍稍静默两秒，他将毛巾放到浴室，再次回到门口敛眸看她，似笑非笑地给出底线："但提前说好，我们可以在一个房间，但要分开睡。"

她笑起来，全部答应："好耶。"

分不分开睡再说。

先混进他房里要紧。

除了手机和充电器，还有昨晚洗的贴身小裤裤，其余物品都在行李箱里。

他帮忙拎了行李箱，林妩就收起晾衣架上已经干透的贴身衣物，带着手机和充电器心满意足地跟在陈屿身后。到他房间后，她将东西在靠近落地窗的桌上放好。

房间格局和她那间差不多，明显不同的是这间房被子铺得整整齐齐，连褶皱几乎都看不到，玻璃拉门的衣柜里挂着的大多是白灰黑的衣物，整体是冷淡风。

好干净，她默默地感慨了一声。

再想想刚才去拿行李时自己的房间，被子没叠，就堆在床上，桌子上水杯随便放着，遥控器也乱丢在桌边。如此一对比，显得她很懒散，早知道就收拾一下，简单装一装了。

林妧脸有些热，心虚的。

不过，这些很快就被抛在了脑后，因为简单吹了几下短发的陈屿过来，伸手拉着她的指尖，指间干燥微暖，低声温柔道："去吃饭。"

酒店餐厅，学生会一行人临时建了个群，方便招呼一起吃饭或通知集体活动。

十几个人坐了个餐厅包间的白色大圆桌。

吃过早饭，大家回房拿了为出门准备的背包，搭乘电梯从酒店出来。

一行人在酒店门口再次集合，讨论今天的行程是集体活动，还是自由活动。

陈屿个子很高，身形颀长、挺拔，穿什么衣服都合适，今天的白色衣服衬得他头发更黑、唇色淡红，肤色越发干净。温热的风一吹，林妧仿佛还能闻到他沐浴过后身上残留的极淡的雪松薄荷味道。

她心里像被小猫爪子轻轻挠着，发痒。

双眸下垂，她看着他垂在身侧骨节分明的手。

在大家的讨论声中，她抿抿唇，悄悄挪了一步，试探地碰了下他的指尖。陈屿注意到后伸出手，掌心朝下自然地牵住她。

手指契合般，交扣相缠。

商量之后，部长们在秦墨有眼力见儿的提议下，选择了自由活动。

部长们有好几个人想去的地方不同，所以分开行动也不算突兀。

"行，既然大家都同意，那今天就先这样。"秦墨总结发言，又愉快地朝林妧挥手，"那明天再在海边一起玩啊，林妧学妹。"

林妧敛起亲密满足的小心思，回过神，也朝秦墨挥手："好，明天一起玩。"

一群人分散开来。

有的去酒店南边的公交车站等车，有的选择到路边直接打车，有的步行去临近的景点打卡，还有的人折返回酒店，打算继续在海滩玩。

周围安静许多，在酒店前的林荫道上走着，林妧说着想去的地方。

前阵子做南岛旅游攻略时，她就想去看看果园的小动物，紧挨着果园的另一条街就是网友们极力推荐的古街，说是建筑人文都很有当地特色，卖的东西齐全，像个小型集市。

陈屿听着点头说好。

两人从林荫道出来，陈屿换到有大太阳的那侧，顺便换了只手牵林妧："晒吗？"

林妧戴着帽子，仰脸笑："还好。"

"那就行。"陈屿双眸因为她浮起淡淡的笑意。

上午游客还不是最多的时候。

林妧买了园内的水果，喂了南岛果园里的猴子和浣熊。

大象区虽然露天，但混杂着草料以及动物粪便留下的各种味道，所以不太好闻。她屏住呼吸，拿起手机对着大象拍了几张照片，随后又拉着陈屿找了风景不错的地方甜甜地自拍了几张，玩够了才往更前方的古街市场走。

古街在果园的北侧，经过红绿灯路口，就明显感受到了不同。

青色砖块，爬山虎覆盖了大片墙壁，午风吹过时，绿油油的叶面会晃动，反着光犹如水面般波光粼粼。

古街两旁全是大大小小的摊位，布棚遮阳，琳琅满目，什么都有，碎花泰式风格的布料不少。

林妧在一个服装摊位挑了件喜欢的黑底绣着金色花瓣的裙子，还给陈屿挑了套同样风格的短袖短裤，临时凑了套情侣装出来。

在摊位里临时用长布搭出来的更衣室里，两人换好了衣服。

换下来的衣服老板娘用袋子替他们装了起来，陈屿主动拎着，另一只手牵着她。

老板娘是个年近四十岁的大姐，亲和地用带本地口音的话夸林妧和她男朋友长得好看。

林妧笑着由衷地道谢，眼神落在旁边的那人身上。

黑底金花的衣服，如果是别的男生穿，也许会有些花里胡哨，但陈屿清隽端正的脸很能扛得住，他个子又高，穿着像杂志里的模特一样。唯独一点，就是不同于他以往的穿衣风格，此刻多了点异域风情的感觉。

一路上逛过来，不少擦肩而过的路人回头看着林妧和陈屿。

似乎都在无言地感叹，甜笑活泼不断挑选东西的丫头，和淡笑耐心等待拎包的男生，无论长相，还是性格，两人都十分登对。

在古街逛完，陈屿手里已经大包小包了。

大多是南岛特色装饰小物品，唯独有一盆结了花苞的矮小山茶花，林妧小心翼翼地抱在怀里，亲自拿着。

去往酒店的车里，外面天色渐暗，黄昏下红绿灯闪烁交替。

“抱了一路，”陈屿侧头瞧了会儿林妧仔细照顾生怕压到花的样子，嗓音带了点笑意，问，“这么喜欢这盆花？”

她微愣，才发觉他一直把她的小心珍重看在眼里，而后弯唇点点头：“嗯，喜欢。”

简单地回应，她没往下说了。

其实，这盆花是买来送他的。

遇见就是有缘，虽然不像她以前在山中寺庙里见到的那棵百年灵气山茶花树，每年冬末开花，迎接着唯一钟情的春天。这棵虽柔弱小小的，却也是同一种植物。

回到酒店。

陈屿和她搭电梯回到楼上的房间。

用房卡打开门，他微微一扬下巴：“进吧。”

“好。”林妧恍惚间，真有了点女主人回家的感觉，心里滋生出些许小雀跃。以后能跟陈屿有结果的话，大概就是这样吧，共同有一个房子，休息日不忙的时候一起出门，然后一起回来，他开门，她进屋。

林妧把山茶花放在阳台上，想了想，担心白天阳光强烈会晒枯它，于是又将花盆安置在了隔着纱帘靠窗的桌子上。

陈屿从卫生间洗完手出来，抬眸似笑非笑地看着她慎重选择花盆摆放的位置：“这么宝贝它？”

林妧被调侃得有点不好意思，但决定晚点再告诉他这花是送给他的。

她转移话题：“去吃饭？”

陈屿询问：“想在酒店餐厅吃，还是找家特色小吃？”

林妧在外面逛了一整天，实在不想再走远了，于是果断选择最近的酒店餐厅，很方便，搭乘电梯走不了太远就能到。

学生会今天属于自由活动，吃饭时也没在餐厅遇到眼熟的人。

从餐厅出来等电梯时，陈屿手机响了，他从短裤口袋里掏出手机，看了眼名字，接听。

“我到酒店办完入住了，你来帮我听听决赛的歌吧，我准备唱你的那首《缪斯》，正好我是《缪斯》的 MV 男主嘛。刚问了下前台，说唱歌房在十一楼，我去开个包厢，然后你待会儿过来？”

走廊安静，沈如洲的声音很有辨识度，隐隐从听筒传出，林妧耳朵好使，一听就知道是他了。

陈屿垂眸，看向她，问："去吗？"

她反应了半秒才明白这是问她跟不跟着一起去，想到他大概会去，于是她点点头。

电话那边的沈如洲顿了顿，显然也听到了这声询问。电梯到达，林妧很清楚地在旁边再次捕捉到沈如洲更大的声音和笑："在淮京亲热还不够，把人带到南岛了是吧？"

这种调侃专属于她和陈屿，所以林妧并不反感，甚至还挺喜欢的。她没忍住嘴角弯了弯，笑脸微微羞赧起来。

陈屿手揽住她的肩膀，半拥抱的姿势进了电梯，目光落在她颤颤巍巍的睫毛和微红的脸颊上，抬手用指腹轻轻地抚了抚，从眼角到脸庞。

对于沈如洲的调侃，他没太在意，只言简意赅地说："发包厢号，挂了。"

她默默深呼吸，眨眨眼，越发明白原来暧昧的热与漠然的冷两种截然相反的感觉真的能同时出现在陈屿身上。不会互相排斥，反而异常融合地交织在一起，像高山覆盖着冰层仍能悄无声息地绽放出雪莲，不同于寻常春花，更让人想触碰沾染。

电梯停在十一楼。

两人走出电梯，陈屿拿出手机，微信上已经收到沈如洲发来的包厢号码。

包厢门隔音极好。

门推开，里面的音乐瞬间传出，扰乱了原本安静的走廊。音响传出的旋律她很熟悉，就是陈屿前阵子为筹钱在音乐室创作并发布的那首歌曲。

林妧跟着陈屿进了包厢，服务生退出去并关上了门。

"兄弟先来个原版？"

沈如洲这么说着，林妧庆幸自己跟来了，否则就错过了花钱都听不到的现场。

陈屿不紧不慢地接过话筒，低吹了口气，声音通过话筒从音响传出。

音乐前奏在钢琴声中进行。

到了节奏点，陈屿唱——

月光下的黑色梦境

你突如其来的翩然身影
不断悄悄入侵我的心脏
温柔将我吻醒
想要抓住却发觉你布满棘荆
你随着月光出现
日出后随之消失不见
我不安彷徨，愿被你埋葬
长眠于月光与你回眸背影
支离破碎凝望

林妧愣了下，感受着极近距离的再次怦然心动。

她还是第一次听到，他亲口唱出这么晦涩又扭曲深情的情歌。

不光是听觉的享受，眼睛更是。

歌房里头顶的灯有些暗，陈屿神情便蒙了一层浅白的光影，眉眼、鼻尖、薄唇和下颌的轮廓被屏幕冷白的光映亮。

她忽然很想吻过去。

但有外人在，她只好暂时保持理智，忍住了。

“不愧是音乐大才子的原唱，牛。”

由衷鼓过掌后，沈如洲收敛了平时玩闹不太正经的模样，挺敬业的，一段段细细地唱着《缪斯》。

这种选秀节目，但凡知道点内幕的人都懂，想要获得前三的好名次，必须签约举办比赛的娱乐公司。

而就现在的人气和商业价值来看，这届《天选之子》的冠军，将会落在最受欢迎和票数最高的沈如洲身上。

这是选秀节目的游戏规则。

当然，前提是表现必须符合冠军的水准。否则以如今发达的网络，质疑声会铺天盖地，所以现在的沈如洲格外认真卖力。

可惜，林妧听过了陈屿的原版，再听别人唱，即便技巧声线再好，她也私心觉得自己只喜欢陈屿偏冷质感却藏着深情的嗓音。

练了将近两个小时，沈如洲差不多满意，嗓子都唱干了，喝了几口水，看向一直安静地待在陈屿身边吃水果糕点的林妧，笑着打招呼：“你会唱歌吗？”

“会呀。”她点头。

“来一首？”沈如洲提议。

“那——”她给面子，继续重播刚才的《缪斯》，“还是这首吧，我也很喜欢。”

她嗓音清甜，阴郁的歌词经她唱出来，多了几分缠绵不休的恋爱的感觉。

陈屿没想到她能把暗黑情歌唱得这样缱绻。

她面对屏幕，嘴角微弯，好似甘之如饴。

他盯着看了很久，觉得有无数温柔包裹住孤独残缺的内心，恍惚踏入另一个圆满的世界。

另一边的沈如洲眼睛睁得更大了些，简直难以置信。

如果说陈屿的声音像冰，快要冻住万物进入深渊。

那么林妧的声音就像融化冰雪的春风，甜丝丝，裹着花香给荒芜的深渊带来生机。

沈如洲由衷地赞叹，竖起大拇指：“妹妹，你这嗓子可以啊，比我公司的几个小师妹还甜，太赞了。出道吧，真的，可以考虑一下，我推荐你。”

“谢谢夸奖。”她放下话筒，摇头，“不过暂时没这个打算。”

娱乐圈不好混。她没人脉，没家庭背景，不敢赌万分之一的幸运，所以没勇气进去厮杀。

陈屿微微勾唇，很低地笑了。他的女孩，歌声好听或难听，只唱给他听就够了。

离开包厢后，林妧因为在这两个小时里吃了不少东西，想先去趟洗手间，陈屿则在走廊拐角处等。

没一会儿，沈如洲也想去，走廊上便只剩下陈屿一人。

洗手间距离走廊拐角不远，一眼就能望到的距离。

林妧从洗手间出来，在镜子前洗手。

另一侧的男洗手间，恰好戴了大墨镜的沈如洲也走了出来。

沈如洲笑着搭话：“妹妹，上次跟你说的陈屿的爸爸陈文辉，回去搜索了吗？”

林妧想起搜索出来的资料，点点头：“嗯，还挺复杂的。”

“是啊，陈屿的家庭情况比较复杂，就像被下了魔咒一样，没人能帮，只等着他这个少年来打破。你若愿意陪他冒险，就最好了，可别半途而废。”

她没觉得是冒险，只是有点好奇：“不过，资料里没提及陈屿的妈妈，也去世了吗？”

沈如洲撇嘴，满脸惋惜，边走边说：“唉，陈屿爸爸出车祸没几个月，他妈妈就吃药殉情了。”

事实太过悲凉。

林妧听着，明显感受到自己的心跳不由得沉重一滞。

她抬眸看向不远处等着自己的陈屿。

走廊里的白炽灯光线很强，白墙素净，反射着光线，相比别处，感觉视线清晰了很多倍。

他长身直立，单手插兜望着窗外黑漆漆的无边大海，也不知道在想什么。

没有脆弱，却孤孤单单。

林妧上前，心疼泛起，从后面抱住了他。

陈屿转过头来，睨着抱着自己的女孩两秒，嘴角带了些笑：“怎么忽然这样撒娇？”

“……没什么，就想抱抱你。”

她的脸埋在他后背，声音略显沉闷。

沈如洲被强行喂了口狗粮，既替兄弟感到欣慰又有些嫉妒，不便多打扰，识趣地挥手告别，先上电梯离开。

走廊寂静，再无人打扰，拥抱了半晌也没有松开。

不知道为什么，林妧的鼻子发酸，有点想哭。

和陈屿在一起时，她总觉得他忙碌拼搏着一切，偶尔也会嫌他陪自己的时间太少，今天知道了他父母的事情，好像瞬间就理解了他。

陈屿成长在一个不似寻常圆满的家庭环境中，没有自暴自弃，除了强大的自律，一定还有足以让他长久坚持的梦想。

“沈如洲的梦想是做超级大明星，你呢？”

林妧抱着他的手臂还舍不得松开，从贴着他的后背抬起头，认真地看着他的眼睛，问：“陈屿，你一直以来的梦想是什么？”

“一直以来的梦想？”陈屿简短重复后，很快给出回答，“重新创立淮京梅山集团，是我作为陈家后人的梦想。”

“那你对现在十九岁的陈屿满意吗？”

她仰着头看他。

“挺满意的，超出自己之前的预想。”陈屿带笑的目光垂下，落在她真挚的小脸上。

林妧却轻轻蹙眉，有些担忧，犹豫着问："那……你对十八岁的林妧有没有什么期待？"

她不如他自律耀眼，她习惯了躲在别人的羽翼下受保护，但现在她意识到了这个问题。

林妧又不太自信地补充了一句："我有让你失望吗？"

陈屿哼出轻淡的笑，他说："当然没有。"

"……真的？"

"嗯，别想那么多，你能简简单单、开开心心地生活就很好，这就是我对你的期许。"

这么明显偏爱的双重标准。

林妧感觉快溺毙在他温柔的目光里。

走廊尽头涌来的风吻过他的短发，也把他身上清冽的雪松薄荷味吹散，又轻缓回聚。

仿佛春风，无限柔和。

她嘴角弯起，把自己甜蜜的小心思说给他听："陈屿，你知道吗，今天那盆我很宝贝的山茶花，其实是买回来送给你的。"

"原来是给我的。"陈屿笑了笑，"为什么给我买这个？"

"它就像我，以后都有我陪着你。"她仰脸，表情正经，"或许我不够完美，也不够好，但我会全心全意地喜欢你。"

直白热烈的爱意，毫不遮掩。

最动人的就是真心了。

陈屿默不作声地瞧了她一会儿，沉静的冷眸溢满温柔，手从覆着她手背的位置挪开伸过来，抬起她的下颌，转身低头。

薄唇轻轻落下，无声滚烫，缱绻亲吻。

也是他的心意。

阴影阻隔了白炽灯光。他手心发烫，指尖沿着她的下颌往后抚上去，触到她的脖颈和肩膀的肌肤，穿过裙子领口，微微覆盖。

更亲近的温热触碰。

林妧的心跳仿佛都要停滞了。

他吻得很深，几乎吻得她双膝都软了。

走廊会不会有人经过，被人看见会不会很羞耻，这一刻都不再重要。

她只能感受到陈屿的唇和气息，以及他落在她脖颈肩膀上的指腹，很干燥暧昧的力道。

一吻短暂结束，又一吻落下来。

林妩的睫毛像颤颤巍巍的蝴蝶落入层层花海，已经晕头转向，不知所谓，迷迷糊糊地前行或后退，进电梯，由他带领着方向踉跄而归，最后刷房卡阻隔掉外面的世界。

被按在床上深吻的瞬间，她主动解开裙子的腰带。她还想继续往下脱，手被紧紧攥住了。

她迷茫的双眸带着水光微睁，去看他。

陈屿鬓角有汗湿的痕迹，青筋略起，他抓过床边的雪白被子盖在她身上。

如果没看错的话，他似乎还咬了下薄唇，手指紧紧攥起泛白，极力在忍耐，转身要去浴室。

她脸贴着他的手背，只想留住他，双眸直勾勾地瞧过去，虽然退了一步，却也足够斩断他此刻的底线："陈屿，我可以帮你的……"

她好看清纯的脸染了红色，明艳得像狐狸精似的，只差变出尾巴挠他。

灯光从顶部照下来，肌肤亮得像发光一样。

一切无处可藏。

她看见陈屿盯着自己，仿佛这个世界只有她，不似平日冷然或者温存，而是有种捕食者的进攻性，像要吃掉她。

她被看得心跳更快，拉着他的勇气悄然消散，指尖刚刚松开些力道。

倏然，灯被关上。

是陈屿不愿让她看到也许会令她害怕的某处。

然后，她被按在了柔软雪白的床被中，唇被陈屿纠缠堵着，吻到快要窒息，感受到他骨骼清晰的手和另一处，开启了自己从未有过的潮热滚烫体验。

她紧闭着眼，忍着声音。

陌生的如坠入深渊的感觉，让她脚趾头绷紧，也觉得羞耻。

月光下，阳台的玻璃推拉门开着，夜风摇曳着薄雾纱帘，梦幻般温柔。

那棵小山茶花在幽幽地承受着纱帘轻抚，花苞动了动，似乎在说——

你知道白山茶花树开花迎接春天的意义吗？

春天，是四季漫长轮换中，唯一钟情的季节。

矜持庄重。

好巧，我对你的喜欢也是。

…………

当她杏红色的唇说出可以用别的方式帮他时，陈屿咽下喉咙的干涩，她主动贴着他的手背。

体温不停蔓延开来，轻缓地，像小狐狸的尾巴，一圈圈缠绕住他的理智，勒紧，像要勒死为止，最后破碎解脱。

灯灭，周围瞬间黑暗下来。

是陈屿害怕自己会吓到林妧。

那是只有他一个人知道的一面，没人见过，是独属于少年的妄念。

今天是晴天，即便入夜，天空中的云层极少且薄，干净纯色的夜空布满星辰，璀璨的星光为浓稠的黑色增添了光泽。可比起外面，房内更是仿若踏入五彩斑斓的世界。

最后，她失去了大部分力气，缓缓恢复清明时，看到月光斜斜地洒在地板上。陈屿随意扯了一条浴巾围在腰间，然后光着上半身去拿纸巾，他背脊的骨骼轮廓在淡白的月色中显得清晰而冷硬，转过身来时，下颌显得消瘦。

陈屿俯身低头，沙哑的声音带着点微微的满足："你先去浴室？"

"嗯……"林妧抿了抿唇，裹着被子下床。一结束，勇气便消散了，她有些不好意思。

灯亮了，视野变得异常清晰。她逐渐回过神来，羞意也源源不断地涌上心头，后知后觉地想到，如果对方不是克制的陈屿，可能就真的会到最后一步吧。

洗完澡出来，床上已经铺了一条平整宽大的白色浴巾，掩盖住潮湿的痕迹。

想到两人不久前在那里的画面，她的脸和耳朵迅速烧起来。

陈屿已经穿上了白色半袖睡衣，正拿着瓶水在喝，喉结微动，唇瓣潮湿，但双眸看过来时那冷淡干净的模样，全然没了刚才禁锢她时呼吸深重、几乎要将她拆骨入腹的样子。

见她懵懵懂懂的样子，他嘴角勾起了一丝笑意，拧开另一瓶水走过去递给她，只说："我去洗一下。"

林妧喝了口水，从行李箱里翻出自己的睡裙，换上之后才将被子铺回床面。

浴室门关着，是磨砂玻璃的，可以隐约看见里面人的身形轮廓。

她心里蓦地感到满足，好像陈屿已经属于自己了一样。

林妧拿起手机试图转移注意力，看了看微信消息。

群里，郑谦发了昨天在海边拍摄的视频，分成了好几段，时间有长有短。

点进封面是陈屿身影的那段视频，海浪汹涌，冲浪板起起伏伏，陈屿从容地站在浅滩，扶着她学习平衡。应该是那天在学冲浪时，郑谦在沙滩上录的。

她看着画面里的自己和陈屿，没忍住点了暂停。

而后截图，保存。

这是她和陈屿亲密无间，第一次被别人拍下的样子。

将近夜里十二点。

林妧窝在陈屿的臂弯里，两人相拥躺着，窗帘都拉上，遮住月光，黑漆漆的卧室里有显示时间的电子表蓝光，倒不至于什么都看不见。

她迷迷糊糊快要睡着时，好似听见窗外大海上悠悠传来海豚的低频鸣叫声。

声音进入耳朵，心底倏然一轻。这种感觉很神奇，很治愈，灵魂都被安抚了似的。

随着那几声海豚悠扬的鸣叫，林妧彻底睡着了，枕着他的手臂，乌黑柔软的长发如瀑，眼睫闭着，唇纹丝不动，呼吸清浅，一副温婉睡美人的样子。陈屿低眸看着，没忍住伸出指尖穿过她的发丝，落下一吻。

少顷，桌面上的手机屏幕亮了亮。

他微微转身，拿过桌边的手机，看了眼消息。

丁巍伯父：蒋雄组了联谊局，蒋樱会参加，去的都是你们同龄人，你要不要过去？

陈屿双眸沉静淡漠，完全没兴趣，随即回复：谢谢伯父挂念。我在南岛，跟我女朋友在一起，就不去了。

清晨，陈屿被生理反应惹得有些心烦意乱。

以往有这种反应不用理会，自然就会平息。

可现在因为林妧躺在他怀里睡着，馨香温软，腿搭在他身上，睡裙露着一角，腿部肌肤细腻洁白。

他闭眼，微喘了口气，尽量放轻动作起来，去往阳台冷静会儿。

窗帘拉开又闭合，留出一条缝隙，外面的光线并不强，甚至满天乌云，见不到太阳。

屋内，林妧翻了个身，缓缓睁开眼睛。

在学校养成七点起床的习惯，生物钟让她准时醒来。

其实她是有点认床的，前天自己在房间翻来覆去，睡不踏实，就有认床的原因。但很神奇，跟陈屿依偎在一起，她很快就安稳睡过去了。

这一觉十分解乏。

此时，宽大的床上只有她一个人躺着，不见陈屿。

她起身下床，看到窗帘外，有人站在阳台。

陈屿背对着她，穿着白色短袖和亚麻的裤子，肩背宽直，身影好看又可靠。

林妧上前拉开阳台玻璃门的瞬间，下雨的声音裹着清新湿润的空气扑面而来。

居然下雨了，她眨眨眼，迟钝地反应过来，今天应该不能出去玩了。

拉玻璃门的声响传来，陈屿察觉，回眸看到她，唇边勾出浅浅一笑，虽然短暂，却很温柔。

“醒了。”

他伸手搭在她的肩头，将她揽在身边，一起眺望阳台外的雨景。

雨水淅淅沥沥不停，形成轻微复杂的白噪声。

她和陈屿以后会在哪里定居呢？

她不知道。

她只是觉得，如果将来带着父母在南岛居住，似乎也不错。

手机收到群消息，林妧点开去看，是秦墨发了一张天气预报的截图，显示这场雨将持续一整天，到晚上十点多才会停。

这意味着今天只能在酒店里待着。

群里大家商量之后，大多数人不愿意闷在屋里什么都不做，于是大伙约好到酒店的娱乐层相聚。人多，总是热闹有趣些。

秦墨还特意给她和陈屿各打了一通电话，要他们都来，她觉得参加也没什么不好，便答应了。

到了专门休闲娱乐的楼层，因为下雨，订游戏房间的人不少。他们排了一会儿队，才订到一个大包间。

一行人点了不少吃的，在包间里斗地主、打游戏、喝酒、唱歌，玩得不亦乐乎。

晚上七点，玩嗨了的大家还划起了拳，吵吵嚷嚷十分热闹。

张洋喝得太多，放酒杯的时候不知踩到了什么，滑倒在地，把旁边的秦墨和郑谦也带倒了。

笑声，骂声，没心没肺的欢乐爬满了每个人的脸。

尤其是林妩，几乎笑弯了腰，歪头靠着高雯晴的肩膀。

在热闹的人群外，陈屿嘴角带笑，偶尔沉静地看林妩两眼，他和沈如洲坐在沙发上聊天，没有参与划拳。

沈如洲要准备最后的决赛，为了保护嗓子，没怎么喝酒。

闲聊中，沈如洲自然发觉了陈屿对林妩极上心的样子，虽然挺好，但也替兄弟发愁，问："老爷子应该还不知道你谈恋爱的事吧，要知道了不得扒你一层皮？你打算怎么办，要不我提前给你准备好碘酒和消炎药，到时候你被老爷子用藤条打，也能用得上。"

陈屿有自己的打算，早已经想好了。

他没透露太多蒋氏和新公司的联系，只是说："等局面再稳定点，我就把和她的事告诉爷爷。"

到时候，想必老爷子也说不出什么阻止的理由。

沈如洲点头："行，你心里有打算就好，免得成为苦命鸳鸯。"

陈屿无所谓地笑了，即便老爷子不同意，他也不会割舍掉自己的感情。

学生会一行人太兴奋，临近晚上八点时，都有点喝多了，晕头转向站不太稳了。

期间，林妩斜着身子，倒在陈屿身上。

他倒了杯温水喂她，带着点小纵容，任由自己的女孩喝几口后推开，环着他的腰，为所欲为。

虽然她靠着他大多时间在说些不着边际的醉话，但陈屿还是"嗯"一声给出回应。

"时间不早了，大家差不多回去歇着吧。"

陈屿发话解散。

他扶着林妩的胳膊离场。

从电梯出来，寂静的走廊就只剩下他们俩。

在酒精的作用下，脑袋还眩晕着，她轻声笑了，在他站定用房卡开门时，凑过去耳语："上次买了两件泳衣，我都带来了，等会儿穿另一件给你看好不好。”

陈屿的手一顿，看过来的漆黑双眸在走廊光影中幽然静谧，像吸人无底的深井。

门已经开了。

一丝丝眩晕麻痹着所有矜持理智，林妧只想把美好的模样留给陈屿看，她从更衣室的隔间出来，身上只剩最大胆的银色深 V 露背衣物，这种还不如不穿，恰到好处的遮掩，犹抱琵琶半遮面更致命。

她脚底发软，没什么力气，就坐在床边。

莹白如玉的一双小腿悠然地在空中晃来晃去，她嗓音绵腻：“我只穿给你一个男生看了哦。”

说完，她忽然起身，朝旁边沉静地盯着自己却只坐在椅子上的陈屿走去。

桌边的山茶花散发着淡香。

陈屿在她走近时，闻到了玫瑰乳的香味，他顺从她的靠近，配合着后仰。林妧抬起的手从他冷白的脖颈间擦过，酒精使然，手微微发热。她双手环抱着他的脖子，就坐在他腿上，吐气如兰。

她轻轻问：“你觉得好看吗？”

陈屿眼皮跳了下，抿唇，没有回答。

天旋地转间，挺拔的身影笼罩下来，用行动给予说明。

他吻得狠，林妧背抵着床，宛如只剩彼此，热烈得就快要天崩地裂。纱帘在风中轻轻摇摆，空气潮湿而清新。

夜色浓重，风雨却持续未停。

阳台上摆着的花朵绿植质感偏厚，但风太大，花与叶颤动着，在风雨中不断被吹拂。

第二天，林妧清醒后脸红不已。

碍于印象中是自己主动招惹的，她只能认了，照了照镜子，看到脖颈处的嫣红痕迹，出门前系了条丝巾以掩盖。

后面几天，她表现得挺老实，因为害怕痕迹退不下去，到时候在妈妈郝文双那里交不了差。

又在南岛玩了几天后，到了回淮京的日子。

回程时，沈如洲的粉丝们已经得到了消息，堵在机场。

一行人赶到机场时是早上六点半，粉丝们几乎把机场围得水泄不通，好在沈如洲联系了经纪人，经纪人找了机场熟人，安排走贵宾通道。

下车时，林妧走在陈屿后面，戴了帽子和口罩的沈如洲则紧跟着她，怕被人群挤散，沈如洲还伸手拽住了她斜背着的小挎包。

粉丝们眼尖，很快就发现了这个动作，不由得猜测。

等等——这女生是谁？

沈如洲哥哥居然拽着她的包，是不想分开的意思吗？

林妧照常往前走着。

她紧跟着陈屿，手也被陈屿牵着，丝毫不知道两旁这些投向自己的目光中，有些人已经自动忽略了她和陈屿的亲密，而在心里埋下了另外一颗不靠谱的八卦种子。

飞机降落在淮京，已经是上午十点钟，滕华娱乐那边派了人来接沈如洲，这下省心不少。

到了停车场的候车区域，陈屿拿出手机，准备叫车，问道："我先送你回去，地址是哪儿？"

"回饮品店吧，这个时间我妈妈应该在店里了。"

"上次叫咖啡的那个店铺？"

"嗯，我去陪我妈待会儿。"

"好。"

林妧看到旁边的指示牌标着地铁站的引导口，她在心里算着从这儿到饮品店，坐地铁大概需要多久时间。

没有直达的路线，需要走一段路，时间肯定就会久些。

想到这里，她立刻去抢陈屿的手机，取消了叫车订单。

在陈屿微微一怔，略有不解的眼神中，她诚实地说明："我们坐地铁回去吧，这个时间点地铁宽敞又安静，而且我还能跟你多待会儿。"

不是早晚高峰，地铁人少，空着许多座位，丝毫不拥挤。

她选择门边的位置，陈屿坐在她身边，很近。

在商场站停下后，一对小情侣嬉笑着跑进了相邻的那节车厢，因为人少，很小的声音也会格外清楚地传过来。

梳着马尾的女生说特别喜欢男生聚精会神给自己夹娃娃的样子，并约定以后每次去商场，男生都要夹娃娃给自己。

话里的甜蜜快要溢出裹住彼此。

真好呀。

地铁启动，外面的广告牌不断闪过，林妧看着陈屿，稍微伸手勾勾：

“告诉你个秘密，要不要听？”

“什么。”他眸色沉静，却还是顺着她的意思，低头凑近了些。

她在他耳边轻声说：“其实我特别喜欢你在南岛时光着上半身的样子，尤其露着腰线，就很想过去贴贴抱抱……”

说着，她手指一点点挪到他手上，眼睛里装满他的轮廓——清隽深挺，他双眸很好看，双眼皮窄且恰到好处。

她在半着迷的状态下，倾吐掩藏已久的秘密：“还有这双干净好看的手，之前每次在音乐室看你弹琴，我都幻想如果这双手碰到自己，会是什么感觉。还有如果在钢琴上……”

碍于后半句太羞耻，林妧直起腰肢，凑到他耳边悄悄说出来。

陈屿认命地闭上眼，却依然任她在耳边轻笑。

只是眼皮跳了下，是唯一的情绪流露。

公共场合，虽然人少，也实在不适合举止太亲密。

半表白半恶作剧之后，林妧收敛着越发想亲近的心思，垂眸，唇边还挂着浅笑，玩起剩余电量不足的手机，直到快要关机。

她要陈屿的手机，没想检查什么。

她就是无聊，随便看看聊天内容。

陈屿看了半秒，将视线从手机上挪开，落在她微翘的睫毛和脸上。地铁外广告灯光颜色变化，一片绮丽。

很漂亮。

秋日盛开的凌霄花吸引来的蝴蝶也比不过。

林妧百无聊赖地玩着手机，看到置顶聊天框是自己的头像，很满意，再往下看，不是学生会群就是前辈或商务沟通，除了自己，最近的联系人就是丁巍伯父。

她手指快于思考，已经先点进去。

下滑，她看到几天前的聊天记录。

丁巍伯伯：蒋雄组了联谊局，蒋樱会参加，去的都是你们同龄人，你要不要过去？

陈屿：谢伯父挂念。

陈屿：我在南岛，跟我女朋友在一起，就不去了。

虽然陈屿干净利落地拒绝掉了，但林妧再迟钝的脑袋，也明白这位丁巍伯父是什么意思。

蒋樱。

她默默盯着，重复了几遍这个名字。

回到家，林妧洗完澡后站在镜子前，直勾勾地看着身上极淡的痕迹，几乎已经看不出是吻痕。

那时，她满脑袋全是迷蒙与热度，完全顾不上也给他印下痕迹。

她现在反思，下次一定要做这件事。

——在陈屿的脖颈处留下自己的痕迹。

躺在床上，她习惯性地拿起连接了充电器的手机，和陈屿语音通话了近一个小时。

时间不早，说了晚安后，林妧却没睡。

她思绪静下来，鬼使神差地打开网页，在输入框拼出了“蒋樱”两个字。

第一条链接就是资料介绍，蒋樱的名字下方，明晃晃地写着蒋氏财团蒋雄与蓝月姗的女儿，是蒋氏创始人蒋盟的孙女。

官方给出的照片是参加音乐比赛时拍的封面写真照，身材高挑，黑色抹胸长裙，大气优雅，也是黑长直的头发，双眸细长秀婉，笑容自然贵气。

个人经历里写了蒋樱为山区儿童捐款盖学校，还有和山区孩子们的亲密合影。

实打实的白富美，极有才华与教养的感觉。

退出资料后，排在第二条的搜索结果便是名为“蒋樱 butterfly”的微博。

林妧不确定地点进去，看到放大的头像和资料是同一张美丽面孔，微博有 190 多万的粉丝。

她往下看最新的微博，内容大多是生活琐事的分享。

直到一段音乐会视频，定格的封面有陈屿。

虽然陈屿站在角落位置，穿着在学校极少穿的正装，但林妧一眼就能认出。

看日期，应该就是陈屿期末考试前离校的那段时间。应该是朋友替蒋樱录的视频，她坐在钢琴前，在众人的围观下弹奏着美妙的曲子，而陈屿和旁边的丁巍伯父低头交谈着什么，他没有抬头看。

曲子流畅动听，忽然出错的低音，突兀明显。

蒋樱不好意思地歪头笑笑。

这声别扭的琴音，也引得陈屿眉头微蹙，朝弹琴的蒋樱看了一眼。

曲有误，周郎顾。

林妩退出微博，关掉手机。

她把脸半缩在被子间，心跳微微沉着。

之前面对柯佳，再漂亮，再坚持不懈，她也觉得不必去在意，因为陈屿已经表明了不喜欢这种纠缠。

可蒋樱没有这份纠缠，她是极有内涵的天之骄女。

她想引起陈屿的注意，方式也高明许多。

如果站在陈屿身边的女生不是自己，而是蒋樱，陈屿大概能获益不少。

要是自己能帮上陈屿就好了，哪怕只是一点点。

胡思乱想着，林妩闭上眼渐渐睡过去。

翌日起来，林妩发现家里安安静静只剩下自己，郝文双已经去店里了。

窗外有风声，薄雾蒙蒙，枯树枝在冷风中颤颤巍巍地晃动。

淮京和南岛的温度完全不同，一个入冬，一个似夏。

地板下的暖气热着，但她仍能感觉到若有似无的凉气从睡衣缝隙钻进来。

林妩洗漱回房，刚想换衣服出门，手机响了。

她拿起一看，是陈屿打来的。接通后，那边传来隐隐的风声，应该是在外面，他问："吃早饭了吗？"

"还没，刚起床。"她情绪不是很高。

"怎么好像不太开心。"陈屿似乎笑了笑，汇报着行程，顺便提议，"十点在灏运有个会，现在还有时间，一起吃个早饭？"

"行。"林妩看了看时间，才刚八点，她知道灏运距离自己家不远，反正睡衣还没脱，于是说，"我家北边街口的那家如意馄饨挺好吃的，要不你过来？"

陈屿应下："你把家里地址发给我。"

她挂断电话，打开微信发去了位置共享。

四十多分钟后，门铃被按响。

从猫眼里看到来人是穿着黑色羽绒服的陈屿，林妩打开了门。

陈屿看她还穿着睡衣，绒毛是淡紫与粉色，衬得露在外面的肌肤更白净。

她关上门，拿出备用拖鞋给他换，然后带着他来到餐桌前。

两份馄饨盒打开，热气腾腾的香味飘散出来，还有几个小蛋糕甜品，应该是他过来时顺路买的。

陈屿简单环顾了一下四周，简单而温馨的家，电视柜和墙上都有全家福的照片。

他脱掉了羽绒服，只剩里面的衬衫和正装。

林妧摆好餐具，再抬眸，才发现陈屿今天去灏运开会谈事穿了她最着迷的正装。

他目光向来清冷，低头用筷子吃东西，张开薄唇。

他口腹之欲不高，寻常的食物只要不是太难吃，对他而言就没有区别，就像眼前的馄饨，和以前吃的那些，他分辨不出谁的味道更胜一筹。

林妧问他："好吃吗？"

她又恍然想到，说："是不是吃不太出来？"

陈屿一脸平静："你爱吃，应该是好吃的。"

林妧撇撇嘴："换个你知道答案的问题，你觉得——将樱怎么样？"

陈屿回答得很快，且果断，连思考都没有："怎么样都跟我没关系。"

她顿了顿，追问："那谁跟你有关系？"

他答得一如既往地干脆，抬起沉静好看的眸子看着她："你。"

林妧忽然就没有不开心了

起码现在是这样。

她很想在他去谈正事前，先把这身禁欲的衬衣给解开。

他将吃剩的垃圾包装扔到外面的垃圾箱。

带着表面的寒气再进屋，陈屿身子微微一晃，是林妧守在门后忽然抱住了他的腰，指尖越抱越紧，回来的猎物被她捉到啦。

她得逞地仰脸，朝他喉结微微吹气。

幽幽的香。

陈屿几乎瞬间就明白这意思。

"这是在你家，万一叔叔阿姨回来。"他说完就那么笑着看她，明明什么不君子的举动都没做，只光风霁月地站在原地，那含笑的眼神却好像正在将她吃干抹净。

林妧觉得这人不光双眸好看，就连眼神都会侵略人似的。

她被他看得脸有些热，这时，突兀的手机铃声响起。

陈屿低头，接了电话。

“她在我身边，你问吧。”

他说着，把手机从耳边拿开，按了外放。

沈如洲的声音即刻在屋子里清晰地响起来：“啊……你跟林妧在一起呢？咳，林妧妹妹？是这样的，有个事要麻烦你，你愿不愿意跟我合作《缪斯》，只唱副歌就行。”

她有点惊讶：“我？”

“对，你。”沈如洲笃定。

原来是沈如洲搭档的那位小师妹因感冒嗓子哑了，其余的几个师姐师妹实在不擅长甜嗓，全是欧美和民族唱腔，所以沈如洲就立刻想到了林妧。

在南岛酒店歌房的时候，沈如洲可是亲耳听过她唱歌，在比赛中见了太多选手找来合作的女歌手，抛开知名度不谈，只凭嗓音和外貌的话，她参加比赛一鸣惊人，绝对没问题。

有些人就是老天爷赏饭吃。

林妧尚未理智地考虑清楚，但脑袋里冒出蒋樱弹琴的画面，感性使然，嘴巴已经先答应了：“要不……我试试？”

她潜意识里，觉得自己不会弹琴，但会唱歌。

也不是哪里都比不上蒋樱，她极力想证明自己也很好。

沈如洲有点小兴奋：“好妹妹！那你现在方便过来吗？参加一下彩排，这是我的号码，微信号一样，加我一下，发你位置。”

“哦，好。”她应着。

挂断电话，陈屿盯着她仿若还有些蒙的样子看了一会儿，面色沉静理智地问：“想好了？”

她被他看得心静下来，略思索，点头回答：“嗯，我还挺喜欢唱歌的，再说了，能帮上你朋友，去试试吧。”

“我送你过去。”他说。

“你送我去？”

林妧犹豫一两秒，为他着想，所以拒绝：“不用了，来回跑，又不顺路。”

“没事。”陈屿拿起外套，淡淡地说，“只要是你，怎么都顺路。”

彩排在淮京市级电视台的演播厅进行。

上午九点半，演播厅里彩排的选手和工作人员都在忙碌着。

滕华娱乐的经纪人也在场，本来有点担心沈如洲找来的朋友行不行，但林妩拿着话筒唱出第一句来，经纪人就知道稳了。

沈如洲对她来帮忙还是很感激，所以问："你想要什么？"

不能白唱，总要表示表示。

聊到想要的东西，林妩心思流转，狡黠一笑："先欠着吧，想到再跟你说。"

天色在下午五点时已经昏沉，而后渐渐彻底黑下来。

晚上六点半，演播厅坐满了人。

林妩一身月白色简洁短款连衣裙，长发柔顺，脸上的妆容不浓，但红唇和妩媚上挑的眼角，依然让她在一颦一笑间用美貌和歌喉在合作舞台上光芒闪耀。

这首情歌被林妩唱出了春天夜间花开与枝头冰雪缠绵悱恻的味道。

舞台高潮，是进入副歌部分，她手搭在沈如洲肩膀上几秒。

搭配着沈如洲故作羞涩的笑容，气氛点燃，台下的尖叫声瞬间四起。

林妩原以为自己会在正式录制时紧张，但面对着镜头和底下热情欢呼的观众，她反而心潮澎湃有种找到归属的感觉，表现虽避免不了生涩，却也比彩排时从容自然许多。

这场合作舞台无疑算是成功的。

沈如洲凭借超高的支持率与决赛出色的表现拿了《天选之子》的冠军，而搭档他唱大火情歌《缪斯》的林妩因为嗓音和美貌，以及被粉丝发现机场照里的女生就是她的真相，惊艳卷着八卦绯闻，着实在粉圈里火了一把。

不过，短暂耀眼的火花之后，林妩宛如十二点消失的公主，选择回归大学生活。

她不觉得生活平淡。

因为身边有陈屿，让她喜欢得痴迷，仿佛每一次呼吸，都裹了甜丝丝的蜜糖。

而陈屿也庆幸遇见了林妩。

一个总想让他开心，像月亮般皎洁美好的人。

第九章

夏之尽时

再开学，林妧和陈屿的小情侣日子照旧，忙里偷闲谈着恋爱，一切似乎都会这样岁月静好地发展下去。

她以为自己和陈屿会和其他的情侣一样，从谈恋爱，再到谈婚论嫁。

可在林妧大一结束的八月份，家里出了大事。

林国平回来了，没有归家的轻松，只有满面愁容。他为朋友做担保人，那人买卖破产后就再也联系不上了，放贷机构追债追到担保人身上，并弄得林国平单位尽人皆知。因为影响不好，林国平遭到领导的提前辞退。

短短半年时间，林国平的头发已经白了许多。

虽说林国平这些年一直在工作，但前几年买了房，又加上郝文双开新店，林妧上大学，支出总和挺多，积蓄并没有攒下太多。几百万的窟窿，积蓄全搭了进去，能借的亲戚朋友都借了个遍，最后就连房子都挂在房产中介，算上房款，还差小十万。

这场借钱和变卖，从八月持续到九月末。

林妧大二开学，交学费，再加上生活费，她亲眼看见有人上门催债动粗，也明白所有的支出都压得林国平快喘不过气来。

她去食堂找了份兼职，收入聊胜于无，管着一顿饭，但仍帮不上家里大忙。

周末的时候，催债者再次上门。不忍再看父母遭受催债，林妧知道陈屿名下有版权费，于是动了找他借钱的心思。

陈屿和学生会的几个男生跟随淮大篮球队的队员们去了邻省参加篮球比赛。

等他回来，林妧见到他却怔了怔。

因为她看到陈屿清隽的眉角有道已结痂的细伤。

“怎么回事？”她忙踮脚看了看。

陈屿配合着她，下意识地微低头给她看：“没事，比赛的时候不小心弄的。”

其实，这是陈屿今早在车站搭乘扶手电梯，救一个蹦跳摔倒的小男孩时，被旁边人的行李物品划伤的。

大部分人如果在眉角附近留下伤，都会担心会不会留疤，毕竟是在脸上。

陈屿却不一样。

他眸光温柔地朝林妧笑着，本就更注重内在，对一抹外伤不怎么在意，反问：“你呢，怎么回事，听说你在食堂做兼职？”

话多的她蓦地一寂。

片刻后，林妧才开口：“其实……是我家遇到了困难，陈屿，你能不能……”

明明借钱只需要短短一句话，她却支支吾吾，比讲一千字的检讨稿的时间还漫长。

陈屿并不急。

听她模糊地说了意思，她爸爸替人做担保，现在还差一笔钱才能凑齐欠款。他没有拒绝，只是心疼地看着面前的女孩。

褐色的瞳子清清亮亮，但眼圈隐约发红。

可以想象，这些天她有多担忧家里人，难怪听说她在学校找了份兼职，辛苦隐瞒，还要若无其事地上课。

陈屿伸手揽住她的肩，拥进怀里，按捺住心疼的情绪，应道：“没事，有我在。”

林妧悬着的心，变得格外踏实。

确切地说，一见到陈屿，她心里仿佛有股安心的魔力，就不再那么慌了。

陈屿这边的钱被支出动用，老爷子那边很快收到了银行的电话通知，结束之后，又接到惠斯顿国际金融学院的电话。

陈屿老早就通过了考试，原本约定他大三时办理交换生手续出国，却被他本人撤回了申请。

老爷子听得一怔一怔，当即就给陈屿拨去电话，逐一询问情况。

陈屿正在学校教务处补填放弃交换生的表格，单手拿着手机，另一只手不疾不徐地写着放弃的理由："那钱我有急用，您不用操心。"

"那原本定好的大三去国外的学校做交换生，为什么不打算去了？"

"我想留在淮京。在淮大选个第二专业，在国内上课。"

"胡闹！第二专业的深度和世界最好的金融学院能一样吗！"

老爷子气得一拍桌子。

"您中气挺足，听着身体不错，有姑姑照顾您我也放心。"陈屿垂着视线，手上写字的动作未停，"我这正填表格呢，先不跟您聊了。"

"陈、屿！"老爷子怒吼一声，通话却已经结束。

被挂断电话的老爷子气得直敲拐杖。

这小子真是翅膀硬了。

钱的事还好说。

他忽然改变主意留在淮京，肯定有什么原因。

老爷子立刻找了关系比较近的淮大的校领导，打听之后，才知道陈屿在学校和一个女孩子交往了，女孩子今年读大二，名叫林妧。

临挂电话时，校领导笑着说："老爷子，您孙子的女朋友很可爱，和陈屿挺般配。"

但老爷子根本不关心这个。

午后阳光正好。

体育课刚开始，林妧连热身操都还没做完，体育老师接了个校领导的电话，就说有人找林妧，让她去学校的小礼堂。

林妧茫然地眨眨眼："老师，谁呀？"

体育老师摇了摇头，表示他只是负责传话。

就这样，林妧一头雾水地来到小礼堂，门开着，整齐空荡的座椅中，坐着一位白发苍苍的老人，旁边还站着个年轻些的女人，正轻声嘱咐老人，说话别太重，不要伤了小姑娘的自尊心之类的话。

"……您好？"林妧试探地打招呼。

女人露出笑容，点点头。

旁边坐着的老人回过头，对她还算慈祥地说："林妧丫头，你好，我是陈屿的爷爷，这是我的女儿，也是陈屿的姑姑。"

林妧愣怔，心底忽然冒出些许不太好的感觉。

能让陈屿的家长特意跑来见她，大概不会是支持的态度。

小礼堂外的太阳从微斜角度变成明显倾斜。

叶子在风中哗啦哗啦地轻响，像极了六月，可蝉鸣几乎听不到了。

老爷子说完想说的话，已经由陈婉搀扶着起身离开许久。

林妧安静地坐在空寂寂的礼堂，耳边仿佛还回荡着老爷子的话："那笔钱虽不算小数目，但陈屿花在哪里了、给谁花了，我不在乎。我只在乎他的将来，他走到现在不容易，他选择留在淮京，为了你留在这里。以后如果发现这就像下棋，一步错步步错，你会痛心愧疚吗？丫头，如果真的爱他，就别用小情小爱束缚拖累他，他是苍鹰，本就属于更广阔的天空。"

用爱挟持，要求对方无底线地放弃，才是最无礼的傲慢。

她忽然想起曾经在清晨见到彻夜未睡做事情的陈屿。

熬夜眼红了，他说休息会儿，却只是闭眼仰了几秒，然后睁开眼，朝她笑笑继续。那时她还心疼，说这怎么算休息。

最近恍然发现，自己太弱，弱到保护不了想保护的人。

放贷机构找了人上门讨债，那些专业讨债者甚至把父亲按在浴缸里，再加上陈家老爷子说的这一切，这些日子承受的压力，让林妧的乐观消磨，她渐渐耷拉下眸子。

他和她一样，又不一样。

但都还有好长好长的路要走。

他是清晰的，而她是迷茫的。

两害相权取其轻。

林妧僵涩着呼吸，心不断下坠，已有了单方面认为对的选择。

整个下午，她没有像往常那样主动发消息找陈屿。

黄昏时，待在宿舍的林妧接到了陈屿的电话。

林妧深吸口气，才终于滑动接听键。

她握着冰凉的手机，电话接通了，却没有应他。

"今天下午这么安静。"他嗓音带着笑意，在打趣她。

“陈屿，我们分手吧。”

他一愣，随即以为她在闹着玩，耐心配合她，询问：“因为什么？”

“分手还有什么理由，不想谈了呗。欠你的钱我已经写好欠条了，回头给你，至于学生会，你想开除我就开除，反正以后我不会再去了。”

她的话传进他耳朵里，没有开玩笑的痕迹，让他皱了下眉。

“林妩，别闹情绪，我知道你最近压力大，心情不好，但还有我留在淮京，别怕，都会过去的。”他要和她一起承担所有，哪怕这份压力本不该属于他。

林妩哽咽，为了掩饰，她忽然笑出一声。

“跟那个没关系。非要我说明白吗，新鲜感过了，而且你脸上还多了条伤，谁知道会不会留疤，我是完美主义者，接受不了，就这样吧。”她声线表现得极漠然。

结束通话，她关掉手机。

林妩咬住下唇，在心里问自己后悔吗？

想到陈屿放弃的那些，她闭眼，摇了摇头，回答自己，不后悔。

她从来都是做出选择就一意孤行，不撞南墙不回头的性子。

当初追陈屿是这样，现在自觉拖累他，想要结束亦是如此。

日落时分，宿舍楼里的人几乎走光，去食堂吃饭了。宿舍里极为安静，就连操场上玩闹的笑喊声都能分辨得出。

宿舍里没第二个人，这让林妩不用掩饰情绪，她在床上趴了好一会儿，勉强整理好痛苦的情绪。

等从宿舍楼出来，她却意外瞧见了等在门口的那道颀长的身影。

他就站在她面前，一个如往常一样她只要稍微靠近就能抱住的距离。

陈屿低着头看她，喉结滚了滚，问：“决定好了，不后悔？”

这个问题，她出宿舍前已经问过自己了。

林妩不敢眨眼，一点儿都不敢，怕一眨眼眼泪就会掉出来。

她努力保持着面无表情，说：“不后悔。”

错觉似的。

林妩觉得这句确认的回答说出来后，他眼尾红得满是快要隐忍不住的破碎。

可陈屿就是陈屿，确认过后只停了两秒。

“……好，那就如你所愿。”

说着，他挪开眼不再看她，恢复了当年那种不熟悉的漠然表情，迈开长腿从她面前离去。

林妧痛苦地攥紧指尖，在原地站了一会儿，直到人影早没了，才敢转头去看陈屿消失的方向。

什么都没留下。

连气息也抓不到了。

她用力吸了吸鼻子，勉强自己笑了下。

挺好的。

陈屿，你别放弃自己的理想，别被任何以爱之名的束缚捆绑。

十月初，陈屿因出国做交换生，辞去了学生会会长的职务。

这则消息在学生会群里和淮大的论坛贴吧上传得沸沸扬扬，很多人都表达了不舍和祝福。

林妧再也没在淮大见过陈屿。

她从秦墨那儿听说他是下午三点的飞机。

午后时分，她坐在教室靠窗的位置上着课，忽然望向蔚蓝天空中翱翔而过的飞机，越来越远，在心里默默说道——

陈屿。

愿你没有顾虑，做最想做的事。

也愿你天高海阔，平安顺遂。

窗外梧桐树间轻飘飘落下一扇破碎的蝉翅膀，不断下坠，消失不见。

她忽然想起他说的。

“我希望我对你而言，是除去一切粉饰后，你依然喜欢，并认真对待的存在。”

是的，陈屿，你做到了。

我们始于去年盛夏。

而如今，蝉的翅膀落下。

太阳不再刺眼，已步入了残夏。

第十章
一如曾经的贪恋

五年后。

晚上七点，秋雨飒飒来得突然，敲落在透明玻璃窗上，像老天一时兴起给音乐盛典提供的伴奏。

林妧在化妆间，等待上场。

当初林妧和沈如洲共同演唱的《缪斯》视频被网友上传到国际网站，韩国一家娱乐公司的星探看中了林妧，于是她签约成为新秀歌手。

那时，林妧大二还没念完，唱歌技巧也不算老练，但胜在音色好形象佳，第一张专辑就十分成功，跟公司分成的收入让她重新买回了淮京的房子。后续她的工作不断，收益持续增加，郝文双不必再辛苦做两份工作，林国平因发愁而病倒的身体也得到了好转，生活从谷底慢慢往好的方向改变着。

今天，国内淮京有场秋季音乐盛典。

公司为她报了两首演唱曲目，一首是最新专辑的主打歌，另一首则由高层决定，是她当年在《天选之子》出圈的那首中文歌。

也就是《缪斯》。

林妧重温那首歌，恍惚回到了当年和陈屿在音乐室的时光。

原来，不光味道有记忆，就连音符都能铭记一段特殊时光。

分别的这些年，她尽量不去刻意搜寻有关陈屿的一切。

只是，有时忍得辛苦，她也会忍不住。

她曾点进过淮大的论坛和贴吧，那里有人发了一些有关陈屿过去的存图。楼主似乎和陈屿居住的老宅相距不远，总能发些偶遇他时随手拍下的画面。

而这些图里，大多都是陈屿大一时的存图。

林妧抿唇，无声地看着。

她做梦总会梦到的人，就在这些照片里。

其中一张，她怔了怔，看得出神。

照片里应该是临夜时分，许是天气不好，没有阳光，拍出来整个色调都是黯淡冷郁的。

白墙橙花，身形瘦削落拓的那人半垂着头，漆黑的发遮住一点眉眼，背脊依然端正挺拔，但修长净白的手指间夹着一根烟，神情冷恹恹似是习以为常。

烟雾从他薄唇间逸出，四散定格。

林妧睫毛微动。

原来他会抽烟。

自己好像只顾着表达喜欢，却从来没了解透他。

真的好讽刺。

这时，化妆间的门被敲响，将林妧从回忆里拉回神，是戴着黑框眼镜的文静小助理秦芝。

林妧回神，笑意浅浅覆过敛好情绪的秀眸："该《缪斯》候场了？"

秦芝把灌满温水的水杯递给她，乖巧地回答："还有两首歌才候场，而且林妧姐你要唱的是《生长痛》，早就改名了，忘啦？"

"哦，对。"

林妧应了声，垂眼，喝了口水润喉，然后面色平静地笑了下，淡淡地说："我给忘了。"

几年前，歌迷发现《缪斯》被唱作者 Yu 改了名字叫《生长痛》。

其实就是陈屿用权限更名了曾经的作品。

不再是缪斯，没有美好，而成了折磨的生长痛。

秦芝神秘兮兮地说："有内部消息，收购咱们公司的新东家是淮京梅山集团的陈总，陈屿。"

"……是吗。"听到新东家的名字，林妧回答慢了下来。

“说起来那个陈总根据网上的资料，好像跟林妧姐一样，都在淮京大学待过，不过，他大你一届，你们应该不认识。”

化妆间的门没关严实，后台走廊的风涌进，房门被风吹得动了动。

林妧停了几秒，鸦羽似的睫毛低垂。

认识的。

她认识他，比周围的人都要久……只是那已经属于过去。

林妧现在是灏运娱乐力捧的歌手，行程排得满满，昨晚音乐盛典结束后，又去电视台录了一档歌唱类的节目，工作结束已经将近凌晨四点。

今天白天暂时没有行程，她在小别墅疯狂补觉，到了下午才起来。

大概太累，抑或是昨晚唱了陈屿的曲子的缘故，整个睡眠她都在做梦。

梦里还在南岛的酒店，陈屿教她冲浪，朝她无言温柔地笑。

醒来之后，她还留恋着梦中的场景，双眸和胸口都有些涩然。

她记得有种说法，如果梦到一个久违的人在沉默无声地对你笑，那代表现实中那个人正在逐渐忘却你。

人还真是纠结的生物。

她希望陈屿忘记，却又会觉得难过。

从卧室出来，到浴室洗了把脸，她就素颜朝天地端了杯牛奶，在院子里看着长势喜人的凌霄花。出道后，她赚了点钱，在淮京买下这栋带院子的小别墅，种子是当年沈如洲履行承诺，满足她的要求，从陈屿老宅子拿的，栽到院子里，如今已经长得有围墙高。

这花的生命力确实挺疯狂的。

来电铃声忽然响起，打断了林妧的惬意，她拿起手机，接通来自经纪人的电话。

今晚淮京有场商务酒会，灏运娱乐公司的新东家会参加，恰巧她的行程临时更改，时间被空了出来，经纪人的意思，是想带她见见素未谋面的神秘新老板，刷刷存在感总不是坏事。

林妧闲在家，面对经纪人为她着想的诚恳态度，实在不好推托，而且她也有自己的私心，想知道收购她所签娱乐公司的人究竟是不是陈屿。

简单涂了个口红，镜中人已经显出明艳，她从衣柜里拿了件最不起眼的素色长裙换上前往酒会。

经纪人也不知道新东家是何人，只从喜欢卖关子的灏运娱乐公司原老板那里，打听到了新东家和蒋氏老总关系很好，今晚酒会两人的位子挨着。

路上，经纪人跟林妧说着座位安排。

主位坐的是财团巨头蒋氏老总，而蒋氏老总的旁边坐着此次收购了娱乐公司的新东家。经纪人嘱咐林妧务必要客客气气，留个好印象。

林妧点头，无论对方是谁，礼貌总是没错的。

她跟着经纪人进入酒会时，酒会大概已经开始很久了。

所有主角似乎都已落座了。

林妧看向绝对算核心位置的长桌。

她怔怔地看着男人坐在主位旁边的位子上，端正清雅中有隐隐锐气，整个人呈现的感觉，略有种似笑非笑，心思不得窥见的冷调。

原来收购娱乐公司的新东家真是他。

她已经太久没见到这个人了。

五年整。

最后一次和陈屿见面，是她和他提完分手，他守在楼下的那个夏天。

蝉鸣不复，他站在她面前，问她是不是想好了，以后不后悔。

然后得到她不后悔的回答，他隐忍红透的眼睛没再看她，直接离开了。

林妧愣怔回忆间，已被经纪人拉着走了过去，站在了那人位子的侧后方。

经纪人静待时机插话介绍。

"陈总，您好，我是灏运娱乐公司的工作人员，任职经纪人，我叫李森，这是我手底下潜力最大，也是目前挺火的歌手，林妧。"

陈屿侧脸看过来一眼，林妧抿唇，正对上他的视线。

"哦，你们好。"

他大概是随意看了一眼，所以表情漫不经心。林妧盯着他看得清楚，即便他看到她，听到她的名字，他的嘴角也只是挑了挑，带着点皮笑肉不笑、几不可见的弧度。

有礼貌，但也仅限于此。

上位者与这边人微言轻的气场一对比，高低立现。

他转回身，继续和蒋总谈笑风生，余光都没留下半分。

林妧的眼睫无声地塌了塌。

他如今完全褪去了少年的稚气，变得更加成熟稳重，那抹让人看不透的神情没变，依稀可以和以前的陈屿重合到一起。

但此时的他，早已不是淮京大学的那个陈屿了。

“想什么呢，快坐。”经纪人李森拽了拽她的胳膊。

林妧回神，压抑着涩然的情绪，在侍应生的引导下坐到另一桌。

李森心情不错，见过了新东家，确认是实力雄厚的商界新贵陈屿，虽然没说上几句话，但先前担忧公司将来发展的忧虑一扫而空，如今浑身舒畅，话也明显变多并轻快起来。

林妧静默地听着，偶尔简单回应。

其实林妧的思绪不在这儿，早已随着陈屿刚刚那轻描淡写的一眼沉到湖底。

半个多小时后。

酒会的气氛依旧融洽，中间长桌坐着的全是有头有脸的大人物。

尾部想拉近关系的一些小老总，只能不停地说着奉承话敬酒，秉承着生意人之间的酒桌文化。

几番下来，大家都有点喝多了，尤其是中间的蒋总和奉陪的陈屿醉态明显，如此大家开起玩笑来放松许多，氛围更融洽，像朋友聚会。

有人有意跟陈屿攀谈，所以便借着机会关心起陈屿的单身汉生活：“陈总，您这么一直单着，太缺个知冷知热的人了，就算不结婚，找个女朋友也好啊，不知道为什么没谈恋爱？”

“谈过，”陈屿毫不遮掩，醉态蔓延的俊脸上没什么多余表情，只嘲讽般勾起嘴角，像在叙述别人的事，“被甩了。”

“疯了吧那女人。”

“哪个女人这么不开眼，舍得把陈总甩了啊？”

“简直不可思议。”

林妧攥了攥手，她在旁边听得一清二楚。

遭到大家好奇满满的探寻，陈屿依旧不看她，只笑了一声，意味不明。

陈屿再次拿起酒杯，咽下剩余的半杯酒。

夜幕越发深沉，黑得像墨染过，月亮缓缓升起，又渐渐偏移，清冷的光从露天阳台照进来，在灯光下消失不见。

已经待了快一个小时，林妧耷拉着眼睫，觉得周围的世界喧嚣又安静，一切就像电影里的虚化光影和聚焦定格。

只有那个人的轻笑声、说话声，字字句句被她捕捉进耳朵里。

无关内容，久违的他的声音，他的语气，全裹挟着曾经的灿烂回忆，放大又清晰。

林妧被这些回忆灼痛，忽然起身，跟经纪人说自己不太舒服，想先回去了。

她的声音不大，却轻飘飘地落在距离不远的陈屿耳里，相比她妄图闪躲离席，他沉得住气，镇定自若。

直到那抹素色裙子的身影起身，即将逃掉。

陈屿不动声色地敛眸，而后手边的酒杯被轻轻碰倒，酒水无声地流淌出来，醉意蒙眬的神态尽数染上他的眼尾。他朝蒋总说了句不胜酒力，轻飘飘的，也成功滞缓了背后那抹原本疾步的白裙身影。

陈屿起身，略过她，看也未看半分，完全不在意的感觉，从座位走向门口。

正装外套被脱下搭在手肘上，好像因为酒精有些燥热，陈屿身上的黑衬衫妥帖，他个子高，偏偏清瘦，恰到好处的比例显出他优越的宽肩窄腰。也许是气质使然，相比大学时，他整个人更从容不迫，也似乎舒展开许多。

许是喝多了，他长腿迈步的速度比平时要慢，重心也有些不稳。

林妧看着他的背影，才终于敢悄悄多看两眼。

她的目光被他填满，抿抿唇继续和他同方向走着，保持相隔一米多的距离，刻意小步走在他后面。

两人一前一后走到安静的长廊，橘黄灯光散淡柔和，行走在地毯上不会发出太大的声响。

直到进了昏暗的车库，连空气都随着外面的风变凉了。

林妧瞧见前面的人突然停下，倚着墙，闭眼微仰着脸，她默默地停住了脚步。

那人似乎被酒精麻痹得太深，有即刻就想睡去解乏的意思。

任凭醉酒的他在这儿久待，肯定会着凉。

心里担忧泛起，实在做不到视而不见，于是，她咬了咬唇，鼓起勇气轻声喊他："……陈总，你还好吗？这里凉，回车上吧。"

声音轻轻的，仿佛被风一吹就散了。

陈屿没回应，好像没听到，仍旧闭眼静谧着。

林妧走近，几分钟后，对方纹丝不动，她觉得他应该是喝了太多酒，醉得厉害。

紧绷着的心稍稍松了松，林妧无声地看着他，他的眉眼在梦里出现过无数次。

此刻，真实的他就在眼前。

林妧屏住呼吸，理智像被胸口的情愫掐断了，她没忍住心魔，伸手碰到了他真实的眼角眉梢。

指尖轻触到他之后，她顿时就后悔了。

这是在干什么。

不等林妧多懊恼，一声轻嗤的笑声拽回她的神思。

陈屿慢悠悠地直起身子，他的眼神从酒意迷蒙逐渐变得清明，仿佛先前跟蒋氏老总喝酒的人不是他。

林妧以为自己看错了。

她原本知道他不是会喝酒失分寸的人，只是没想到他这么会演。

他散漫慵懒地歪头，睨着她被捉现行的心慌模样，眼神肆意，宛如要极缓慢地将她看透。

“为什么这么关心我？”低哑嗓音问出，冷淡中裹着讥诮。

陈屿看着她，嘴角要笑不笑的。

“怎么，分别许久又有了新鲜感，我也没留疤，所以后悔了？

“林妧小姐，看来你真的很喜欢我这张脸。”

这些话像裹挟着寒风，将她曾经亲口说出的恶毒，一点点从冰封的湖底里彻底扒出来，毫不留情地把她僵住。

林妧手指紧攥着垂在裙边，对他的话语安静接受，没有任何辩驳。

本该形同陌路，是她逾矩了。

那素来明媚含笑的眼睛压低，无声无息。

鸦羽般的睫毛半遮，不具备一点攻击性。

见她这样，陈屿心底一躁，他挪开视线，按了下车钥匙。

不远处的车灯亮了亮，而后，等在那边的助理秦墨立刻下车过来。车库光线偏暗，隔着几米距离，秦墨隐约见到陈屿和一个身姿曼妙的黑长直女人面对面。

秦墨有点难以置信，加快步子走近，见到那女人居然是林妧后，更是愣了下。

秦墨现在是陈屿的助理。到达陈屿如今的位置，最怕被身边人出卖，他身边的亲信，一定要是能信任的人，所以陈屿选了从学生会就开始跟着他的秦墨。

在这里看到林妧，秦墨也是有些意外的。

大二上半学期，林妧退出学生会，被韩国娱乐公司的星探挖掘签约成了练习生，再听到她的消息时，她已经是生活在镜头下的女艺人了。

这些年，大家变化都挺大。

同学们大多按部就班，答辩毕业，有能力的进了国内知名企业勤勤恳恳，不满意工作的则在淮京不停地跳槽。秦墨则跟在陈屿身边，做了他的贴身助理。

正因为知道这两人是旧恋人的事实，他现在才会格外发蒙，不清楚他们之间又发生了什么。

陈屿身上有些酒气，眼神却是清醒的。

他把车钥匙轻轻一抛，扔到秦墨手里："我上楼休息一会儿，你先送林妧小姐回去，顺便谈谈接下来要开拍的戏。"

他语调恢复常态，不带任何情绪，一边单手解开衬衫的两颗扣子，一边若无其事地往电梯的方向走去。

领口敞开，露出清瘦勾人的喉结。

"好的。"秦墨应下。

在林妧失神的那几秒，那人已经交代完事情，从她眼前消失了。

他如今是她的大老板，自然说什么就是什么。

回去的路上，林妧坐在车后座，听秦墨大概讲了讲剧本内容，又简单聊了两句陈家老爷子因脑梗去世并安葬在南山墓园的事，几句话后气氛变得沉重，有点物是人非的感觉，便不再聊了。

外面的霓虹灯不断后退。

灯光掠影，林妧静静望着，脑中不由自主地再次浮现出那人的神情，满满全是淡漠与嘲弄。

他的眼睛里看不到以前看她时的喜欢了。

高架桥两边的灯一盏接着一盏，间距相同，映得林妧双眸一明一暗，她忽然觉得，当初做个自私彻底的人，也许就不用失去他了。

眼眶不知怎的有那么一丝丝的温热。

知道是为他好。

可毕竟这是她这么多年来，唯一动心的恋爱，却也因为重重压力，放弃了拖累他。

不后悔，但她心里是涩的。

第十一章 针对藏着在意

和陈屿短暂的一面，落在林妧心上，却是重重一击。

她努力把全部心思投入工作，分身乏术，也就没时间多想私事了。

灏运娱乐公司归属淮京梅山集团后，所有工作有条不紊地进行，林妧今年的专辑已经出过了，按合同规定，下一张是明年筹备。

合同里应允的几个代言拍摄完，就轮到影视方面的资源，虽然只是女二的戏份，但属于大制作，对于非科班出身的歌手来说已是很难得。

她试妆、定妆、进组，所有流程都顺顺利利。但唯一出问题的，是编剧给的剧本，和秦墨那天跟她说的不完全相同，每集都有许多只喜欢男人好看的脸的轻浮桥段和台词。

一两集倒还好，连着七八集全是这种内容，林妧觉得女二的角色就快崩了。

她跟编剧反馈之后，编剧表示爱莫能助，是集团领导授意的。

集团领导……除了陈屿，还有谁会这般愚弄她？

林妧心知肚明。

剧组拍摄外景的咖啡厅，选在淮京梅山集团办公大楼的隔壁。

风卷着雾蒙蒙的细密秋雨，不断飘落进连接两座建筑物的长廊外沿，潮气扑面而来。

长廊里，林妧拿着用记号笔勾得密密麻麻的剧本，温习下一场戏的台词。

助理秦芝悄悄叹气，替她发愁要演这种轻浮不讨喜的角色，可罢演的话又要赔大笔违约金。

秦芝心疼半晌，也是别无他法，只能力所能及地帮她往保温杯里接点热水，好让她在说台词说得口渴时能及时补充水分。

秦芝跑去打水，长廊里就只剩林妧雪白的长裙被风微微吹拂。

她默背结束，合上剧本，还没来得及伸个懒腰活动下筋骨，灰蒙沁凉的细雨中，一辆车缓缓驶近经过她的面前，是辆黑曜加长版的商务车，最终在侧边的办公大楼门口停下。

应该是集团的重要人物，否则车子不会被保安放行到这里，林妧意识到这点，那边雨幕中一把黑色宽阔的雨伞撑开，长腿落地，穿着深冷色调衬衫的陈屿从车里出来。

林妧屏息，下意识地想转身离开。

只是还没迈出几步，她就被叫住了。

隔着蒙蒙的雨幕，那人蓦地冰冷地低声喊道："林妧小姐。"

她随之站住，缓了一两秒后，回头望过去。

五六米的距离，陈屿从容不迫地走近了些，他漫不经心地挑挑嘴角，微眯着眼，对上长廊里一双明媚惊慌的眸子。

"你怎么见了自己的老板，不仅没热情打招呼，反倒着急要躲。"他说。

林妧抿了抿唇，明白这次躲是躲不掉了。

她只好在深呼吸后，弯出一抹像平常那般的笑，出声："陈总。"

那边的陈屿今天一身黑，气质比沁凉的秋雨更甚，淡淡地看着她。

一帘潮湿的水汽阻隔在他们之间，又很快坠落。

事已至此，林妧说出心中所想："正好遇到了您，我想跟您谈谈剧本角色的事，能不能请陈总发话，让编剧把女二这个角色的台词修改得正常一点？"

陈屿偏了下头，似乎在回忆自己有没有安排过这事，不过两秒便想了起来。

他眉眼一挑，漆黑的眸中沉寂着微光，连演都懒得演，冷感勾人的脸上透着淡淡的嘲弄："我以为你会喜欢量身定做的角色，不知道你为什么抵触。后续还有不少女二戏份的拍摄，麻烦林妧小姐好好演，演出精髓。”

林妧确认，他是故意的。

她很想拒绝，可有天价违约金合约约束着她。

当初她觉得满意的优厚合同，现在成了陈屿精准拿捏她的手段。

隔着屋檐大颗的雨珠，一人一边。

林妧安静地颤了颤睫毛，摇曳在风雨中的纯白裙角像难以承受折磨的山茶花，而他敛眸无声地睨着，不动如松。

两人的关系由合同绑定，他是主宰者，而她按娱乐圈常用的形容来说，不过是件商品，签了合同就身不由己的商品。

林妧缓下情绪，好言好语地试图说开。

“陈总，我知道你对我有怨气。

“但钱投进去，毕竟这是大制作。

“那么多重复的内容，观众不会喜欢看，你也不想投资失败，钱都打水漂吧？”

陈屿也不和她争论，直接摊牌：“无所谓。”

他眉间笑意淡去，不屑于伪装：“你到现在好像还没明白，我只为开心。下次想跟我提和解的话，麻烦林小姐想个有诚意的条件。”

有诚意的和解条件？

林妧顿住，对陈屿的话感到茫然。

他现在要什么没有？

静默片刻后，她觉得陈屿是故意耍她。

微微攥拳，林妧深吸了口气，说：“好吧，您是老板，您做主，我去片场了。再见。”

她转身，想从他面前离开。

“等等，”一把折叠的带了雨珠的黑伞递到她手边，那人嗓音依旧，越过冷空气钻入她耳朵，“前面是露天的，拿着。”

林妧怔了半秒，刚想拒绝，秦墨已经撑开另一把雨伞，遮在他的头顶。

“不用客气。”

陈屿似乎知道她心中所想，慢悠悠笑着，言简意赅：“淋雨病了，还怎么感受我特意安排给你的剧本。不过，病了也别太担心，剧组一大堆人，都会等着你一个人，保重身体。”

想拒绝也不给她拒绝的理由。

冷淡的雪松薄荷，已经先她一步，离开了细雨蒙蒙的长廊。

于是秋雨长廊里，白皙的手拿着那把雨伞，林妧垂着眼睛微微出神。

以前他也怕她淋雨。

现在的他，相同，又不同。

回到剧组，林妧没再提过剧本内容不合理的事，她顺应陈屿的意思，就当是补偿心底多年的愧疚。

可偏偏那人不肯让她太安然。

晚上十点多，拍摄还在继续，就看到小助理秦芝举着她的手机跑过来。

“电话。”秦芝无声地用口型告诉她接电话。

她看了眼号码，手机里没存，放到耳边之后，才知道对方是秦墨。

秦墨如今是陈屿的助理，转达那人的意思：“林妧，真是要麻烦你，陈总要吃夜宵，点名要你买了送过来。剧组的拍摄先搁一搁吧，陈总这边要紧。”

林妧深呼吸，真的是服了。

她跟导演说了下原因，严厉的导演一听她要去给陈总送吃的，忙随和地放人。

这么多年，也不知道那人口味变了没。

以前他对吃的没什么兴趣，只要不太难吃都行。

她看了看地图软件，最后选了家自己之前吃过的老字号饭店，味道还不错。

饭菜打包好，车子行驶在路灯盏盏的高架桥上。

她连续几天从早上四点起来上妆，因为是古代言情剧，光是头饰和衣服就比现代剧繁复不少，此时赶去办公大楼，只换了身轻便的衣服，根本没时间卸妆。

进入大厦后，前台亲切地为她引了路。

身处高楼的办公室远离喧嚣，显得特别安静。

办公室门虚掩着，里面就是等着她的陈屿。

林妧站定，调整了下呼吸和情绪，随后敲敲门，颇为从容地推开门进去。

此时办公室外间并没有人。

她怔了怔，才捕捉到些许动静，从办公桌后的里间休息室传来的。

陈屿骨节分明的手指挽着袖口，走了出来。

今天不是白衬衣，而是件纯黑的衬衣，最上面的两颗扣子开着，他刚才似乎在休息，此时显得随意慵懒，冷白的脖颈和喉结依旧养眼，衬衣领间的锁骨若隐若现。

她以前就超爱他这个样子。

顿了下后，她克制着挪开视线，转移自己的注意力，说："陈总，您身边不该缺买饭的人，楼下的餐厅不都是您的产业吗，您一个电话，大厨专门为您做，没必要为难我大老远跑来吧？"

陈屿从里间出来，边走边听她说着，最后来到沙发前坐下，眸子扫过的那一瞬，他瞥见她拎着饭菜袋子的指节微微发白，像在忍着什么。

恍惚想起耳鬓厮磨时，她曾经说过，很喜欢他穿衬衣解开两颗扣子的样子。

陈屿眸色微沉。

一两秒后，他嘴角薄凉地扯了下，却没提这事，只是将原本要系上一颗扣子的手缓缓收回来。

办公大厦的中央空调开着，仍然让人觉得有些焦躁。

"你以前不是最爱送爱心餐吗？"陈屿停了两秒，再抬眼看她，带了些戏谑，"那时候不嫌大老远，现在怎么嫌了。"

想到曾经的所作所为，她除了罪孽感又多了点羞耻感，于是深呼了口气，微笑道："行，陈屿，我欠你的，我忍。"

说着，她把饭菜放到沙发前的茶几上。

"终于不喊陈总了。"

她没理，直接往沙发上一躺，她真的很困，没有心情跟对方斗气。

陈屿看着她脸上的妆，古典清丽婉约的柳眉和杏唇。她闭着眼蜷缩在沙发角落，似乎困倦极了，他便没再吵她。

须臾后，陈屿收拾起桌面。

他胃口真的不太好，还剩了不少。

办公室通风系统很好，很快，饭菜的香气一扫而空，风口夹杂着淡淡的雪松香味重新布满了这个空间。

林妧喜欢雪松的味道，能让她觉得陈屿就在身边。

迷迷糊糊间，似乎有柔软温暖的毯子盖了下来。

她想醒来，但困意十足，让她挣扎了几秒便又安静下来。

窗外夜幕沉沉，月色如水，喧嚣了一整天的城市终于静谧下来。

陈屿就在沙发前感受着她的呼吸声一点点变得均匀，空洞的心似乎也被渐渐填补，不再觉得空荡荡了。

他拿出毯子给她盖好，然后闭合办公室的窗帘。

灯光调暗，只剩下两盏办公桌边的落地灯。

再回到沙发前，陈屿长身而立，低眸看着她像瓷器一样白皙美好的睡颜，指尖轻挑，帮她拨开鼻尖和唇畔的发丝，馨香和温软若有似无地袭来，有那么一瞬间恍惚，他差点就要碰到她的脸。

那双唇染着杏色的口红，形状小巧好看。

过往许多次亲吻的回忆让陈屿心烦意乱，他收回目光，从办公桌抽屉里拿出一盒烟和打火机，踏着清冷冷的月色，进了里面的休息室。

沙发上的林妧还在沉睡，浑然不知刚才守着她的那人一番内心挣扎。

她做梦了。

蝉的尸体和翅膀落在脚边。

然后，她的脚底倏地一空，四周没了任何光亮，黑漆漆宛如海底深渊，恐惧混着窒息感包裹了她。

她努力喊那人的名字。

终于，张口艰难出声。

“陈……屿。”

第十二章
深渊渴望月亮

死寂的里间休息室，窗外月光被云遮住大半，室内昏暗一片。

陈屿抽着烟缓了许久躁念，打开窗子，散去空气中的烟味。

他再出来时，没想到会听见她说呓语，她极其艰难且含混不清地喊出：“陈……屿。”

他身子顿了顿，走过去俯身，垂眼细细凝视着睡梦中皱眉痛苦的人。

有晶莹的泪光从眼角渗出，应该是极其悲戚。

陈屿捏住她白皙温软的下颌，因为有些用力，她醒了。

她刚脱离梦境，睁开眼，对上陈屿幽深沉静的目光，不由得一怔。

陈屿指腹还捏着她，慢慢蹲下身，拉近距离看着她。

他的表情有些微妙，眸中漆黑，冷然，像夜间海面下藏着的暗涌。

“你做噩梦了。”陈屿陈述事实。

她仰脸看着他，喉间有些酸涩，不知道自己刚才有没有从梦里喊出他的名字，如果喊了，他有没有听到。

陈屿像想看透她般，看着她，问：“梦见什么了？”

这些年，陈屿和林妩的生活并没有真正的交集。

全凭陈屿单方面有意留心，办公室里的电视频道除了财经卫视，就只保存了能看到她打歌舞台和出演配角电视剧的韩娱频道。

陈屿曾派人与韩娱公司交涉过，那段时间韩方社长身体无恙，完全没有卖公司的念头。后来，韩方社长突发脑梗，社长的儿子将公司卖给关系不错的华天娱乐的孟阳，孟阳借花献佛，于是这家签了林妧的娱乐公司兜兜转转，还是落在了陈屿手里。

陈屿的目标自始至终就是林妧一个人。

他在等这个机会，让她看到没有留疤的脸，让她体会不懂珍惜真心的悔意。

理性让他捉弄林妧，可陈屿的感性却明明白白地告诉他，只有见到她，他漂泊的灵魂才会好受。

如此几次，陈屿终于明白自己溃烂的心里想要什么。

还是想要曾在深渊上空出现过的月亮

即便对方觉得真心一文不值。

但他被困在当年不作数的承诺里，无法可解。

静谧的昏暗光线中，连彼此的呼吸声都能听清楚。

林妧躺在沙发上，被他掐着下巴，缓了缓神，她掩饰掉梦中的哀伤，只说："梦到学生会的一群人了。"

他是学生会会长，所以，就算她真喊出他的名字，也不代表什么。

闻言，原本有点动容的陈屿笑了笑，再次被她精准地触到痛点。

他脸上表情没变，手指却忽然用力，迫使她抬起下巴，鼻息交错，若有似无的唇瓣触碰，几乎就算是吻到了。

她脸颊热度上来，也觉得被他手指弄得有点疼，微微蹙眉："你弄疼我了……"

虽然陈屿眼神还是冷的，但在她说完疼之后，指间的力道明显松了许多。

他没完全放开，一只大手足以掌控她半张脸，他居高临下地说："这是办公室，想睡觉的话，麻烦林妧小姐回自己家睡，不要以为你当初能引诱得了我，现在还能。"

有人淡漠，却带着恨意。

有人无地自容。

"陈屿，"她轻声叫他，努力忽视唇畔似亲不亲的心痒，只看着他，问，"我们和解不行吗？"

她的意思是，有什么要求可以提。

但这话听在陈屿耳朵里，就是谁也不欠谁的意思。

他颧骨微微动了下，却像听到笑话似的，松开她，微凉的唇也随之离开。

陈屿讥诮道："你拿什么跟我和解。"

终于不用控制自己受不住吻他，她暗自松口气，心底隐隐爬出怅然与失落。

对啊，她拿什么跟他提和解。

痴人说梦罢了。

林妧起身整理好衣服，垂着眼睫不去看他，只说："很晚了，我先回剧组酒店了。"

陈屿则长身直立挡在那里，宛如没听见，对她想离开的动作也视而不见。

两人呼吸很近，对峙间，空气仿佛凝固了，短暂的几秒时间，漫长无比似的。

沙发那头靠着墙，根本没办法通行，茶几桌面太宽，要想过去只能姿势不雅地爬过去，光想想，就知道画面会有点香艳。

她可不想那样明晃晃地搔首弄姿，尤其，面对着态度冷漠的陈屿。

可出口被他故意站在那儿挡着，倨傲，又夹杂着不挑明的坏心思逗弄。

林妧不信邪，深吸一口气，往前走了走。

直到快撞到他身上，他还是没动。

光线浅淡的办公室，没有深夜的寒凉，他只穿着一件单薄妥帖的黑衬衫搭配长西裤，如此近距离间，她主动凑近，在空气中嗅到了从他身上传来的清冽与烟草味，前者曾经令她安稳着迷，后者，让她想起他阴郁抽烟的那些照片。

两种混合的味道，不管哪一种，现在只剩下疏离与玩味。

林妧见他依旧不让路，他长腿与沙发之间留出的那条窄窄的缝隙，除非她贴着他身体，抱着他的腰蹭过去，否则绝无通过的可能。

她只得调整呼吸，尽量温声说："我要回去了，麻烦陈总让让。"

这声不熟悉的称呼"陈总"，惹得陈屿再次低声嗤笑，他淡淡地看她一眼，身体仍然不动。

继续这么对峙几秒。

正当她以为他要一直装作听不到，看不懂她的意思时，他却忽然开口了。

当然，不是什么好话。

陈屿说："你之前不是很在行吗？"

说完，他嘴角微勾着，轻笑映着漆黑的双眸，讽刺意味极其明显。

她一时没明白，茫然地问："什么？"

陈屿下颌微微凑近，快要亲昵地触碰到她的额头。林妧看着他薄唇张合，也清楚地听到了他嘴里嘲弄的话。

"想方设法靠近我，恨不得贴到我身上。"

这句话扯出了太多曾经面红耳赤的回忆。

林妧自知亏欠，放低声音，丝毫不在意他嘲讽的神情与语气，只说："抱歉，现在可以让让吗？"

问完，她又极其礼貌地加了一句："谢谢。"

丝毫刺激不出她真实的情绪，陈屿笑意很快在眼角眉梢消失不见，他短暂凝视她几秒。

幸好秦墨敲门进来了。

陈屿迈开步子，最终还是给她让了路。而后，林妧侧着身子通过，径直往外走。

陈屿背对着，没反应。

他听着她的脚步声出了办公室，闭眼按捺情绪，心里满是颓败与懊恼，想送她，却气自己没骨气。

倏然，他发现一抹红色掉在地毯上，悄无声息。

陈屿轻眯了眼，弯腰捡起那处她躺过的沙发旁掉落的东西，是跟他款式相同的那条绳结手链。

拿着文件的秦墨认出来，真心劝解："喜欢一个人是装不出来的，林妧学妹大学时真的很喜欢会长，明眼人都看得出来，当初提分手，也可能是有别的原因。"

陈屿没说话。

一两秒后，他拿着东西漫不经心般地走出了背光的阴影。

充足的灯光下，那条边缘略有磨损的红色旧手绳躺在掌心，而小巧透明的密封袋保护着它，似乎证明了女主人是多么珍视它。

望着掌心的红手绳，陈屿低眼玩味，慢慢喷出声轻嗤的笑。

第十三章 也该疼他了

最近日子太平了许多，林妧每天专心闷在剧组拍戏就行。

大概是陈屿日理万机忙得顾不上她，反正自从上回表现得太累在办公室睡着以后，他倒没再半夜折腾过自己。

淮京梅山集团的大老板，忙一些自然正常。

忙点好，他就能把她抛在脑后。

或许，陈屿腻味了针对的游戏，准备睁一只眼闭一只眼将她放过。

十一月底，女二戏份杀青，林妧手头的工作彻底结束。

经过连轴转的拍摄，手绳又丢了，她实在记不起可能丢在了哪里。她脑仁也因为困意有些疼痛，于是关机在家，闭眼睡了个昏天黑地。

好转之后，林妧独自去了趟南山的墓园，从秦墨那儿听说老爷子去世后就有想去祭拜的打算。

郊区南山没有城市中心那么繁华，今天下着雨，在深秋时节更显得寂寥。墓园台阶两侧的树木叶子枯黄，被风吹着，毫无生命力地飘下来，落了一地。

鞋底踏过枯叶遍布的青石台阶，叶子破碎的声响微微响起。

林妧撑伞靠着碑文找到墓碑，看着上面老人的黑白照片，将带来的花放在碑前。

然后，在极安静只有风声的墓园里，她很轻地开口："……好久不见，陈屿爷爷。"

她迎着风看着照片上老人的模样，似乎也是很慈祥的。

以前在淮大小礼堂时，见过老爷子一次，虽然算不上愉快，但没想过再见面会是时隔这么多年，还是以这种方式。

也算是遗憾了。

"陈屿现在把梅山集团重新办起来了，挺好的，陈家爷爷您放心。如果针对我可以让他舒服点，我也乐意接受。"

说完，她如释重负般笑了笑，最后告别道："有机会再来看您。"

当林炡转身准备离开时，怀抱一束菊花的陈婉出现在墓园台阶上，陈婉在冷清清的天色里望见了林炡。

林炡没化妆，素颜的模样比当年在大学校园里见到时更纤瘦，也更动人了几分，出挑的气质跟电视里看到的没太大区别。

两人撑着黑伞在墓园台阶上相遇，四目相对，都朝对方礼貌地笑笑。

祭拜完老爷子出了墓园，外面秋雨未停，车里的陈婉给陈屿打去电话，似乎颇为感慨："大学时跟你谈恋爱的那丫头，居然来墓园看老爷子了，我以为她应该不喜欢这个拆散了你们的老头，没想到这丫头会过来祭拜。"

陈屿翻文件的手蓦地一顿。

他捕捉到关键词，问："拆散？"

陈婉叹息，把当年的事情告诉陈屿，怕他怪老爷子，劝解道："当年为了你的前途，老爷子去淮大找这丫头，那时我也不想分散你的注意力，所以一直没跟你说……小屿，你别怪老爷子，也别怪我瞒着你，归根结底我们是为了你好……"

那边没说话，电话已经挂掉了，没签名的合约就被合上。

"陈总？"陈屿身边等着拿签字文件的秦墨愣了下，刚想问是不是哪里不妥，却被陈屿起身打断。

"酒会那晚你送的她，她现在住哪儿？"陈屿现在只关心这个。

秦墨一愣，随后意识到陈屿问的是林炡，忙翻阅导航记录，把上次送她回的小别墅的名字和门牌号说出来。

深秋的淮京落叶飘零，路灯下的绿化带大部分的花枝都已凋谢，经过淅淅沥沥的雨水，连叶子都枯黄了几分。

陈屿的车子就停在别墅门口，熄火，不是他平时尽善尽美的冷然风格，看得出他此刻是怎样着急要找她的心情。

他下车，连伞也没撑。

绕过车子时，他瞥一眼攀爬在墙上的凌霄花，忽然觉得几年来的恨意全是个笑话。

连绵秋雨从早下到傍晚，如今地面湿漉漉，天色已经黑了。

门铃按响。

林妧通过可视门铃看到来人，刚洗完澡正擦头发的动作蓦地一停。

陈屿，他怎么会来？

她撑着雨伞来到大门口，开了锁，还没来得及询问，对方已经先开了口：“不请我进去坐坐？”陈屿目光沉沉，短发在秋雨中微湿。

有种山雨欲来的感觉。

她呼吸一滞，让出路。

陈屿直接走进去。

“……那个，你怎么下雨天还亲自找过来，有什么事吗？其实可以跟经纪人说，经纪人会传达给我的。”林妧莫名有点紧张。

进屋后，陈屿没说话，简单环顾了一下她这间小别墅，中式风格的装修，跟以前的陈家老宅有些相似。

林妧把毛巾给他，然后从鞋柜里拿出备用的一次性拖鞋，递过去：“穿拖鞋舒服点。”

“谢谢。”

陈屿垂眸，却瞥见她因弯腰递拖鞋而微敞的衣领。

如象牙般白皙细腻，无声勾人。

长发扫过肩膀落在衣领前，挡住了一大半视线，他的目光沉默地往上移，看到她纤细的颈部，他曾用手掌和嘴唇感受过那里的温软与细腻，无比美好。

“外面挺冷的，你要喝点什么吗？”

“都行。”

林妧让他随便坐，然后进厨房，冲了杯薄荷提神热茶。

复杂的饮品这儿没机器，她也不会做，简单的热茶之前在店里学过，正好家里有原材料，所以暂时只能用这个来招待他。

几分钟后，她端着白瓷杯出来，放到沙发前的茶几上，说：“你尝尝味道怎么样，不喜欢的话，我再给你换别的。”

其实他对入口的食物真的没什么感觉。

不过她做的，一定要喝光。

喝完薄荷茶，陈屿就坐在沙发上，也不说走，视线落到她身上，藏着让人看不穿的情绪，他追问起当年的事："从进屋到现在，我给你的时间够久了，当年分手的事，你没什么要跟我说的吗？"

"当年……都过去了。"

"林妧，这么多年，你一句实话都不告诉我，是不是等我死了你也不准备跟我说？"

林妧被他圈着，低着眸，紧咬唇，她不知道他究竟知道了多少，也不知道该怎么说才能让他理解自己和老爷子的用心。

陈屿手臂青筋暴起："说话！"

她轻轻做了个深呼吸，抬眸，真诚地说："……对不起。"

除了道歉，大概说什么错什么。

陈屿却无声一哂，他微错开半边脸的距离，眼神执拗，唇落在她耳边，声音隔着毫厘说出真相："学人伟大，不想耽误我就决定分手。林妧，你是对不起我——"

她说没新鲜感了，讨厌他也许会落下一道浅疤痕的脸。

他怆然一身，几乎被彻底摧毁。

大概对周围同龄人分手司空见惯，过段时间就能好，所以林妧想当然地觉得他也是这样，那时的她不知道他用情多深，被她伤得多狠。

耳郭酥麻，林妧身子明显一僵。

原来他全知道了。

这样过来找她，这样隐忍泛红的眼尾，全让她意识到——

陈屿心里有她。

一直都有。

逐渐变大的雨声从阳台传来，像无数雨滴全落在她假装冰封的心里，不断摔碎，撞击，不知疲惫，不死不休，滂沱砸开裂缝后，那些暗涌的波澜便再也藏不住。

她回过神，是因为陈屿苦笑叹息，自嘲般喃喃低语。

他说："林妧，我就算是条狗，被你遗弃这么多年还念着你，你也该疼我了。"

落寞卑微的深情，让她心疼怜惜。

林妧踮脚，在凑近陈屿鼻尖的那瞬，看到他消瘦的脸和颓败的神情，即便这样的他也是冷清勾人的，她心跳加速，双眸也缓缓闭上。

唇真实接触的瞬间，让她这些年无处可逃的心也安宁下来。

温柔的亲吻取代了千言万语，比任何安慰都来得有效。

陈屿眼皮一跳，眼神缓慢聚焦，所有压抑的情绪被驱逐出脑海。

他静静感受她的试探，她的亲近，从小心翼翼到逐渐深入。

此刻她主动给予的温存，他在分别后的无数个夜里，偶尔做梦才能体会。

那是虚幻缥缈的。

她在梦里只穿了泳衣，双腿轻晃在床边，对他笑。

她说，你要不要尝尝唇膏的味道，是蜜桃味的哦。

然后，她走到他面前，忽然就不笑了，而是蹙眉不满地跟他抱怨，说，你怎么不好好保护自己的脸呢，这样有疤好恶心。

她转身就要离开。

他握住她的手腕将她拉到怀里，像是恨她。唇狠狠吻下去，她却冷冰冰全无回应。

在他咬破那玫瑰色唇瓣，痛苦到几欲崩溃时，她讥笑地问，好了吗？好了我们就分手。

毫无留恋。

梦境和现实通过接吻重合，不同的是，她不像梦里那样冷漠，而是真真切切主动用亲吻诉说着对他的安抚。

幸好，没有留疤。

幸好，她还愿意接受他。

陈屿缓缓合上眼，禁锢的力道松了些，他喉结微滚，吞下她所有温香。

夜晚静谧，只有外面不断的雨声，混在他们的接吻声中，听不太清，仔细捕捉就会很羞耻。

林妧双手得到向上的自由，于是边亲边勾着陈屿的脖子，再往上，触碰到陈屿的耳后，手指穿过略潮湿的短发，春雨绵绵般温柔。

呼吸不知是从何时开始错乱的，她的脸越发烫，即使闭着眼也能明显感知到他身体的变化。

旁边的手机铃声响起，吻被迫中断得恰到好处。

林妧脸颊滚烫，往后退了几步，小声说："我接个电话……"

陈屿睁眼，眸色偏深，有薄薄的欲念，他闭了闭眼，缓了缓燥意，松开她。

电话是经纪人打来的，询问她下张专辑的事。

林妧努力专心回答着，却感受到心脏狂跳，忍不住偷偷瞧向对面的陈屿。

他短发因潮湿更显漆黑，反衬得他肤色呈现出冷淡的白净，沉寂幽暗的双眸看过来，他此刻什么都没做，侵略感却很强，让她不由得脸颊滚烫，忙躲开目光。

外面下着雨，空气潮湿，林妧却感觉到了难抑的燥意。

但两人现在是什么关系，解释清楚当年的事，算不算复合？

结束通话后，她也有了主意，于是跑进卧室从抽屉里拿出这间小别墅的钥匙。

“这是家门的备用钥匙，”林妧说着，摊开手心，看着他，说，“除了我妈，我就只给男朋友。”

如果他收下，就代表是男朋友，代表两人复合。

她暗暗攥紧另一只手，脸上故作轻松，等待着。

他个子高，她站在他身前，整个人几乎被笼罩在他的气息里。

陈屿没有任何犹豫，拿了那把备用钥匙。

他的手指修长、骨节分明，指尖微凉，像夜里的冷玉，蹭过她散着热度的手心。

微痒的触感，在手心残留不肯离去似的，勾得她忽然有点想牵手。

他说：“我的了。”

相比接吻，牵手是最简单的亲昵。

林妧弯唇，伸出手，想和自己男朋友牵手，十指相扣，满足对他的觊觎。

陈屿眼睑微垂，目光落在她手上，而后，他抬起冷白肤色的手，张开合上她的掌心，好像认为她在比手掌大小。

林妧对此愣了愣，没想到被他这样理解，还这么配合。

她笑着看陈屿贴过来的手。

手的骨骼线条流畅，和他身材一样养眼修长，看起来瘦但并不失力量感。

林妧脑袋发热，忽然放弃了对他勾人的无谓抵抗。

她的手指穿过陈屿的指缝，十指相扣，极其缠绵，每个字都特别清晰：“别走了，就在这儿睡吧。”

这话乍一听好像稀松平常。

夜深人静，被她挽留，此刻暧昧感加重了很多。

陈屿握住钥匙的手攥紧，和她牵着的那只手却很从容，不肯显出主人的心思。

他沉静的眸子盯着面前心爱的姑娘满是引诱的漂亮眼睛，她杏红的唇微张又闭合。

他眸底黑漆漆的，带着某种浓厚的侵略性，没有拒绝。

林妧得逞后很开心。

她在睡觉前，带陈屿到窗边看楼下的小院，寂寂月色下，是这几年长势极好的凌霄花。

“大学时，我帮沈如洲唱合作舞台，他问我想要什么，于是我请他帮忙弄了些老宅的凌霄花种子，其实是想等发芽时让你知道我有多喜欢你，可后来……就只能默默栽种在自己院子了。”

她的侧脸在窗前月色与灯光交织中，仿佛镀上一层浅淡的苍白。

说完这些，她抬起眼，漂亮的眼尾随着唇微弯，是真诚的态度：“同一棵树的种子种出来的，现在，它算是我送你的礼物。”

他到底需要什么。

林妧想了很久也想不出来，物质上他不需要她给，既然他还喜欢自己，那就只能把自己小心翼翼藏了许久的心意全告诉他。

十一月的温度已经慢慢下降了，大部分的花草已经衰败。

唯独秋季才开花的凌霄花仍然茂盛攀缘，橙红色犹如蝴蝶展翅，盘错在深绿枝叶中。

陈屿没说话，那双黑漆漆的眸子专注地望着玻璃窗外墙边肆意生长盛开的植物，许久，嘴角才有丝极浅淡的笑意。

那抹笑是欣慰且好看的。

“我的女孩挺有本事，根部管理得好，墙院没被这花拆了。”陈屿说着，回过头，抬手摸上她的脸颊，很温柔珍惜的触碰，“不过，种这个很操心，你选它种在院子里，傻不傻。”

“傻的人明明是你。”

陈屿身子微微动了动，是林妧抱住他的腰，脸埋在他的胸口。她的声音带了酸涩：“我发现以前都做错了，但是我不知道该怎么弥补，怕又伤害到你……”

陈屿垂眸，薄唇轻轻勾起，大手轻轻拍拍她的后背，哄着她：“从现在开始，一直留在我身边就好。”

林妧眼尾略红，这阵情绪过去，才恢复往常只在他面前的骄纵。

她双手松开他的腰，向上钩住他的脖子，往前走近一步，缩短两人之间的距离。

“怎么？”

他疑惑地顿了顿，却仍旧身子顺从地后退，背部靠到墙面。

她说着：“我还可以再还点别的，你要不要？”

陈屿尚未反应，她已搂紧了他的脖子。

柔软带了馨香的指尖抚着他的后脖颈，让他呼吸一滞。

好似一片温热触及到黑漆漆的冰面，暖意向四周蔓延，倒映了月亮的清光，逐渐融化。这过程并不痛苦，而是救赎的温暖，心甘情愿让冰层融化，化成一摊水，与之交融永不分离。

她的唇先落在他的鼻尖，然后是嘴角，最后才是唇中间，无论她亲在哪里，他觉得那里都留下了她的柔情。

这是两人重逢后第一次纯粹示爱的接吻。陈屿并不急躁，即便眼皮跳了下，也是闭上眼慢慢温柔地进行。

他两手紧按着她的腰，唇在她脖颈处留下印子，滚热的手掌却不乱摸乱碰。

林妧觉得这样克制的他真的好迷人。

也让她觉得陈屿对自己的感情一如既往。

她是被珍视着的。

月色下的凌霄花轻晃摇摆过后，又随着风停而止。

夜色浓重，万籁俱寂。

林妧知道他每天都很忙，抱着要给他做顿早饭再放他走的念头，五点天蒙蒙亮她就醒来了。

她下床时尽量不弄出动静，路过桌边时看到陈屿的手机亮了亮。

林妧好奇地扫了一眼，发现手机是静音模式，亮起的屏幕提示着许多未接电话和待接收文件。

忽然有点负罪感，她好像耽误了他挺多事情？自责的同时，她也有点心疼，他平时的日子究竟是有多忙碌。

如此想着，她已经走到门口，咬唇努力控制着关门的力道，最后只是发出一点细微的声音。

殊不知，从她离开他怀抱坐起的那一秒，床上躺着的人就醒了。

他配合她，直到她极小心地关上门，才慢慢睁开眼。

楼下，林妩在厨房用破壁机做着两人份的豆浆，简单地拆开速冻虾饼，在锅里定时蒸熟。

井然有序，宛如随时可嫁的贤美娇妻。

她一般这么早起来都是赶通告，早饭要么在保姆车上解决，要么怕脏了妆干脆不吃。

不过林妩比陈屿好的一点，是她没通告时会把饭适当补回来，但他则是完全不感兴趣，忙起来像不知疲倦，所以才会从大学时就落下胃病。

她每次吃东西，都会想起他，担心他是不是又没好好吃饭。

如今重新在一起，她总算可以亲自照顾他的胃了。

厨房渐渐飘出鲜虾与豆浆的味道。

她自己先尝了尝，除了有些烫，还挺成功的。

林妩从厨房出来，陈屿已经洗漱完毕下楼了，眉眼发梢微湿，似乎喝过水，薄唇中间有些水光，带着她惯用的浅玫瑰与甜蜜桃混合的洗漱品的气味。

冷淡的模样，混着她的味道。

大清早就站在那里勾人，属实犯规。

他浑然不觉："早。"

"早。"

她忙移开视线，指了指餐桌的方向，说："先坐，我把早饭端出来。"

林妩把两人的豆浆和虾饼摆在桌子两边，拿来筷子，开启跟他共用早饭的美好时光。

虽然知道他只是在吃，不会太注重味道，但她还是忍不住问："怎么样，合胃口吗？"

他咽下去，点头："挺好。"

平淡沉静的两个字，神情都没丁点变化，一如她想象中的回答。

林妩禁不住有点发愁。

别人都是愁孩子吃饭，她倒好，先愁上男朋友对食欲兴趣缺缺了。

一顿早饭吃完，已经六点。

陈屿帮忙刷了碗筷，擦干净手，拿了手机和车钥匙，准备回公司。

林妩跟他告别，望着他即将上车的身影，又忍不住喊他："陈屿。"

他回头，很有耐心地看向她："怎么了？"

"要吃一日三餐，工作再忙也不能少，我会去你办公室突击检查的。"

听到她这么说，陈屿停了几秒，眉眼间慢慢浸染出笑意：“还没结婚就开始管我了，是不是在暗示我赶紧把你娶回家？”

“想得美。”

她微抬下巴，歪头轻哼一声，接着对他弯唇笑得甜蜜又明艳，好像真像新婚夫妻似的。

陈屿眸底带笑看着她，又隔了几秒，才说：“三餐，我尽量。”

淮京是个繁华的大城市，每个人都快节奏地生活着。

尤其是CBD（中央商务区）的办公大厦更是如此。

秦墨觉得去了一趟林妧家再回来的陈屿变得有些不同。

原因无他——

从来忙到废寝忘食的陈屿，到办公室见到他的第一句话，不是问工作项目，而是对他说，以后在办公室的时候，三餐准点备好送进去。

第十四章 只钟情一人

十一月到年底的这段日子，别的演员还在组里拍戏熬大夜，而林妧女二的戏份已经拍完，今年发专辑的任务也已完成，日子算是过得很舒服了。

她除了闭关在家作曲，就是偶尔参加下活动、和杨倪吃吃饭，其余出门最常干的事，就是去陈屿的办公室。

不为别的，就是闲暇时监督他吃饭，拼命三郎对于资本家来说是好事，可对于喜欢他、想要他健康的她来说，实在糟糕。

春节将近，淮京电视台邀请林妧出演跨年演唱会。

在如今短视频瓜分流量的时代，淮京跨年演唱会的收视率算很高了，每年邀请的艺人多达百位，不失为一个宣传的好机会。

她跟公司的制作老师沟通修改之后，决定在跨年演唱会上唱自己这段时间初步完成的一首歌曲。

从演唱型歌手往创作型歌手转变，是一个需要聆听反馈的过程。

晚上八点半，露天的舞台下面坐满了人。

林妧身穿一袭搭配撩人小甜曲风格的银色轻熟衣裙，踩着美丽的高跟鞋，手握着话筒，优雅地登上舞台。

音乐前奏响起，她朝镜头微笑，大屏幕转播出她的明媚笑意，瞬间引起台下尖叫和荧光棒的闪亮海洋，不仅粉丝们欢呼，还有不少年轻的男明星眼睛一眨不眨地盯着屏幕看。

演唱的过程中，她留意着临近舞台那些观众的反应。

好在从开始直到结尾，大家都很热情，对这个情歌舞台给予了肯定。

看现场反应不错，她心想这次作曲算是成功了吧。

演出结束，她看了眼时间，还早，演出场地距离 CBD 不太远。

她打算去办公室突击检查陈屿有没有吃晚饭，结果，刚裹了件长羽绒服到地下停车场，就看见他等在车边。

林妧一愣，露出笑："你怎么没说要来接我？这里冷，当心感冒。"

陈屿替她打开车门，说："没事，刚到。"

上去就会遇到一群盯着他的女艺人，他很腻那些搭讪。

因此，他宁愿在停车场等她出来。

她舞台开始，他就赶来了。

他站在观众席最边缘的角落，远远地看她演出完，才来到停车场的电梯口等待。

陈屿工作还没忙完，知道她今天在这儿演出，临时抽空专门来看她。

林妧今晚没有活动安排了，所以决定去他办公室，顺便还能在他休息室睡会儿等他。

黑色的迈巴赫从地下车库出来，驶入夜色。

路上，电台主持人聊起最近海众集团霍宏在国外遇袭死亡的事，以及海众集团由梅正民接手的事。梅正民出任董事长的第一项决定，就是大刀阔斧地将岳父霍宏提拔的那些元老全撤了下去。

林妧虽然不懂商界的那些事情，但听到这条消息，忍不住困惑："感觉梅正民好像很抵触他岳父以前的人事安排，大树底下好乘凉啊，为什么一上位就着急变动这些？"

陈屿冷白修长的手扶着方向盘，边开着车子，边不紧不慢地回答：

"大树底下，不光好乘凉。

"还不长草。

"他这是被压迫时间太久，想全换成自己的人。操之过急了。"

"操之过急"四个字，打消了林妧对陈屿会不会多个敌人的担忧。

梅正民大概走错了这步，所以陈屿才用"操之过急"来概括。

商界那些明的暗的，比迷宫还复杂，她这个脑袋真不适合掺和。

车里暖风开得充足。

不再想海众集团那些事，她玩了会儿手机，越发觉得有点热，于是拉开羽绒服的拉链。

陈屿注意到她的举动，冷隽的双眸看了一眼。

看到她里面还是那件在舞台上演出时穿的银色流苏裙子，他默不作声开了一会儿车，在红绿灯前停下，他再次看过去，嘴角一挑："这衣服是谁给你选的？"

"嗯？哪里不妥吗？"她以为跟舞台演出有关。

"没，"他嗓音夹杂着电台主持人的声音，格外低沉动听，无形蛊惑，"只是这件衣服，让我想到带你去南岛的时候。"

林妧眼睫轻颤了下。

那件露背的银色泳衣，跟这件有相同之处。

想到那时候的事，她有点羞耻，转移话题："等有时间，我们再去……"

她就是这样纠结可爱。

她想撩他的时候，大胆又果敢。

撩完之后再被他提起时，她又会害羞脸红。

陈屿想着，眼皮倏然跳了下，然后低哑笑了声。

办公大厦是上班的地方，白天时活动的人不少。

而在这个临近夜里九点半的时间点，灯光昏暗，只有几个值班人员守在固定岗位上，地下车库安静得能听清楚她的呼吸声。

清冷，又暗。

她和大多数女生一样，好似天生怕黑。但陈屿用修长温暖的大手牵着她的手，让她心里感到安稳，丝毫没有畏惧感。

办公室温暖，林妧脱掉羽绒服，走到落地衣架前，抬手挂上去。

转身面对陈屿的那几秒，他也脱掉了黑色外套，长腿蹭过她银白裙摆把衣服挂好。

她心绪微动，在原地停了下。

陈屿站在她面前，看了她两秒，笑了，那眸光灼热得像藏着火光，让她又想起车里说的那些话。

林妧呼吸都跟着心跳缓滞一瞬，败下阵来，忙错开视线，走到他办公桌前，干净整洁，垃圾桶里没有任何除办公纸张外的东西："晚饭吃过了？"

"在茶水间吃的。"陈屿给她倒了杯热水，看了眼时间，便推开旁边休息室的门，冷隽的眸子浸染了笑意再度落过来，衬衫领带未解，规规矩矩，禁欲与引诱在他似笑非笑的表情中完美融合，“要来看看那盆山茶花吗？”

林妩反应过来，他说的山茶花是当年从南岛带回来的那盆。

她被勾起好奇，依言从他嘴角噙着笑的高大身影前走过。

休息室床边靠墙的位置亮着一盏暖黄色落地灯，灰色窗帘拉着，格外静谧。

淡淡的山茶花的味道。

林妩微微驻足，偏头去看时，果然见到了相比五年前已经茁壮许多的植物。落地的花盆很大，枝叶间有一朵白山茶花正开着，旁边还有一朵未开的花苞。

应该是平时就精心照顾，才能在这个季节在室内养出花来。

关上休息室的房门，陈屿用玻璃杯接了水，来到花架前，低眸注视着不断往下流淌的水，顺着花枝，深绿叶片，最后到达根部隐没。

她在花盆的另一侧，俯身嗅着，弯唇夸：“长得挺好的。”

陈屿看她的眼神有了明显变化，唇边别有深意的笑更浓了些，倒完水的玻璃杯被搁置在桌边。

她脑袋和心跳都乱了，鼻息间是他火热的气息，夹着室内若有似无的山茶花香。

原来念念不忘的两人，没有谁胜谁负，皆是用情至深。

她种着他的凌霄花。

他照顾她送的山茶花。

终于，再次重合，便宛如烟火绽放前的火星，一点即燃。

这比任何甜言蜜语还要沉醉她的心房。

他们的影子落在床侧，亲昵，羞涩。

办公室静谧，只有两件外套挂在那里，黑与白相碰。没人知道冷淡色调的休息室里，是怎样的热烈与旖旎。

只不过林妩是第一次，他亦然。

再想占有，也不能轻纵了负责的底线。

最后，浅尝辄止。

她演出完就很累，经历这么一场，再也没力气，在他臂弯里沉沉地睡着了。

林妧起得有点晚，休息室窗帘拉着，那条裙子被撕坏了一侧的裙角，她只好又套了件陈屿衣柜里的衬衫，出来时，就看到刚出现在办公室门口的蒋樱。

蒋樱也一眼就看到了从休息室出来的林妧。

不太远的距离，林妧穿了一件黑色的衬衫，男士款，有些宽大，像是衬衫裙遮住大腿根，只露出一双白皙莹润的腿，应该是刚睡醒，没有化妆，却依然明眸清丽，十分好看。

“蒋樱小姐怎么来了。”陈屿抬眸看到来人，眼神毫无波澜，客气疏离地说，“请坐。”

办公室暖气很足。

陈屿偏头看到林妧出来，嘴角才翘了下，带着无奈的笑，仍关心她是否被冻着：“当心感冒，秦墨去楼下百货公司给你买衣服了，先回床上暖着？”

不用多费口舌，他的表现说明一切。

蒋樱被老爷子催着找男朋友，她身边的优质男并不少，也明白很多男人巴结自己，并不是因为自己魅力多么出众，而是因为她身上有他们想要的东西。婚姻宛如一场彼此选择的合作。

蒋樱喜欢陈屿那股冷感和不服输的劲。

今天来原本想跟他谈判一次，用未来更高的地位，和绝不倾塌的保证，谈不拢就离开。她的教养和骄傲让她不会卑微地死缠烂打，只是很理智地说清楚，让陈屿自己选择。

但看到林妧在这儿，陈屿的客气与亲昵区别于自己和她，蒋樱觉得这场谈判交易可以省了。

其实她早就料到，只不过还存了一丝希望。

在陈屿像个不知疲累的机器人麻木地从基层做起也不肯跟她恋爱平步青云的那两年；在明明淮京只剩陈屿一个人时，他朋友圈的唯一动态图也没删掉——

那是张影子，亲吻的影子照片。

蒋樱对陈屿感兴趣，自然能打听到有关他的所有消息。

从那条动态发布的时间来看，就是和所谓小青梅林妧恋爱期间。

这些年来，蒋樱总会点进陈屿的朋友圈看看，每每看到，心里有些失落，也会安慰自己，没准他只是单纯不回头翻看朋友圈，所以忘记删了。

直到听说陈屿忽然买了一家娱乐公司，蒋樱找人查了查才知道，原来林妧签在那家娱乐公司，陈屿从来就没有想过一拍两散。

果然，这个男人的心，她抓不住。

或者说，从来就没抓住过。

蒋樱优雅一笑，留下体面的再见，转身走出了办公室。

林妧愣了下，心里树立许久的情敌形象，气质如此洒脱让人觉得舒服。

但她隐约明白，如果蒋樱是笑面虎，回去之后在蒋氏集团做些小动作，那就是不得不让人头痛的大麻烦。

她还没完全回过神，就先被人牵着手带回了休息室。

陈屿的神情跟平时无异，打了个电话，让人准备早饭送上来。

林妧换上衣服，再出来时，犹豫着要不要问他这样会有什么后果，顿了顿，第一句却说："你吃过早饭了吗？"

"吃过了，你不要总担心我，自己好好吃。"

年底事情也多，陈屿堆积的工作量不少，他说完，微垂下颌，翻阅面前厚厚的一沓报表，之后再未说一句。

办公室安静，心底的不安慢慢萦绕。

做任何选择都是有得有失的，只是看自己是否心甘情愿。

林妧知道不该在他工作的时候打扰他，可忍不住，抬头问："蒋氏会不会因为你没跟蒋樱在一起，而联合针对你？"

这话问出，陈屿翻阅文件的手顿住，掀起眼皮看过来，一两秒后露出无所谓的笑，很淡很不在乎："概率很低，但不排除这个可能。"

毕竟他给蒋氏带来的经济利益，目前不是随便一个阿猫阿狗可以取代的。

她却认真思考起来，像在给出苦命鸳鸯的出路，说："我努力唱歌演戏，只要不违约，也算有经济基础，养你不是问题。"

他笑。

林妧说着说着，话题跑远了："你太不爱吃了，我上学那会儿喂养的流浪猫，猫粮每顿都要一大捧……"

陈屿眼底溢着笑，看着她，轻声说："嗯，我比流浪猫吃得少，好养活，所以不用担心养不起我。"

虽然知道他是在开玩笑，但还是成功地放松了她的心情。

年末许多节目加紧提前录制，好在春节休息。

林妧下午要参与一场综艺录制，除了她还有最近很火的男组合，他们先出场，然后轮到林妩。

进场的男生引起粉丝疯狂尖叫，男生笑着回应。

江元昊看到接下来出场的人，微微怔住，是伴随着《生长痛》女版歌声出来的林妩。

队友附在他耳边：“看，你女神。”

江元昊目光停在她站着的方向，脸有些红了。

节目主持人很有经验，在欢声笑语中把握着节目流程。主持人让林妩分别搭档五个年轻帅气的弟弟，进行了节目的告白情景环节。他们风格各异，但她有点脸盲，不太能记得住。

唯一印象深刻的，就是现场尖叫声最热烈的江元昊，并非因为他人气最高，而是因为那张脸乍一看去，跟陈屿冷感的脸庞有几分相像。

节目录制结束，已经临近天黑。

林妩从演播厅出来，遇到前来找她的滕华娱乐的经纪人高园。

高园把林妩拉到一旁的角落，商量着说：“林妩，有个恋综节目录制想请你帮忙，就出场两次，不会耽误你太多时间。”

然后，从高园详细的解释中，林妩明白过来。

高园手底下签的男团里，有个叫江元昊的小男生属于组合门面，长得最出挑，公司给他接了个最近大火的恋爱综艺。因为平时接受采访时，他频繁提起林妩是理想型，所以节目组想在第一期时联合她整蛊一下。

节目组准备开场让林妩装作是节目组安排给他的假女友，制造看点。

临时帮忙两次，一次初次见面，第二次出面解释，大概十几分钟到半个小时就能录制完。

高园这个请求不过分，而且前两年时，林妩还主要在韩国发展，偶尔会回国内参加盛典活动，有一次小助理秦芝曾弄脏一件礼服，吓得抽泣，问她能不能跟主办方说说分期赔付。

林妩安抚着小助理，亲自去找了负责人高园，高园挺喜欢她的歌，看在她的面子上，免了追究，这个人情就一直欠下了。

如今高园开口请她帮忙，她自然答应。

林妩接过高园给的那页资料问答，填写人是刚刚在节目中有过告白情景互动的江元昊。

看着手写回答问题的恋综卡牌，理想型那栏确确实实填写着林妩，她总算明白，高园说的都是实情，也难怪节目互动时其他成员在旁边吃瓜起哄，原来，自己真是江元昊的理想型。

换下录制综艺穿的衣服，林妧穿上长牛仔裤和休闲舒适的卫衣，外面又裹了件羽绒服，从更衣室出来往外走着。

半路，江元昊追上来叫住她。

再次客气地打过招呼后，他说：“我特别喜欢你的歌，从你和沈如洲前辈的合作舞台就开始喜欢了。”

她微笑：“谢谢。”

顿了顿，江元昊用有几分像陈屿的那双眼睛看着她，问：“林妧姐，可以加个微信吗？”

林妧恍惚间眨了眨眼，回过神，拿出手机：“可以。”

娱乐圈的艺人之间，加微信就是交个朋友，挺寻常的一件事。

大多加过微信就躺在列表里了，但是直接拒绝会显得自恃清高，耍大牌似的。

加完微信，林妧就走了。

江元昊看着通过的好友申请，满脸开心，又再接再厉，朝着林妧的背影追了上去，问：“林妧姐，那个……你有男朋友吗？”

想到对方理想型填的是自己，她脚步没停，也没藏着掖着，朝少年扬起一抹笑。

“有，而且我喜欢他，很多年了。”

第十五章
遍地荒芜，爱为良药

接下来一周时间，林妧的行程安排得很紧。

先拍一则广告，后拍恋综的第一期，在综艺露露脸。

林妧在陈屿办公室待了几个钟头，两人吃过晚饭，在送她回家的路上，陈屿问："累不累，下张专辑的曲子还有时间自己做吗？"

"最近行程是有点多。"她说完，又看向他，"不过，曲子讲究灵感，等回头再有了新曲子的想法，你帮我看看呀。"

"嗯。"他眼睛看着外面的道路，很快应允。

他们来到别墅区前的那条大道，天阴了，似乎憋着雪。

林妧看见经纪人发来广告脚本的电子版。

她打开看了看，没什么问题，便回复消息可以如约拍摄。

陈屿本想让她别太累，可看她干劲满满，他微启的薄唇闭合，默了默，尊重她的意思，只说："这几天我不忙，等你拍摄完我接你。"

"好。"

广告拍摄就在两天后。

雪下得很大，室外隐隐透进来风声。

雪打落在玻璃窗上继而往下掉，暖风开着，林妧却觉得温度不是很高，也许跟外面天气冷，以及她为拍广告上镜穿着清凉有关系。

手机上传来新消息，是陈屿发来的，询问她拍摄场地和结束时间。

她分享自己拍摄现场的位置：

△二层，0005 号房，我的休息室。

△马上开拍了，内容不太多，估计一小时内能结束。

△大雪天路况不好，别来了。

半个多小时后，拍摄完成。

二楼安静，工作人员基本都在拍摄现场收拾东西，休息室这边现在除了她，没有别人，就剩外面风雪飘摇的声响。

她去了趟洗手间，再回来时拿上包准备离开。

结果一转身，发现房里不知何时多了一个陌生男子在等她，男子胡子拉碴，头发像鸟窝，看得出许久没梳过。

林妧瞳孔一缩，这个人她不陌生，是她的一名“私生饭”。之前在活动现场骚扰过她，后面报警处理了，没想到他今天居然追到这里，还混进了休息室。

男子表情怪异地看着她，忽然怒骂：“拍一个广告，你就这么愿意穿得不知检点，卖弄风骚？”

林妧几乎本能地转身想逃出去，但她根本抵抗不过这男人的力气，肩膀被死死抓住，整个人便像布偶一样被他拽回去。

“救命——”她尖叫着呼救，往后退着，颤着手去摸手机。

男人明白林妧想报警的意图，暴怒着抢了手机，满嘴侮辱的话语，刚要过来抱住她，房门被踹开，他脖子被人用手肘勒住，像丢垃圾一样甩到了墙面，翻滚到地上。

林妧颤抖的眼睫顿了顿，泪眼蒙眬地睁开，看到了赶来的陈屿。

安全感瞬间涌上来，她紧绷的神经蓦地放松。

与她不同，陈屿素来冷淡的表情此时难看得厉害，黑沉的双眸满是戾气。

他揪住对方衣领狠狠揍了几下，似是觉得衣服束缚着太碍事，他暂时停手，剧烈起伏的胸膛明显压抑着未消的怒气，他脱掉外套扯开领带，扔到旁边。

男人抓住机会爬起来，像疯子一样叫喊着，顺手拿了桌边的花瓶砸过来，这一击一看就知道不是出自练家子。

陈屿绷着薄唇，似是极其不屑地扯了扯嘴角，而后偏头躲开了。

花瓶砸到玻璃窗上，瓶身裂开，碎片四溅，造成了伤害。

陈屿微微蹙眉，他的脸侧被迸溅的碎片划出一道血痕。血痕渐渐变深，一滴血落在白衬衫上面，像殷红的红梅。

摸到伤口，他闭眼深呼吸笑了笑，再睁开眼时决定好好教训一下这种人渣。

陈屿抬腿一脚将男人踹倒，男人一脸痛苦地捂着肚子蜷缩在地上，陈屿则阴鸷地迈步靠近。

…………

几分钟后，哀号声停下来了，人已经躺在地上不动弹，似乎被打晕了过去，口鼻脸侧红肿出血，看起来很可怖。

林妧情绪已经稳定下来，看着眼前这幕觉得再打下去就要严重了，忙上前拽住陈屿的胳膊。

她的力气跟他挥拳的力道完全不在一个水平，她做好了被甩开的准备。

但神奇的是，她伸手碰到他的瞬间，那抹不想伤到她的戾气及时僵住，缓缓收住，只是气息似乎还有些不顺。

“好了……我也没被怎么样。”

她抱住他的腰，试图平息残余的怒火，歪头看着他脸上那道细细的血痕，轻声说着：“去给你处理下脸上的伤口，好不好？”

他本来就冷漠，心情不好的时候，更是明显：“一个助理不够，以后工作带上保镖。”

“好。”她应。

林妧来过这里，知道一楼有家药店。

她戴着口罩去柜台买药，陈屿全程陪同，冷着脸没再开口说话，似乎怒气没完全消。

车里。

她拿出棉签，拧开碘酒想给他上药，在这之前，她凑近仔细观察着那个伤口，想看看有没有细碎的玻璃碴留在伤口里。

他眼神幽深，直勾勾地盯着她的表情。

似乎生怕她露出一点嫌恶的意思。

林妧检查完略松了口气，没看到玻璃碴，应该只是碎片飞溅的时候划了一下。

“可能会有点疼，你忍忍。”

她说着，用棉签沾了些碘酒，一点点轻碰过他脸颊颧骨处的伤口，从内到外。

地下车库昏暗。

只有车里亮着灯光，两人不再说话，便彻底安静下来，依稀可闻彼此的呼吸声，林妧认真地上着药，陈屿感受着她的气息，黑沉的眸子凝视着她的神情。

外面的风雪又大起来，鹅毛大雪从出入口吹进车库边缘，落地融化，湿了一片。

上完药，贴好消痕贴。

“好了。”

她满意地笑了笑，装好棉签和碘酒，放进置物盒里。

再抬眸时，视线与他冷然探究的目光相撞。

空气寂静一瞬。

林妧不喜欢他用这种没有笑意的眼神看自己，于是伸手轻捧住他的下颌，再次凑近。

陈屿看着她凑了过来，带着香气的指尖轻抚着他的下颌。

她的吻落在他脸颊，嘴唇轻轻地碰在贴了消痕贴的伤口上。

陈屿睫毛微敛，耷拉下来。

大概太过在意，日有所思，那天晚上林妧梦见了眼神冷然的陈屿。

在淮大的音乐室，林妧脱掉衣服露出后背。她抓着他给自己披黑外套的手，他的手就落在她温热的肩膀上。

月色寂寂。

她鼓起勇气，回眸看着他，说：“我喜欢你，陈屿。”

然而，他黑沉的瞳孔没有半分动容，像初次见她时的眼神，淡漠冷清。

他毫不关心地说：“对不起，你麻烦太多，我不想接受你。”

最后，他还将她紧抓着的手抽离。

转身离开。

孤冷的只有月光的音乐室，就只剩她一个人宛若失魂。

被惊醒后，林妧庆幸只是个梦。

她再也睡不着了，从床头拿起手机，凌晨四点。

她打开台灯，全无困意，便上网看看最新消息。

翻到娱乐板块，意外地看到了她和江元昊两人名字同框出现，配着两人各自的照片，内容是两人将要以情侣身份上恋综。

这爆料还挺快。

不过，是假的，她只是烟幕弹。

等节目播出谣言也就不攻自破了吧。

天亮之后，林妧先去公司开会，在会议室跟几个制作人老师集中聊了聊下张专辑想要走的抒情风格，还有继续尝试自作曲的打算，也得到了老师们的支持和对她跨年表演的专业反馈意见。

傍晚时分，她如约赶往恋综节目的录制地点。

林妧第一次参加这种节目，对象还不是陈屿，有点罪恶感，但受人所托，录制最多也就半个小时，想着演员的信念感与整蛊的事实，就坦然一些。

一整天钩心斗角的联合会议结束，夕阳已经快全部沉入天边。

脸颊上还贴着消痕药的陈屿从会议室出来，喝了杯咖啡，就稍稍放松，站在窗前眺望繁华城市的尽头。

他没想到拿起手机，轻扫眼微博讯息，就看到林妧和另一个男生的名字已经登上娱乐热搜。

热搜配图是林妧的一张红毯照，黑长发温婉，红唇迷人，而那个男生，明显是个组合偶像，底下评论全是郎才女貌。

陈屿眸色冷下，多看了两眼，那男生眉眼跟他有三分相像，这巧合惹得他嗤笑一声，扯了扯嘴角。

她就是最爱这张脸。

所以，在他脸上有伤痕时，连替身都找好了？

两人虽解开了误会，她却从未说过究竟是喜欢他这个人，还是他这张脸。

陈屿独自在办公室发着疯，文件七零八落，宛如折翅的海鸥，死气沉沉地落在地面，再也不动。

他手支着额头，再起身时，眼眶微微发红。

想和像他的男人拍恋综，想都不要想。

除了他，谁都不行。

陈屿从办公室出来，给负责管理林妧行程的经纪人打去电话询问了录制地点，不浪费一秒时间，直接挂断，搭乘电梯出现在停车场，整个人阴沉沉的。

陈屿一甩玻璃门，一身戾气。

他大步流星地走到车子停放的位置，上车。

车门被嘭地关上。

毫不怜惜。

陈屿发动车子开了出去。

昨天的积雪没有完全融化，斑驳的白色覆盖在城市绿化带间，马路潮湿，有着雪水。

这边录制大厅的人员陆续到齐。

节目工作人员各司其职，马不停蹄地忙碌着，为即将开始的拍摄做准备。

林妧到场后，就等在休息室。

因为这个节目事先保密了男女朋友的身份，江元昊看到微博热搜，欣喜地给林妧发微信，询问两人是否要录制这档谈恋爱的综艺节目，完全没有往烟幕弹的方面想。

当晚七点，录制准备开始，林妧从休息室出来，等在即将跟男方见面的门外。

电闸被拉下。

录制现场大厅忽然断了电。

黑漆漆中，工作人员乱作一团，有去看电路的，有去寻找备用发电机的，还有人联系其他场地。

林妧这个女嘉宾就站在原地，正茫然地等着，就被熟悉的气息包裹，按到了旁边的楼梯间。

“陈屿？”

她话没说完，就被他捏着她下巴仰起脸，紧接着，他的气息沉沉地落下来。

安全门外不断有人经过，手电筒的光和人影从门缝隙透出，偶尔还有寻找她的声音。

忙成一团的人群，和炙热的吻，就隔了一扇门。

听到有工作人员喊“林妧”。

她眼睛和唇紧闭，不敢此时吭声，更怕被人发现。

做这一切的男人却毫不在乎，意识到她有抿唇的举动，他似乎不耐烦至极，却又在极力忍耐。

随后，再次吻过来，偏凉的手指捏着她的下颌，顶开她的唇齿，又冷又凶又狠。

吻到几乎要将她吞噬，无法再深入。

林妧知道他吃软不吃硬，配合松了口，含混不清地发出声音：“不要在这儿亲，我们换个地方……”

最后，她被他攥着手腕，一路往下，到了停车场，上了他的车。

“你怎么了？”

林妧关心地看着他，感觉今天的他想要将她吃掉一样，不正常。

她的目光落在他脸上，很自然地被脸颊那处伤痕吸引了几分注意。

陈屿感觉到她的关注，探身过来，逼近她，带着浓浓的警告意味：“林妧，你最好别说你觉得我这带伤的脸恶心，要跟我分手，否则我也不保证自己会做什么。”

林妧不明白他为什么忽然这么说。

怔了怔，想到上次和他分手时说的这个恶毒的理由，再想想昨天他脸被划伤后冷冰冰的眼神，她顿时全部明白过来。

她放下沉重的情绪，弯唇明朗地笑出来。

陈屿蹙眉：“笑什么？”

“你好可爱。”林妧眉眼闪着神采，甜丝丝的。

她根本就不会因为这个分手，同样，他所担心的，在她的眼里也不是问题。

“我怎么会再提分手。

“我对你的喜欢，或许是从脸和保护开始，接触后，就陷于你整个人了。

“伤口也许会留下丑陋、狰狞、怪异的疤痕。

“但是，是你的话就没关系。”

林妧将脸贴到陈屿怀里，感受着似乎顿了下，继而有力跳动的心脏，还有对方逐渐舒缓下来的呼吸。

“我这个人一根筋，不撞南墙不回头。曾经的我口是心非，可你别小瞧了我，我认准一个人就会长久地爱下去，哪怕不在身边。当初送你山茶花，也是这个意思。所以，你怎样我都要你的，陈屿。”

她真心实意地呢喃着。

陈屿闭上眼睛。

一片黑暗中，听觉变得更加敏感。

这些话语像清冽的水流，温柔地覆盖在干涸裂开的心脏上，滋润填满，瞬间平和起来。

陈屿缓缓睁开眼，低眸看着她，像暴躁的狮子被她成功捋顺了毛，好看的冷眸褪去狠厉，此刻像温顺看着她的猫儿，无助又无害地盯着她。

“以前滕华娱乐的高姐帮过我忙，这个叫江元昊的小弟弟是高姐手底下的艺人，想请我帮忙假装女友。这就是个整蛊，待会儿真的综艺女友就出来了，不是我，是现在很火的演员小花。人家参加这节目纯粹是来放松的，外加磨炼演技，积累生活素材，”林妧说，“我上去录制，如果你愿意等的话，最多半个小时就能结束。”

陈屿：“等你。”

“真乖，亲一下做奖励。”

她轻轻笑着，快速亲了亲他的唇瓣，手去碰车门准备下去。

偏偏刚才那番真心实意的告白，让陈屿不肯只蜻蜓点水的一个吻就轻易放她出去。

他宽大的手掌抱住她的腰，低头再次吻下去，同时另一只手去包裹她搭在门边的手，然后转动手腕，缓缓覆盖她的手心，与她十指相扣。

车内寂静。

依稀可以听见，外面消融的雪水顺着管道滴滴答答地流淌，滋润着地面。

五分钟后，林妧从车里出来，回到已经灯光大亮的录制现场，匆忙补了个唇妆，配合节目组开启了对江元昊的整蛊。

外面的雪水在夜色间缓慢流淌，陈屿在车里等待林妧。办公室里乱糟糟的，他却嘴角翘着微笑，因为得到了老婆的表白很是愉悦。

没多久，陈屿接到助理秦墨关心的电话。

“会长，发生了什么，你没事吧？现在在哪儿？”

秦墨只有在流露私人兄弟情的时候，才会喊他会长，就像以前在淮大学生会一样。

“没事，在等林妧，办公室麻烦你辛苦整理了。”陈屿嘴角有笑，语气慢悠悠的。

听到这个语气，秦墨悬着的心总算放下来，轻松几分，也回道：“说到林妧，我看到她在高校联合运动会为你和体大男生发生争执的时候，就知道她是真心喜欢会长你……”

时间在秦墨喃喃自语的回忆过往中过去两分钟。

陈屿仔细倾听着与她有关的每个字，而后，神情越发柔软，因为他发现了不曾知道的秘密。

当天夜里，在窗外生命力旺盛的凌霄花树的见证下，林妧在客厅沙发上被陈屿吻得快要融化，抵抗不住，几乎就要迷糊了。

她躺在他怀里，软糯糯地得意娇嗔：“陈屿，你这么喜欢我啊。”

而后，她感受到胸膛因为一道低笑震了震，陈屿翻过身来，将她压在沙发上，说：“要不要讲讲，大学秋季运动会的时候，体大那些男生说我坏话反衬他们学生会会长时，你是怎么维护我，跟他们起争执的？”

谁更喜欢谁，真不好说。

林妧怔住，某些记忆深刻的画面在脑袋里闪过。

她忍受不了体大那些男生拉踩捧人，第一次拿水泼人，是为了他。

那样的行为不太淑女，有些粗鲁。

“你知道了。”她脸有些红。

“嗯，知道了。”他好心情地回。

林妧抿了下唇，抬眸看着他，轻声问：“可我却对你说了更伤人的话，说没新鲜感，说你脸上也许会留疤恶心，跟你提了分手，让你很难受了吧……”

陈屿额头抵住她的，温柔快要溺毙她，说：“是。”

“我感受到了。”

她在他身下抬起手，环住他的后颈，同样深情温柔，眼眶有些泛红，却慢慢笑起来，说：“我们彻底和解吧，你不是说过，和解的条件要有诚意吗，我拿一辈子跟你和解。结婚。”

阳台落地窗拉着，悬挂的白纱帘透着清辉和花树间的皑皑落雪。

即便不开灯，也是微微亮着的。

陈屿鼻尖轻蹭她的。

他低头，亲了下她，宠溺的口吻评价说：“真狡猾。”

短暂的唇瓣相碰，雪松薄荷的勾人味道缠绕鼻息。

“陈太太，这样的和解，我荣幸之至。”

第十六章
心动是个怪圈

林妧新专辑的最后一首曲子的MV，需要在校园取景拍摄。

导演尊重拥有歌手和老板娘双重身份的林妧的意思，询问有没有想选的地点。

如果换作别人，大概率会选择自己曾经的学校。可林妧在淮京十中的经历并不好，那个地方，她这辈子也不想再回去。所以思索之后，她选择去陈屿曾经读书的学校——淮京一中。

工作人员跟校方领导打过招呼后，挑了个周末进校拍摄。

将要入夏，树影葱郁，花坛里的花都含了花苞。

林妧走在淮京一中，这里跟她曾经在贴吧搜寻陈屿的消息时看到的一样，宽阔的操场、现代化楼房、林荫道、香樟树、石雕喷泉。

到处都是陈屿可能驻足过的地方。

周日拍摄完，太阳快要落下。

陈屿知道她来淮京一中拍摄，特意抽空来接她回家。

操场旁的香樟树下，林妧和他手牵着手，那双纯净好看的眸子看着他，笑着说："回归母校，陈屿会长要不要带我转转？"

"好。"陈屿依着她。

逛完待过的教室、宿舍楼，他带着她去到学校矮墙旁边的废弃城堡。

原开发商资金不到位，现在地皮投资不如以前值钱，也没资本愿意接手，便一直荒废着，这里已经是流浪猫的家。

林妧略带新奇地跟着陈屿进来时，四散跑开许多的猫咪。

空置的建筑一楼放着一张陈旧的课桌，本该教书育人的讲台桌面，摆放了一个烟灰缸，也不知道是哪个稍有些素质的老烟枪放在这儿的。

时间在傍晚的黄昏光线中，恍惚回到多年前。

一个完全不认识的别班女生从学校跟着他来到废弃的建筑，还不死心地捏着情书，坚持要他接受。

“没完了？”

陈屿从少年起就最怕麻烦，他皱着眉看着一路尾随他的女生：“我拒绝一次，你不罢休，追到这里，非要听点难听的？”

女生面子薄，即便再喜欢，被他这样戳心一说，也坚持不住，泪眼汪汪地跑开了。

“小美人也拒绝，陈屿你这小子没有凡心吧？”沈如洲把玩着吉他，见刚才那女生长得不错，有点怜香惜玉，叹息说，“老拒人于千里之外哪行，找个女朋友挺好的，起码，有人陪着你。”沈如洲真实所想。

陈屿听见这话扯了下嘴角，没吭声。

他眼底有重压之下的淡漠与疲惫，懒得说话，只蹲下身，用猫粮逗弄角落里小小的灰色流浪猫。

这里建筑多，另一个房子里传来逃课学生的笑骂声。

这片明明荒废了的地方，却成了学生们逃避现实压力的短暂避风港。

沈如洲弹了会儿开始刷手机，忽然，他收到淮京十中的一个朋友发来的消息。

点开消息，声音通过扬声器传出来：

“我们学校新转来一个特别漂亮的妹子，黑长直的头发，小泪痣，尤其是那双眼睛，看你的时候就像会勾人似的，真的，绝了，我宣布，她以后就是我新的暗恋对象。”

“看你小子这点出息，也只能整暗恋了。”沈如洲回了一条语音。

几秒的静寂后，沈如洲招呼喂猫的陈屿，说：“哎，想不想看看淮京十中所谓的漂亮妹子长什么样？可以找我朋友要张照片，说不定比咱们学校的女生还好看。”

将手里最后几粒猫粮全喂完后，陈屿眼皮都没抬，依旧只看着吃东西的小猫：“没兴趣，你要了也别给我看。”

夕阳染红了天边的残云。

陈屿翻墙再回到学校，经过林荫道时，又被买了巧克力的女生拦下，那女生红着脸支支吾吾，但明眼人看得出来，她是打算表白。

旁边一对关系不错的男女打闹着跑过。

陈屿想到如果自己有个小青梅，即便不发展成恋人，也必定会是个极佳的挡箭牌，减少被表白的次数。

陈屿像是找到了解决麻烦的办法，唇角微弯，对面的女生看得更加痴迷了。

他却开口：“其实，我有个小青梅，还挺喜欢她的。”

“什么？”

女生惊讶呆住，红着的脸覆上摇摇欲坠的伤心，有些不甘心，追问：“她……是长发，还是短发？”

“黑长直，小泪痣。”

陈屿已经绕过阻挡，走远了。

话通过香樟树下的阴影与微风，一字不落地飘进女生的耳朵里。

黄昏橘光绮丽，废弃建筑的院子里有茂盛的草丛和不知名的小野花。

林妩牵着陈屿的手，出来时，犹豫着问了句：“如果我初中没在淮京十中，而是跟你一个学校，你会不会早一点喜欢我？”

感觉错过了彼此初高中的懵懂岁月，总是种遗憾。

喜欢一个人，就想占据他的所有。

陈屿忽而笑了下，薄唇勾着：“在淮京一中就敢那么撩我的话，应该会跟你商量一下。”

林妩不理解：“商量什么？”

“跟你商量，能不能晚点再招惹我，因为，”他俯身，在傍晚的柔风中在她耳郭落下一个吻，诉说秘密般，热气氤氲着她耳朵边的肌肤，低低地说，“对你，我也忍不住。”

喜欢一个人总会为其心动。

或早，或晚。

只要那个人出现，就会陷入这个心动的怪圈。

—完—

番外

平行宇宙·他早偷偷把心给她了

宇宙这么大，会不会真的有一个平行宇宙。

那里也有一个我，有一个你。

——题记

九月，一场秋雨之后，淮京大学终于迎来一批新生。

一大早，林妧军训迷彩服的腰带就找不到了，顾不上细说，匆忙冲到陈屿身前，开始解他的腰带。

陈屿眼尾一垂："腰带丢了？"

"是啊。"林妧愁眉苦脸，开口，"反正你教官比我教官随和，对着装要求没那么严，腰带就借我用下，中午我买了新的就还你，谢谢！"

陈屿没什么表情地看着她，也没说话，任她动作。

四周看过来的视线不少。

陈屿有着能让女生频频回头的清隽冷感脸孔，林妧明媚娇俏，也吸引了许多男生注意。

可惜，这两人青梅竹马，像养成了习惯。

林妧想喝水，只让他帮忙拧开瓶盖。

陈屿拒人千里，也只让她靠近。

军训期间，柯佳将两人休息时的亲近看在眼里，不免心生嫉妒，她对陈屿一见钟情，告白了好几次，每次都被冷淡拒绝。

不过新生里不止一个帅哥。除了陈屿，还有个叫邓逸的男生很酷，高高瘦瘦，戴着银色耳钉，个性张扬。

柯佳在陈屿那里碰壁太多，知道谁也比不过他的小青梅林妧，趁着自己的喜欢还不深，理智选择放弃，改目标为邓逸。

偏偏大小姐心底存着不甘心，放弃了还不忘挑衅林妧："你就是认识陈屿的时间比我久，胜在了这点而已。如果换个男生，咱俩同时约邓逸，谁赢还不一定呢。"

林妧从没见过这种大小姐，看着柯佳自负满满的傲娇模样，此刻，她的好胜心也被激起，于是红唇一弯，决定打这个赌。

林妧深知陈屿的性子，她原本觉得没必要去和表白多次都接近不了陈屿的女生计较。

但对方改追别的男生，还非把她视为竞争对手，她就有点想证明自己了。

好胜心太重。

陈屿从小就这么说过她。

但林妧觉得这没什么不好，有些事，好胜心重才能有坚持的动力。

比如，小时候林妧为了不落后于玩伴陈屿，主动刷题，央求着父母让她提前上学，最终得偿所愿，提前一年进了小学，和陈屿成了同年级的新生。

就连如今的淮京大学，也是她想证明能力，日夜苦读才敢跟着陈屿选的。

军训结束，大学课程开启。

高数课后，陈屿把全班同学的作业收齐，搬到办公室整理时，才发现中间夹了两封给他的粉色情书。

他只瞥了一秒钟不到。

陈屿没什么表情地将作业本中的异类拎出来，放到旁边的碎纸机里。那只冷白如玉的手按下开关，粉色纸张成了碎纸屑。

在淮京大学，似乎能接触到这位高岭之花的，就只有他的小青梅林妧了。

林妧在淮京大学新生中算是比较好看的，性格又活泼，爱交朋友的女生了。

她主动要了邓逸的微信号。

起初，陈屿并未太在意。

直到隔周课后，他安静地做完感兴趣的曲子 demo，从音乐室回来，在楼下的小广场前遇到了她。

黄昏的阳光散去午后的炽烈，染上橘红的光晕，温温柔柔地照着广场的每一寸，也在她的脸庞、胳膊和小腿肌肤上镀出美好不可方物的淡色。

“喂，你好忙呀，要不要一起看电影？”她提高声音，开口问。

“嗯。”

他低低地应了声，嘴角难得地露出极浅的弧度。

她明艳张扬地走过来，像蛊惑人心的小狐狸。

然后，他听见自己的心跳，跟那随风飞扬的长发相得益彰。

但，她并没有停留，只短暂地看他一眼，然后就调皮地眨了眨眼，经过他继续前行。

两人擦肩而过时，他听到她的声音，喊着他身后另一个人的名字。

“邓逸。”

陈屿眉头蹙了蹙，也只是一瞬，再回眸看向她找的那个邓逸时，他脸上早已恢复冷若冰霜的表情。

周围的晚霞光线还是那么瑰丽，照在他们身上，尤其是林妧对那男生笑，陈屿觉得很碍眼。

他转身，正欲离开。

她却跟那男生说话结束，突然开口喊着：“陈屿——”

如此，陈屿抿唇，刚要抬起的脚停了。

林妧飞奔到他身边，笑意盈盈：“我们一起去食堂吃饭吧，听说第一窗口的辣子鸡可好吃了。”

她的笑像是溪流上的月光，治愈而朦胧。

陈屿看着，就忽然想起两人小时候初识的情景。

那是个冬天，前夜的雪刚停，他预习的数学难题没全做对，被爷爷罚站在墙边，白雪皑皑，呼气四散。

就是这个冷寂的时候，隔壁新搬来的每次跟他搭话都得不到回应的林妧探出小脑袋，几分钟后，她偷偷揣着栗色仓鼠抱枕来到他身边，眼巴巴地小声说：“我把最爱的暖手抱枕借给你，这样你就不会太冷啦，以后你要对我多笑一笑哦。”

陈屿从那次起，便接受了自己身边多出个林妧。

相伴几年后，青春期的躁动到来。

陈屿梦见的异性，始终只有笑起来眉眼弯弯，娇俏可人的她。

他一直认为自己和林妧会水到渠成，自然而然地在一起。没料到，她身边会忽然冒出另外一个男生。

那男生叫邓逸。

陈屿没想记住这个名字，但林妧最近总不厌其烦地在他面前提起。

“邓逸不喜欢恐怖片，那你说，你们男生除了看恐怖片，跟女生相约看电影的话，还偏好看什么类型的片子啊？”

她略有烦恼，单手托着腮，翻找着各大影院新出的宣传影片。

隔着一张课桌，陈屿听到，手上正画数学题辅助线的笔第一次不受控地偏了偏。

林妧没发觉，还自顾自犯着难。

半晌，陈屿开口：“就是昨天那个男生？”

“什么？”林妧抬眸看他，有些没明白。

“你要约的人。”他表情淡淡的。

林妧反应过来，点头，炫耀般眉飞色舞地说：“对，怎么样，不错吧，妥妥的酷哥。听说他在宿舍脱了上衣，有八块腹肌。”

陈屿盯着林妧那张清丽的脸和眼底的憧憬，扯了下嘴角：“我以为你眼光多好呢。”

难道不好吗？林妧处于一种自我怀疑的状态，有些动摇，但想起柯佳的挑衅就又坚定了。

“不想那么多了，干脆快刀斩乱麻，就选我喜欢的爱情片好了。”她起身，说要回宿舍，实际上是不敢继续逗留，怕受陈屿三言两语的影响，对约邓逸这件事失去兴趣。

不管怎样，她得赢过柯佳。

自习室安静，陈屿难得分心，他抬眼看向出口的方向，目光落在将要跟邓逸去看爱情片的她的背影上。

陈屿皱了下眉，忽然非常心烦。

十八岁的年纪，对异性有憧憬，被吸引是件很正常的事。

陈屿认为自己可以满足林妧的这份好奇心。

周六休息时，林妧像进自己家一样，进了陈家的老宅。

这些年，但凡有空，她都会在陈家门口进进出出。

陈屿的姑姑陈婉也在，看见林妧，仍如林妧小时候那样，伸手帮她梳个好看的盘发，像是喜欢女儿那般喜欢她。

鸟雀在院子里的凌霄花枝头鸣叫，阳光从窗户照进陈屿的房间，连浮尘都看得清清楚楚，慢慢悠悠，岁月静好。

陈屿拿了两罐橘子汽水进来。

林妧正坐在桌前，她咬了下笔杆，而后聚精会神地写着英语试卷。

陈屿大二结束后就会出国做交换生，另外学习金融专业。

不能输给他，所以林妧也决定出国，但不学金融类，她对金融不开窍，偏好学习人文类。

出国做交换生的前提是，英语考试必须通关。

她现在提前准备，为的是到时能跟陈屿一起通过英语考试。

林妧对完答案，略感萎靡不振："这张卷子我觉得有点难，刚刚及格而已。"

"还有呢，明天再做一张，知识点差不多。"他说。

林妧忙摇头拒绝："明天不来了，我约了邓逸明天看电影。"

提及这个，她兴致一下就上来了，眼睛都有神了："是李导的《翩翩》，据说吻戏超多，是部让观众想入非非的爱情片。对了，你想看吗？想看的话，等我跟邓逸看完，陪你看第二遍呀，我可不是那么重色轻友的人。"

陈屿眉心微动，看她的眼神似乎有点沉。

林妧莫名感受到一种低气压的情绪。

但他没说什么，冷漠回答："没兴趣。"

只是陈屿手里原本拿着的橘子汽水被放到她面前，连拉环都没帮她打开。

林妧鼓了鼓腮帮，也不好说什么。

她决定自己的事情自己做，拿起了那罐汽水，奈何打开的动作生疏，力道也没控制好，拉开环扣的瞬间，汽水泡泡从罐身冲出，遇到空气越发沸腾，弄了陈屿一身。

林妧呼吸一窒，忙扯过抽纸帮他擦着，边道歉："不好意思！我发誓，这绝对不是故意的。"

陈屿因为她的触碰，喉结微微滚了滚。

他起身，直接避开了她毫无顾忌的手。

林妧懵懂地眨了下眼，看他这样躲远，心道这人好端端怎么冷起一张脸，最近好奇怪。

这么想着又抬头看了几眼。

陈屿脱掉了被汽水弄湿的白上衣。他身材颀长，线条也好看，被光照亮一半，也能看清左边阴影处的肩胛骨与喉结。

林妧脸一红，视线移开，又缓慢游到他裤腰处的小腹。

有肌肉，恰到好处的少年硬实感。

心尖如被羽毛扫过，止不住地发痒轻颤。

林妧吞了吞口水望着，一时有些失神。

他们的关系从小就不错，严格来说，算是青梅竹马。但她见到他这样毫无顾忌地脱掉上衣，还是第一次。

突然，她心里冒出个觊觎他的念头。

“明天如果看到电影里接吻的镜头，邓逸也想要亲我，我没经验，怎么办？”

穿衣服的动作顿了顿，那人脸色没半分好转，寡淡地睨她一眼：“所以呢？”

所以呢？

所以——

林妧觉得自己的脑袋正在逐渐发热，可她控制不住。

沉默了数秒，她犹豫着问：“你说……我要不要先找个自己人练习一下？”

话这样说着，她的眼睛，一直都盯在陈屿的嘴巴上。

陈屿明白了她的意思，薄唇微抿，目光深深地看着她。

这是第一次，林妧发现陈屿看自己的眼神里，似乎有一种她并不熟悉的幽深侵略感。

她背抵着桌边，眼睁睁地看着他靠上来，感觉自己心跳如擂鼓。

好像这么长时间的相处，心里早已经想跟陈屿试试了。

陈屿的手臂和身子将她圈在小小的空间里，他低头，轻轻吻下来。

林妧下意识地闭上眼睛，距离近到能听见他呼吸的声音。

当闭眼不再有视觉时，其他感官就会变得非常灵敏。

她喜欢陈屿口腔的触感与味道。

生涩，细腻，柔软，温柔。

凉凉的，薄荷感，很干净很诱人。

亲了。

原来是这种美妙的感觉。

不知道唇舌纠缠了多久，她只知道腿发软，嘴唇和舌尖都有点吻疼了，而陈屿的呼吸越来越重。

林妧反应过来，慌忙逃离这里，小腿碰到桌子，笔滚了滚掉落在地，她顾不上捡，只慌忙丢下一句："谢谢！我有点经验了，明天面对邓逸，一定顺利。"

她脸颊发热，没敢回头看，所以并不知道说完这句话后，陈屿的脸色完全沉了下来。

他冷着俊脸，那双漆黑的眼睛透出阴鸷与凌厉。

打火机在空寂的房子里点燃了一根香烟。

身姿挺拔端正的陈屿，干净又出尘，从小到大都是学校里的优秀尖子生，大概谁也不会想到他会私下抽烟。

家里人对他的期望值越高，他的压力就越大。每个人都有自己缓解压力的方式，陈屿的习惯是运动出汗，或者在偏僻没人的地方，点上几根烟。

陈屿不敢想她明天真会和另一个男生接吻。

按照对她性子的了解，大概率只是嘴上开玩笑，不会和刚认识没多久的男生那么亲密。

可即便如此。

今天，他的燥意，仍是格外强烈。

一整盒香烟抽完，也没什么作用。

电影《翩翩》挺好看的。

男女主角敬业又投入，亲密的镜头拍得格外香艳，使得电影院内的气氛暧昧得有些放纵。

林妧看着银幕，身边坐着邓逸，脑袋里冒出来的却是陈屿。

就在邓逸靠近准备要亲她时，她下意识地就躲开了。

心跳有一瞬间加快，但不是紧张和期待，反而是受到惊吓。

林妧倍感尴尬，神色黯然地对邓逸说了声抱歉，电影还没结束，她就起身离开了。

她走得很快，像逃一样。

天色渐渐暗下来，路灯和店铺招牌亮起，繁华热闹。

附近有家新店铺开张，促销她最爱吃的蜜桃小蛋糕，可她受心情影响没什么食欲，连队都没排。

思来想去，她满脑子都是陈屿。

这大概就是喜欢了吧。

终于醒悟后，林妧用了一路的时间来思考要怎么告诉陈屿。

走到巷口，看到那道熟悉的颀长身影，流畅硬朗的弧线，陈屿就站在墙边，似乎在等着谁。

林妧微愣。

陈屿瞧见她懵懂的样子，觉得对面的人有点笨，于是主动迈开长腿，朝她走过去。

晚风徐徐，他就停在她面前，双肩在风中显得坚实，低头瞧过去，头发被风吹得有些乱，一双眼却是耐心专注的。

林妧这时才迟钝地明白："你在等我？"

"嗯。"他应。

没看到邓逸和她一起，时间也比预期要早，这场电影似乎并不顺利。

"开心吗？"他暗自松口气，明知故问。

看着他微微凌乱的黑发下那双眼睛里满是自己，她摇了摇头。

"其实……我就是看不惯那个缠着你的柯佳，她总觉得如果她是你青梅，就能取代我似的，所以，我们打赌了。"

"什么赌？"

"就是——约邓逸，看谁先约到他谁就赢。"

林妧抿唇："我赢了，可我并不开心，我发现，我喜欢的人……好像早就是你。"

"所以呢。"他没什么特别的表情，只轻笑了一下，目光始终停留在她身上，问。

心脏很重地跳了下，林妧攥紧了手："我是想问你……"

她深吸口气，稳住情绪，抬眼与他对视："你愿不愿意，跟我在一起？"

陈屿神情未改，只说："现在我们也整天在一起。"

她睁大眼睛，缓了一会儿，说："那怎么一样，现在是青梅竹马朋友间的在一起，我说的是那种……"

他抬眉："嗯？"

林妧羞赧得有些急了，这人难道是故意的吗！

犹如身体里钻进一根羽毛，抓心挠肝，她骄傲的小脾气上来，索性不说了：“算了，你故意的，不理你了。”

低低一声愉悦的笑声后，陈屿抓住她的手腕，将她拉到身前。

“林妧，跟我在一起，做了我女朋友，以后就不能打这种无聊的赌了。”

“……知道了。”她眨眨眼睫毛，心跳乱得像揣了只兔子。

周一，淮京大学教学楼，下课后。

林妧整理好书本，从教室出来，欢快地踏在楼梯上想去找陈屿，却发现他已经站在了教学楼门口。

她扬起笑，明媚地走过去，问：“怎么站在这里？”

他随即伸出手，将她的书接过。

然后，他俯身靠近她，一个吻轻轻地落在她的额头。

陈屿说：“我在等你。”

温软微凉的唇离开，林妧抬头看他。

黄昏下，陈屿那张脸庞如旧，他还是端正冷隽的，可那双眉眼中一旦有了深情的温柔，谁都会沦陷其中。

后　记

林妧是我写过的女主人设里，最坚韧的一个，她像一株生命力顽强的植物，任风雨飘摇，也不会放弃自己。她从最初带有目的地接近能保护她的陈屿，再到追着他一起去为退休教师做义务劳动，尤其是他生病时，她为能让陈屿早点看到医生而坐了最害怕的大鹅货车，那是最打动我的。

我并不愿意在一个故事里，把女主写得只单方面接受对方的保护，她因为陈屿克服了心中对大鹅的畏惧，才证明了她的重视和喜欢。

所以，林妧并不软弱，相反，她一直是勇敢、不断成长的人。

她从一开始自保，找人撑腰，到后面对爱情开窍，为陈屿着想，想保护他一片光明的未来，选择了不拖累他而分开，从自保到保护他，也算是一种成长。

我想，如果在恋爱中，其中一方理直气壮地要求对方放弃理想和未来，那未免太自私了些，也不够理智。

而陈屿呢——

他面冷心热，和林妧同样努力生活，成长环境却完全不同。

他从小没有父母，跟着爷爷长大，知道未来可期，铆足了劲在学习和实现目标上，这些积累，一点一点地给了他腾飞的力量。

陈屿像孤傲的松柏，也像君子的绿竹，在写文过程中，我无数次感叹，如果真遇到了这样的人，谈一场恋爱是很好的，此生不会后悔。

如此，这个故事有了大纲，也慢慢丰满起来。

我一直想写些有意义、正能量的爱情故事给大家，文笔有限，或许写得不够好，但仍想把这个故事写出来，衷心希望大家都能快乐幸福。

有句话怎么说来着？

只要自己不放弃，就没有什么能够打败你。

谨以此文献给所有积极面对生活的人。

遡遡